自鞏洛舟行入
黃河卽事寄府縣僚友

來水蒼山路向東
東南山豁大河通
寒樹依微遠天外
夕陽明滅亂流中

공현의 낙수에서 배로 황하로 들어가며
주흥사를 지어 부현의 벗들에게 부치다

강물 낀 푸른 산 뱃길은 동쪽을 향하고
동남쪽 사이 활짝 열려 드넓은 황하로 통하네
겨울 나무는 먼 하늘 끝에 닿아 희미하고
석양은 물결 속에서 사라져 간다

Fantastic Oriental Heroes

녹림투왕

녹림투왕 1

초우 新무협 판타지 소설

초판 1쇄 찍은 날 § 2005년 2월 5일
초판 1쇄 펴낸 날 § 2005년 2월 15일

지은이 § 초우
펴낸이 § 서경석

편집장 § 문혜영
편집책임 § 장상수
편집 § 유경화 · 서지현
마케팅 § 정필 · 강양원 · 이선구 · 홍현경

펴낸곳 § 도서출판 청어람
등록번호 § 제1081-1-89호
등록일자 § 1999. 5. 31
어람번호 § 제2-0517호

주소 § 경기도 부천시 원미구 심곡1동 350-1 남성B/D 3F (우) 420-011
전화 § 032-656-4452 팩스 § 032-656-4453
http://www.chungeoram.com
E-mail § eoram99@chollian.net

ⓒ 초우, 2005

ISBN 89-5831-403-6 04810
ISBN 89-5831-402-8 (세트)

Fantastic Oriental Heroes

조아 新무협 판타지 소설

녹림투왕 1

청어람

|목차|

序

"자신이 어디에 있느냐, 어디에 속했느냐가 중요한 것은 아니었다. 자신의 의지와 신념으로 그 안에서 무엇을 했느냐? 하는 것이 중요한 것이다. 우리는 잠시 그것을 잊었었다."

—무림칠종 중 불종(佛宗) 원각 대사(元閣大師)의 훈시 중 일부.

第一章

관표, 세상에 나서다

"아버님, 소자 반드시 성공해서 돌아오겠습니다."

관복은 아주 흐뭇한 표정으로 자신 앞에 넙죽 엎드려 있는 아들 관표를 보았다. 비록 조금 투박해 보이는 얼굴이지만 능히 육 척에 이르는 후리후리한 키에, 허리는 가늘고 어깨는 딱 벌어졌으며, 손발이 길고 커서 마치 한 마리의 곰을 보는 것 같았다.

곰은 둔해 보이는 동물이지만, 눈앞의 자식은 표범처럼 날래고 용맹한 곰처럼 보인다고 할까? 뿐만 아니라 깊고 맑은 눈동자는 지혜로움과 용기가 가득해, 어느 모로 보나 영웅호걸(英雄豪傑)의 기개가 넘쳐 흘렀다.

과연 자신이 생각해도 자식 하나는 잘 만들어놓았다 싶었다.

관복은 헛기침을 가볍게 하고 진지한 얼굴로 말했다.

"이놈아, 너는 장남이다. 장남이란 곧 부모와 같은 것이다. 네가 성공해야만 동생들을 바른길로 인도할 수 있고, 네 어미와 내가 죽은 다음에도 동생들을 무사히 돌볼 수 있을 것이다. 그러니 너는 항상 네가 부모 대신임을 잊지 말고 반드시 성공해서 돌아와야 한다."

관표는 고개를 들어 아버지의 얼굴을 보았다.

주름이 겹으로 얽힌 얼굴은 나이를 감추지 못했지만, 산골의 촌 노인답지 않은 꼬장꼬장함이 배어 나온다.

아버지는 그 고집 하나로 자신을 가르치는 데 모든 힘을 소진하였다.

배를 곯아가며 모은 돈을 자식에게 투자하는 데 조금도 인색하지 않았다. 어머니 심씨 또한 그런 아버지를 보조하면서 한 번도 그것을 싫어라 하신 적이 없다.

오히려 아버지보다 더욱 지극 정성이셨다.

장남 하나 바로 키워놓으면 동생들은 그 형을 좇아갈 것이란 믿음으로 동생들에게 가야 할 몫까지 자신이 챙겨가야만 했다.

그 점이 항상 동생들에게 미안했었다.

'반드시 성공해서 동생들을 제가 돌보겠습니다.'

관표는 스스로 다짐하며 다시 고개를 숙였다.

"아버님, 꼭 성공하여 집안을 일으키고 마을을 배고픔에서 벗어나게 하겠습니다."

관복의 눈에 물기가 어렸다.

"네 어깨에 우리 식솔들뿐이 아니라, 수유촌의 장래까지 달려 있다는 것을 잊어서는 안 된다. 네가 잘못되면 동생들뿐이 아니라 수유촌 전체가 모두 굶어 죽고 말 것이다."

관복이 말을 하며 관표의 뒤를 돌아보았다.

비록 누더기를 기워 만든 옷이지만, 제법 깨끗하게 차려입은 관표가 고개를 들어 아비 관복의 시선을 쫓아 뒤를 돌아보았다.

네 쌍의 눈이 관표를 향해 몰려 있었다.

제대로 먹지 못해 바싹 마른, 두 명의 남동생과 두 명의 여동생이 관표를 바라보고 있었다.

울컥하는 감정이 관표의 가슴을 치고 올라왔다.

일 년 중 절반은 세 끼니를 제대로 찾아 먹지 못했었다. 몰래 주먹밥 하나를 만들어 내밀던 어머니 모습이 떠올랐다.

"애야, 이제 모두 먹고 이거 하나 남았구나."

허겁지겁 다 먹고 난 다음날에야 식구들은 모두 굶었다는 사실을 알았다.

그때를 생각하면 지금도 동생들에게 미안했다.

관표가 일어서며 말했다.

"조금만 기다리거라! 내가 돌아오면 다시는 굶지 않아도 된다. 꼭 그렇게 돼서 돌아오겠다."

관표가 조금 울먹이며 말하자 동생들은 힘차게 고개를 끄덕였다.

"그리고 세상에 나가면 둘째를 꼭 찾아보거라."

관복은 둘째의 이야기를 하다가 목이 메는 것을 느낀 듯 슬쩍 천장으로 시선을 돌렸다.

둘째 이야기가 나오자 관표는 움찔하였다.

동생들이 다 부모의 뜻을 무조건적으로 따랐지만, 둘째만은 달랐다. 유달리 똑똑하다는 소리를 들었던 둘째 관이였다.

아직도 관이의 목소리가 생생하다.

"아버지, 엄마는 형밖에 모른다고. 난 이 집에 있어보았자, 형의 밥을 축내는 버러지에 불과해. 나가겠어, 나가겠다고."

그 말이 마지막이었다.

부모의 모든 기대가 관표에게 모아지면서 박탈감을 느꼈던 동생이, 결국 그것을 참지 못하고 집을 뛰쳐나간 것이다. 불과 이 년 전에 있었던 일이었다.

관표에게나 아버지 관복과 어머니 심씨에게 있어서 관이는 그렇게 상처로 남아 있었다. 그러나 관표는 관이의 마음을 충분히 이해할 수 있었다.

어머니 심씨는 관이의 이야기가 나오자 가슴이 아픈 듯 고개를 돌리고 치맛자락으로 눈가를 닦는다.

"걱정하지 마십시오. 이제 관이도 자신의 잘못을 느끼고 있을 것입니다. 제가 반드시 찾아서 돌아오겠습니다."

"너만을 믿겠다."

관표는 아버지가 격한 감정을 억지로 눌러 참고 말한다는 것을 느꼈다. 관복은 그런 마음을 숨기려는 듯 갑자기 서둘렀다.

"갈 거면 빨리 가는 것이 좋다. 이제 밖에 나가서 동네 어르신들에게 인사를 하고 떠나거라."

"예, 아버지."

관표가 다시 한 번 머리를 조아리고 고개를 들자, 눈물이 글썽한 그의 어미가 다가와 관표의 손을 잡았다.

"어머니, 너무 걱정하지 마십시오."

관표가 의연하게 말하자 그의 어미 심씨도 조금 마음을 여미는 듯했지만, 못내 자기 자식이 걱정스런 표정이었다.

말을 하면 큰 소리로 울 것 같아 입을 떼지도 못하고 그저 하염없이 눈물만 흘리신다.

"이 예편내야 이제 그만 울어! 누가 죽으러 가남! 표야, 얼른 밖으로 나가거라!"

관복의 독촉에 관표는 방문을 열고 밖으로 나갔다.

그가 밖으로 나오자 백여 명의 사람들이 옹기종기 모여 있다가 후다닥 일어선다.

심심산골에 있는 마을치고 꽤 많은 사람들이라고 할 수 있었는데, 이는 수유촌에 사는 사람 전부라고 할 수 있었다.

"관표, 이제 가려는가?"

"자네가 잘돼야 이 수유촌도 서광이 비춘다네."

"자네가 잘되면 내 자식놈들도 잘 이끌어주겠나?"

동네 어른들이 너나 할 것 없이 전부 관표에게 매달려 그에게 자신의 하소연을 이야기하느라 여념이 없었다.

이때 나이 지긋한 동네의 촌장이 앞으로 나섰다.

"조용! 조용! 모두들 조용히 하게. 이제부터 이 동네를 대표로 출사를 하게 된 관표의 앞날을 위해 제를 지내려 하니 준비들 해주게나."

드디어 마을 사람들은 관표를 위해 물 한 동이와 밥 한 사발, 그리고 산에서 잡은 날짐승과 토끼 고기를 놓고 제를 지냈다.

때는 봄이라 아직 곡식이 익지 않았고, 모아놓았던 식량도 다 떨어질 때라 제를 지내는 상도 조촐할 수밖에 없었다.

이런 저런 절차로 제가 끝나자, 동네 어른들을 대표해서 촌장이 관표에게 다가와 그의 손을 잡았다.

"자네도 알다시피 이 모과산 주위에 있는 장가촌과 왕가촌, 그리고 수유촌은 화전으로 이루어진 마을치고 꽤 오랫동안 삶을 이어왔네. 하지만 사람들이 점점 늘어나면서 화전으로 살아가기에는 터가 너무 좁고, 땅은 비옥하지가 못하네. 그러다 보니 마을은 언제나 궁핍하고, 끼니를 거르는 날이 태반이었네. 이는 자네가 보아왔으니 잘 알 것일세. 오죽했으면 오늘 같은 날도 잔치 한 번 제대로 못하겠는가?"

촌장의 눈에 눈물이 글썽거린다.

관표 역시 콧날이 시큰거렸다.

그가 왜 그것을 모르겠는가? 누구보다도 잘 알고 있어서 탈이다.

촌장은 잠시 목이 멘 듯 숨을 고른 후 다시 말을 이었다.

"그러나 우리 수유촌만 빼고, 왕가촌과 장가촌은 마을을 대표하는 영웅호걸들이 있어 그 마을을 기름지게 하였네. 이제는 부촌이 되었지. 우리 마을에 살던 사람들 일부가 그들 밑에 머슴으로 들어가 사는 경우도 적지 않으니, 이는 오로지 우리 마을에 우리를 이끌어줄 인재가 없기 때문일세. 내 얼마 전에 왕가촌 촌장 놈을 만나서 얼마나 무시를 당했는지……. 글쎄, 그 우라질 놈의 새끼가 나더러 자기 집에 머슴으로 와서 살면 어떠냐고 묻더란 말일세."

촌장은 당시 당한 수모와 망가진 자존심을 생각하며 눈물을 뚜루룩 흘리고 말았다.

몹시 분했던 모양이다.

뒤에서 듣고 있던 마을 사람들이 앞 다투어 왕가촌 촌장에게 욕을 해댄다.

약간의 소동이 진정되자 눈물을 삼킨 촌장은 간절한 소망이 어린 눈으로 관표를 보았다.

"아저씨, 이제 진정하세요. 제가 반드시 성공하여 이 마을이 다시는 무시당하지 않게 하겠습니다."

관표가 믿음직스럽게 말하자 촌장은 늙은 얼굴에 만족한 웃음을 머금었다.

"고맙네! 부디 꼭 부탁하네."

노인의 간절한 부탁을 듣고 있을 때, 우람한 체격의 대한이 목발을 짚고 나타났다.

그의 손에는 보기에도 거대한 도끼가 들려 있었다. 대한은 그 무거운 도끼를 가볍게 들고 관표에게 다가섰다.

"표야."

"조공 형님."

"미안하구나. 내가 발만 무사해도 너하고 함께하겠구만."

"형님, 몸조리나 잘하십시오."

관표가 씩씩하게 말하자 조공이라 불린 대한이 씨익 웃으며 들고 온 도끼를 관표에게 주었다.

"영웅행엔 그에 걸맞는 무기가 있어야 하네. 이것은 내가 팔백 년을 넘게 살다가 이 년 전 벼락 맞은 박달나무를 다듬어 만든 도끼일세."

묵직해 보이는 도끼치고 좀 가볍다 했더니, 쇠가 아니고 나무로 만든 것이란다.

"네가 알다시피 마을에 쇠붙이가 하나도 없구나. 그래서 할 수 없이 나무로 만들었지만, 내가 천연으로 만든 먹물을 잘 먹여 언뜻 보면 쇠로 만든 도끼처럼 보일 것일세. 이 정도면 산을 나가 세상으로 가는 데 호신용으로 요긴하게 쓸 수 있을 것이라 믿네."

관표가 도끼를 잡고 휘둘러 보았다.

제법 그럴듯하게 자세가 나온다.

마을 사람들은 그 모습을 보고 일제히 박수를 치고, 어떤 사람은 감격해서 고함까지 지른다.

호호탕탕 천하를 질주하는 관표의 모습이 벌써부터 눈에 선했다.

"고맙습니다, 형님. 그동안 배운 것도 많은데 이런 신세까지."

"고맙긴. 자고로 영웅이란 뽀대가 제일일세. 자네가 그걸 들고 있으니 마치 관운장이 현신한 듯하네그려."

마을 사람들은 모두 고개를 끄덕이며 관표를 칭찬하였다.

그들로서는 관운장의 무기가 언월도인지 도끼인지 전혀 알지 못했기에 그저 그런가 보다 할 수밖에 없었다.

관표는 당당하게 어깨를 펴고 더욱 두 눈에 힘을 주었다.

그의 모습은 참으로 영웅이 되기에 부족함이 없었다. 이제 십팔 세의 나이였지만 언뜻 보면 삼십대의 노련함도 엿보였고, 얼굴엔 저절로 굳셈이 묻어 나왔으며, 남아답게 생긴 얼굴은 그냥 보아도 긴장이 될 정도였다.

선이 굵은 얼굴인 데다 큰 눈에 기광이 어리면 상대를 위압하는 기세가 장난이 아니었다. 마치 당장이라도 도끼를 휘둘러 상대를 내려칠 것 같은 기세였다.

더군다나 영웅호걸은 조금 험하게 생겨야 제멋이 난다는 조공의 말을 듣고 거친 수염을 길러놓아서, 보는 사람이 그 나이를 짐작하기 어렵다.

마을 사람들의 눈이 일제히 몽롱해졌다.

나이 조금 찬 처녀들은 얼굴이 발그레해져서 몸을 비비 꼰다.

촌장은 고개를 끄덕이더니 마을 아줌마가 건네준 보퉁이 하나를 관표에게 건네주었다.

"이것은 얼마 되진 않지만 마을 사람들이 준비한 약간의 돈과 먹을 것이다. 가지고 가다가 필요할 때 써라!"

"아저씨……."

"아, 어여 받아, 이눔아!"

관표가 보퉁이를 받아 들었다. 제법 묵직하다.

찢어지게 가난한 마을에서 이 보퉁이 하나를 준비하기 위해 얼마나 많은 노력을 했을지 짐작이 갔다.

관표는 마을 아저씨, 아주머니들에게 다시 한 번 인사를 한 다음 어머니 심씨에게 다가섰다.

"그럼 어머님, 제가 돌아올 때까지 몸 건강하십시오."

"얘야, 꼭 가야겠니? 난 배가 고파도 그냥 여기서 함께 살았으면 좋겠구나."

"어허, 이제 세상을 향해 나가는 아이에게 그 무슨 연약한 소리요. 어서 떠나거라!"

관표의 어미 심씨가 울먹이며 말하자 그의 아비 관복이 말을 끊었다.

관표는 울먹이는 심씨를 달래며 마을 어른들에게 일일이 인사를 하고, 셋째이자 큰 여동생인 관소와 넷째인 관삼에게 다가섰다.

"관소, 관삼아."

"큰오빠."

"형."

관표는 동생 관소가 믿음직스러웠다.

관소는 비록 마른 체형이고 여자이지만, 다부지고 똑똑했다.

“내가 가고 나면 이제 네가 내 대신이다. 부모님과 동생들을 잘 돌봐야 한다.”

“오빠, 너무 걱정하지 마.”

“형 몫까지 다 할게.”

관소와 관삼의 말을 들으면서 관표는 조금 안심한 표정이 되었다.

“그래, 그럼 너희만 믿겠다. 난 이제 가봐야 한다.”

관표는 관소와 관삼에게 당부를 한 후, 당당하게 마을 밖으로 걸음을 옮겼다. 그의 허리에 찬 목부(木斧)가 그의 엉덩이 사이에서 늠름하게 덜렁거린다.

“형, 꼭 성공해서 맛있는 것 좀 많이 사 와!”

“오빠, 빨리 와야 해!”

동생들이 그의 등 뒤에서 소리를 질렀다.

‘내 반드시 성공해서 돌아오리라.’

관표가 두 손을 으스러지게 쥐었다.

관표의 등이 마을 어귀에서 사라질 때까지 마을 사람들은 그 자리에서 움직이지 않았다.

드디어 관표의 모습이 사라지자 막내가 관삼을 보고 물었다.

“근데 형, 녹림의 영웅이 뭐야?”

“그건 굉장히 엄청난 거란다. 세상의 모두가 벌벌 떨지. 모과산 호랑이도 녹림의 영웅에겐 꼬리를 만다고 했어. 그래서 녹림 중 최고 영웅은 산대왕(山大王)이란 별명이 붙는다고 조공 형이 그랬어.”

동생들의 입이 헤벌어지고 눈이 더욱 초롱해진다.

왕(王)이란다.

벌써부터 산대왕이 된 형의 모습이 눈에 선하다.

관삼의 말을 들은 동생들은 관표가 꼭 성공할 것을 믿어 의심치 않았다.

이번에는 관표의 네 번째 동생이자, 두 번째 여동생인 관요가 물었다.

"그럼 큰오빠가 녹림의 영웅이 되면 우린 매일 쌀밥을 먹을 수 있는 거야?"

"그럼. 그뿐이 아니라 고기도 매일 먹을 수 있다."

"와아……!"

"촌장님이 그러시는데, 녹림의 호걸은 모과산보다 더 높은 벼슬이랬어. 만약 산대왕이라도 된다면……."

동생들 눈이 몽롱해진다.

아무리 다부지고 똑똑하다지만 역시 산골의 아이들다웠다.

이렇게 관표는 마을 사람들과 자신의 동생들을 먹여 살리기 위해, 세상 밖으로 첫발을 디뎠다.

모과산 중턱을 걸어가는 관표는 다시 한 번 결심을 하였다.

'오 년 안에 반드시 성공해서 돌아오리라.'

第二章
검선(劍仙), 관표를 만나다

섬서성(陝西省)은 동으로 산서성(山西省), 하남성(河南省)과 마주 보고 있으며, 남으로는 호북성(湖北省), 사천성(四川省)과 경계를 이루고 있다. 또한 서로는 감숙(甘肅)과 등을 대고 있어 예로부터 군사적, 상업적 교통로의 중심지였다.

성도(省都)인 장안(長安)은 무려 이천오백여 년의 역사를 지닌 도시로, 서주(西周)를 시작으로 한(漢), 수(隋), 당(唐) 등 열두 차례에 걸쳐 당대 국가의 수도였다.

특히 장안은 사주지로(비단길)의 기점이었으며, 사방으로 뚫린 간선도로로 인해 언제나 물자와 사람이 북적거리는 도시였다.

장안의 간선로 중 가장 유명한 팔대간선 중 하나인 서남간선(西南幹線)은 장안을 출발하여 위수 유역을 거치고, 남쪽으로 진령의 하곡을 지나, 고도 포사도 등의 험한 잔도(棧道:산허리를 타고 가는 벼랑길)를 타고 한중분지(漢中盆地)로 들어간 다음, 석우도(石牛道)를 이용해 사천성으로 들어가는 중요 도로였다.

서남간선으로 이어지는 좁은 길이 하나 있었다. 비록 좁다고 하지만 마차 한 대가 충분히 지나칠 만한 큰길이었다.

한 명의 노도인이 심하게 다친 몸으로 그 길을 걸어가고 있었다. 청수한 모습의 노도인은 바로 무당파의 장로인 검선으로 무림에서 구의(九義)로 알려진 아홉 명의 노기인 중 한 명이었다. 비록 심하게 다쳤지만 검선 이청천의 얼굴은 상당히 흡족한 표정이었다.

'이제 조금만 참자. 잠시 후면 나의 세상이 열린다.'

검선은 그 생각만 하면 가슴이 두근거렸다.

천리취개 노가구가 살아 있다는 사실이 걱정스러웠지만 잘 해결될 것이라고 생각했다. 설마 자신이 혜원을 죽였으리라 생각하지는 못할 것이다.

이는 곧, 검선에게 기회를 주는 것이나 마찬가지였다. 가슴속에 간직한 공령석수를 먹고 난 다음이면 세상의 그 누구도 두려워할 필요가 없었다.

그는 생각할수록 유쾌하고 마음이 날아갈 것 같았다. 비록 혜원이 마지막으로 양패구상하려고 하는 바람에 제법 큰 부상을 입고 당분간 무공을 시전하진 못하겠지만, 이제 그것도 별로 어려운 상황은 아니었다.

검선은 혜원 대사를 생각하자 이가 갈렸다.

혜원이 소림의 최상승절기인 대라금강수(大羅金剛手)를 터득하고 있을 줄은 꿈에도 몰랐었다. 그렇지 않았으면 자신도 이렇게 큰 부상을 당하지는 않았으리라.

'승려라는 작자가 그렇게 음흉하다니.'

정말 정파의 명숙이든 사파의 거마든 믿을 놈이 하나도 없다는 생각이 들었다. 그러나 아무리 욕을 해도 이미 지난 일. 자신의 방심을 탓할 수밖에 없었다.

이곳의 지리를 어느 정도 알고 있는 검선이었다.

지금의 길을 따라 일 리 정도 더 가다, 산 위로 조금 더 들어가면 은밀한 동굴이 있음을 잘 알고 있었다.

이제 그곳은 미래의 천하제일인이 태어나는 장소가 되리라.

한껏 고무된 검선이 길모퉁이를 돌았을 때 길옆의 거대한 나무 뒤에서 한 명의 청년이 걸어나왔다.

검선이 그 청년을 보니, 키가 육 척 정도요, 호리호리한 허리와 긴 다리로 인해 제법 균형 잡힌 몸을 지니고 있었다.

수염이 얼기설기 돋아난 얼굴을 하고 있어 그의 나이를 짐작하기 어려웠으나, 있는 대로 얼굴에 힘을 주고 찡그린 그의 인상이 험하게 보이는 것은 순전히 그의 부리부리한 눈 때문이라고 생각했다. 마치 맹호의 눈처럼 날카로운 눈은 그를 더욱 예사롭지 않게 포장해 주었다.

더군다나 그의 손엔 정말 무식하게 거대한 도끼가 한 자루 당당하게 들려 있었다.

바로 관표의 첫 녹림 영웅행이 시작된 것이다.

'태상노군이시여, 제발 굽어 살피소서.'

검선은 나타난 청년이 혹여라도 녹림의 무리가 아니길 빌고 또 빌었다.

관표는 조공이 알려준 녹림 영웅들의 행동 하나하나를 전부 기억해 내며 온갖 힘을 얼굴에 다 넣어 인상을 험악하게 만든 다음 나타난 도인을 째려보았다.

그 표정 하나를 만들기 위해 물가에서 무려 한 시진을 연습했었다.

그의 얼굴은 그런대로 연습한 티를 내었다.

"원래 도인과 중들 중에 사기꾼이 많고, 돈 많은 자들이 많단다. 그들은 가짜 부적 하나에 쌀 한 섬을 받아 챙기고, 무슨 길흉화복을 미리 알려준다 하면서 생거짓말로 힘없고 가난한 자의 돈을 뜯어낸다. 물론 그중에 소림사나 무당파와 같은 훌륭한 불문과 도문도 있어 하늘을 날아다니는 신선들이 살고 있다지만, 그것은 정말 몇몇에 불과하다. 그러니 도사라고 능라 걸친 놈들은 거의가 사기꾼이라고 생각하면 된다. 거기다가 멋진 검이라도 차고 있으면 그건 분명히 무당이나 청성의 도사라고 사기 치는 놈들이 거의 다다. 진짜 도사는 화려함에 속되지 않는다. 물론 가끔 그중에 진짜도 있긴 하지만."

조공은 녹림 시절, 가짜 도사에게 다부지게 속은 적이 있었다.

선풍도골의 그 도사는 보기에는 정말 도사 같아 조공은 그에게 자신의 미래에 대해서 상의해 본 적이 있었다.

뭐, 원시천존에게 복채를 잘 내야 출세를 하고 영웅이 된다나. 그래서 원래 통이 큰 조공은 열흘간 목숨 걸고 번 돈을 모두 투자했다. 그리고 그 다음날 발이 부러지는 수모를 당했는데, 당시 도사가 한 말은, 즉 이랬다고 했다.

"내일은 귀인을 만나 평생 놀고먹을 팔자입니다."

말 그대로, 조공은 일 못하고 놀고먹을 팔자가 되었다. 다리 부러진 몸으로 녹림호걸이 가당키나 하겠는가.

그래서 특히 도사에겐 감정이 좋지 않았던 조공이었다.

"얼굴이 번지르르하게 생기고 인자하게 생긴 도사일수록 엉터리 말 코라고 생각하면 틀림이 없다."

조공이 아주 신신당부를 했었던 말이다.

관표가 지금 다가오고 있는 도사의 얼굴을 보니, 그야말로 선풍도골이 따로 없다 할 만큼 멋진 모습이었다. 그걸로 일단 사기꾼의 첫 번째 조건은 제대로 갖춘 셈이었다. 그리고 보아하니 품 안에 금전도 꽤 있을 것 같았다.

무엇보다도 어깨에 걸린 검이 무척 비싸 보였다.

처음엔 그 검 때문에 조심하였고 그냥 보내려 하였다. 하지만 아무리 바보라도 검선이 걷는 것조차 힘들어하는 모습을 보면, 도가의 신선 같은 그런 무인은 절대 아니란 것을 알 수 있었다. 결국 상대에게 '나 무공을 익힌 무인이오' 하는 과시용으로 차고 있는 검이 분명했다.

관표는 기분이 상했다.

도적을 얼마나 물로 보았으면 저런 속임수로 이 험한 산을 거저 통과하려 하겠는가? 뭔지 몰라도 하여간 기분 나빴다.

"멈춰라!"

관표는 짧고 굵게 말했다.

검선은 태상노군을 원망했다.

그러나 그는 그래도 검선이었다.

"무량수불. 나를 불렀소, 소협?"

검선은 정중하게 도호를 외며 관표를 보았다. 등에 멘 검을 조금 흔들어 자신이 무가의 고수임을 은연중 알렸다.

'흠, 나 같은 도적을 보고 소협이라고 하다니, 이건 틀림없는 사기꾼, 가짜 도사다. 아니, 무인이라면 보기에도 산적인 나에게 소협이라고 하지 않았겠지. 당장 죽이자고 달려들었을 테지.'

관표는 누구보다도 자신을 제법 잘 알고 있는 사람 중 한 명이었다.

난생처음 소협이란 말을 들었으니 기분이 좋을 만도 했지만, 관표의 입장에서 보면 자신을 놀리는 듯했고 그 소협이란 말 자체가 듣기에 거북했다. 그리고 상대가 소협이라고 한 것만으로도 약세를 보인 것이 아닌가?

특히 도사의 등에 멘 검을 보니 이리저리 치장만 요란해서 실전용이 아니라 장식용이 분명해 보였다.

조공은 신신당부를 했었다.

"녹림호걸이란 상대가 너를 치켜줄 때, 불쌍한 척할 때 특히 조심해야 한다. 이는 바로 너를 속이려는 전 단계이니, 그럴 땐 무조건 무력으로 상대의 기를 꺾어 아예 다음 꾀를 생각지 못하게 해야 한다. 자고로 잔꾀엔 무력이 최고 약이다."

관표가 검선에게 다가왔다.

검선은 참으로 선량한 웃음을 머금고 관표를 마주 보았다.

"무량수불, 노부는 무당에서 온……. 꽥!"

이상한 비명과 함께 검선이 바르르 떨었다. 갑자기 관표가 주먹으로 검선의 얼굴을 강타한 것이다. 이미 내공을 상실하고 오장육부가 뒤틀려 걷기도 힘든 검선이고 보면, 피할 능력이 없었다.

무의식적으로 등에 멘 검을 손으로 잡으려 했지만, 손을 들어 올리자 내상으로 인해 가슴이 찢어지는 듯 아파왔다. 결국 그냥 주먹에 맞아줄 수밖에 없는 상황이었다.

"이 사기꾼 놈아! 네가 무당의 도사면, 난 염라부의 수라이니라."

고함과 함께 관표의 발길질이 도사를 난타하기 시작했다.

"어쿠쿠."

검선은 그 아픔으로 인해 당장이라도 죽을 것만 같았다.

무식이 철철 넘치는 관표의 발은 인정사정이 없었다.

무당의 장로였으며 무림의 고수로 군림하던 검선은 스스로 자신의 몸이 아파본 적도 없고 다른 사람으로 인해 고통을 당해본 적도 없었다. 그래서 그 충격과 공포는 더욱 강했다.

남에게 고통을 준 적은 있어도 받아본 적이 거의 없는 검선이었다.

"아이구, 소협, 아니, 산적님! 나 좀 살려주시게. 내… 내 있는 것 다 줄 테니, 나 좀 살려주시게……. 크허헉!"

검선은 관표의 한 발을 손으로 끌어안고 정말 처절하게 울어대었다. 그는 이렇게 죽기엔 정말 너무 억울했다. 이제 잠시 후면 무림을 독보천하할 수 있을 텐데, 여기서 죽으면 그야말로 개죽음 아니겠는가? 가진 것이 많은 자일수록 죽는 것을 두려워하게 마련이었다.

검선은 필사적으로 매달렸다. 그러다가 결국 맥없이 축 늘어지며 기절하고 말았다.

검선은 내상이 더 심해지며 기절한 것인데, 관표는 '뭐 이런 약골이 있어' 하는 표정이었다.

"으……."

온몸이 쑤시는 것을 느끼며 신음 소리와 함께 검선은 눈을 떴다. 그의 얼굴은 이미 얼굴이 아니었고, 몸의 뼈마디는 이미 제멋대로 이탈을 한 상황이었다.

그는 눈을 뜨자마자 다시 한 번 기겁을 했다.

우선 자신이 있는 곳은 울창한 숲 안이었다. 한데 춥다. 그리고 뭔가 허전했다.

한동안 그 이유를 생각하던 검선은 자신의 아랫도리를 올려다본 후에야 자신의 처지를 완전히 이해했다.

검선의 몸은 발가벗겨진 채 꽁꽁 묶여 나무 꼭대기에 거꾸로 걸려 있었고, 나무 아래엔 그의 물건들이 쭈욱 나열되어 있었다.

우선 자신의 청색 능라가 보였으며, 그 옆엔 손바닥만한 백옥병과 흑옥병이 각각 하나씩 놓여 있었다. 그리고 그 외에 양피로 만든 오래된 책자가 하나, 돈이 든 전낭과 청송보검 한 자루가 나란히 진열되어 있었다.

그것을 본 검선의 눈에 불이 났다.

"이… 이놈, 내가 무당의 검선이니라! 지금이라도 당장 나를 풀어주고 물건을 돌려준다면 내 너를 용서할 것……. 쿠헉!"

말을 하던 검선은 비명을 지르며 말을 멈추었다.

관표가 도끼의 자루 끝으로 검선의 배를 쿡 찌른 것이다. 그것도 아주 세게. 하필이면 내상을 입은 그곳을.

"이 사기꾼 도사 놈아! 네가 검선(劍仙)이면, 난 산신(山神)에 부선(斧仙)이라 하겠다."

관표가 코웃음을 치며 검선의 말을 무시했다.

검선은 다시 한 번 울화가 치미는 것을 느끼고, 화를 내려다 관표의 험한 얼굴을 보고 입을 다물었다.

그제야 기절하기 전 자신이 어떻게 당했는지 기억해 낸 것이다. 검선이 조용해지자 관표는 자신의 전리품들을 내려다보았다.

조공이 관표에게 말했었다.

"혹여, 목숨 걸고 일해서 얻은 물건 중 아주 귀중하거나 비싼 물건이 있을 수 있다. 멋모르고 버렸다가 큰 손해 보기 십상이니, 물건의 주인에게 그 용도와 가격을 잘 물어놓았다가 적당한 사람에게 팔아넘기는 것도 큰 수완 중 하나다. 하루에 여러 번 일하는 것보다 적당한 일거리 하나를 확실하게 요리하는 것이 오히려 쉬울 수 있으니 참고해라. 물론 주인의 협조를 얻어내는 것은 너의 수완이다. 내 경험으로 이게 가장 잘 듣긴 했었지."

조공은 주먹을 불끈 쥐어 보였었다.

관표는 스스로 일에 나서긴 처음이었다.

당연히 경험은 미천하고 그가 의지하는 것은 타인의 경험이었으며, 그에게 조공의 경험은 곧 그의 행동 지표였다.

처음부터 폭력을 사용하게 된 것은 자신의 두려움과 떨리는 마음을 숨기려는 의도가 강했다.

이제는 조금 마음이 차분해졌다.

관표는 우선 전낭의 돈을 세어보았다.

의외로 많은 돈이었다.

이 돈이면 수유촌 전체가 세 달은 먹고살 수 있을 정도의 돈이었다. 그 돈을 보면서 관표는 더 더욱 좋지 않은 시선으로 검선을 보게 되었다.

'지가 사기를 치거나 훔치지 않았으면, 이 많은 돈이 어디서 났겠는

가? 도사 놈이 나쁜 짓만 골라서 한다던 조공 형 말이 딱 맞는구나.'

그는 험악한 눈으로 검선을 쏘아본 후에 청송검을 손에 들었다.

"이놈, 이것은 얼마짜리나 되는 검이냐?"

관표의 물음에 검선은 기가 막혔다.

청송보검은 송문고검, 태극신검과 더불어 무당의 삼대보검이었다.

송문고검은 무당파 장문인의 신물이었고, 태극신검은 무당제일고수
가 지니고 있었다.

그런 보물을 얼마냐고 묻다니, 참으로 화가 나는 일이었다. 그러나
그의 감정은 별로 오래가지 못했다.

빠각 하는 소리와 함께 검선은 아득해지는 고통을 느꼈다.

관표가 청송보검으로 검선의 머리를 강타한 것이다.

검에 검집이 있었기에 다행이지 정말 무식한 격타였다.

상대가 잔머리 굴릴 사이를 주지 말라, 이거야말로 조공의 명언 중
하나가 아니겠는가?

검선이 언제 이런 아픔을 경험해 봤는가? 자신도 모르게 말이 급해
졌다. 정말이지 더 이상 아픔이란 감각을 느끼고 싶지 않았다.

"그… 그건 값으로 계산할 수 없다. 한 황금 백 냥 이상의 가치
는……."

얼결에 말하는 검선을 보고 관표는 어이없는 표정이 되었다.

황금 한 냥의 가치도 계산하기 어려운데, 백 냥이 뉘 집 똥개 이름이
냐? 그는 검 한 자루에 황금 백 냥이란 말에 아직도 저 늙은 도사는 자
신을 촌놈으로 깔본다고 생각했다.

검에 무슨 금칠을 했거나 무슨 보주가 달려 있는 것도 아니고, 수실
로 화려하게 치장한 장식용 검에 불과한 것을 황금 백 냥이라 하면 그

걸 누가 믿겠는가?

실제 관표는 처음으로 하는 녹림출사이다 보니 약간은 우왕좌왕하고 있었다. 그리고 겉으론 태연했지만 속으로 아직도 긴장을 하고 있었다. 그러다 보니 여러 가지 일에 민감하게 반응할 수밖에 없다.

"이 도사 놈이 날 나무칼로 아느냐? 이 세상에 황금 백 냥짜리 검이 어디 있단 말이냐? 똑바로 말해라. 이건 얼마짜리 검이냐?"

검선은 기가 막혔다.

청송보검은 황금 백 냥을 내고도 만져 볼 수 없는 보물이었다.

생각해 보니 상대는 무식한 산도적이다.

보물을 보물이라 한들 그것을 알아보겠는가?

"그래도 그것은 천은 넉 냥은 된다."

"흠."

청송보검을 찬찬히 살펴본 관표는 그 말엔 일리가 있다고 생각했다. 천은 넉 냥이면 결코 적은 돈이 아니었다.

관표는 속으로 벌어지는 입을 다물 수 없었다.

첫 수입이 너무 대단해서 스스로도 믿어지지 않았다. 만약 매일 이렇게 장사가 잘된다면 수유촌 전체를 부자로 만드는 것은 별 어려운 일이 아니었다.

'내 언제고 돈을 벌어(?) 수유촌을 가장 아름답고 잘사는 마을로 만들고 말리라.'

관표의 꿈이었다.

이제 그 꿈이 조금씩 이루어지는 기분이었다.

자신을 기다리는 동생들과 부모님 모습이 떠오른다. 먹을 것을 잔뜩 준비해서 간다면 얼마나 좋아하실까? 생각해 보니 가슴이 두근거렸다.

동생들이 음식을 맛있게 먹는 모습이 벌써부터 눈에 아른거렸다.

관표는 어렵게 표정 관리를 한 후 다시 검선을 보았다.

"그럼 이 책은 뭐냐?"

관표는 양피지로 만든 책자를 가리켰다.

조공의 말에 의하면 고서 중에 가끔 큰돈이 되는 물건이 있다고 들었었다.

검선은 안색이 더욱 참혹해졌다.

그 양피지 책자는 그가 무당의 장서고를 뒤지고 뒤진 끝에 우연히 찾아낸 무공기서였다. 그 책자에는 도가제일신공이라 일컬어지는 건곤태극신공(乾坤太極神功)이 적혀 있었는데, 이미 실전된 지 삼백 년이 된 무공이었다.

신체를 가장 부드럽게 만들어주며 천지만물의 모든 기운을 포용한다고 전해지는 이 신공을 터득할 경우, 더 이상 나이를 먹지 않으며 오감과 육감이 저절로 천인의 경지에 들어선다고 알려져 있었다.

검선은 빠르게 머리를 굴리기 시작했다.

'어차피 저 무식한 놈은 글자를 모를 테고, 혹여 저 책자가 보물인 것을 알게 되면 저것마저 그냥 놔두지 않을 터인데.'

결심이 서자 그는 죽어가는 목소리로 말했다.

"그… 그것은 다… 단순한 도가의 괘를 적어놓은 책이다. 너… 너에겐 하등 필요가 없는 물건이니 그냥 돌려다오. 돈은 네가 다 가져도 좋다. 쿨럭……."

검선은 정말 돈이야 상관없었다. 문제는 책자와 옥병에 담긴 공령석수였다.

관표는 책자의 앞을 보았다.

겉 표지에는 건곤태극신공(乾坤太極神功)이라고 적혀 있었다.

책장을 한 장 넘겨보았다.

거기에는 '도가제일신공(道家第一神功)'이라고 적혀 있었으며, 아래에는 건곤태극신공(乾坤太極神功)에 대한 간략한 소개가 적혀 있었다.

소개된 내용을 대충 읽은 관표는 어처구니없다는 표정을 지었다. 그 안에 내용이 너무 황당무계했던 것이다.

그 내용인즉슨, 만약 인간이 건곤태극신공을 터득하게 되면 몸이 부드러워지고, 육체의 질김은 능히 검으로 벨 수 없으며, 특히 오장육부를 포함한 몸의 내부를 완벽하게 보호하는 내기를 지니게 되어 더 이상 나이를 먹지 않고, 만독과 몸에 해로운 것이 침투하지 않는다. 뿐만 아니라 신체는 가장 완벽한 골격으로 바뀌어 무엇을 배우든 쉽게 배울 수 있는 체질로 바뀌며, 어떤 성질의 내기를 모아도 포용할 수 있는 그릇으로 만들어준다는 내용이었다.

결국 이 책에 있는 내용을 배우면 죽지 않고 젊음도 영원히 간직한다는 허황된 내용 아닌가?

관표는 찢어버릴까 하다가 다음 장을 넘겨보았다.

거기에는 사람 하나가 가부좌를 하고 앉아 있는 그림이 그려져 있었다.

사람의 몸에는 점이 찍혀 있었고, 점을 따라 선이 그려져 있었으며, 그 옆에는 혈도(穴道)의 이름들이 나열되어 있었지만 관표가 그것이 무엇인지 알 도리가 없었다.

그림 위에는 건곤태극신공 제일단공이라고 적혀 있었다.

다음 장을 넘기니 호흡을 하는 순서가 적혀 있었고, 그 다음엔 스스로 알아먹지 못한 글들이 적혀 있었다.

'태극이란 음양을 말하며 건곤이란 천지를 말함이니, 이는 곧 정(精)을 단련하여 신(身)을 보하고, 기(氣)를 단련하여 신(神)으로 변화시키며, 신(神)을 단련하여 허공으로 돌아가 도와 하나가 되니, 인간은 장생하고 더 이상 늙지 않으며 신(身)과 육감이 하나로 귀일하여 조화를 이루니 이는 양생(養生)의 근본이다. …중략……'

부모님과 동네 분들의 힘으로 글자를 제대로 배웠기에 전부 읽을 수는 있었지만, 그가 알아듣기엔 무리한 말들이었다.

동네 분들이 관표를 위해 모셔온 글 스승이 그저 글자를 깨우쳐 주는 정도의 능력밖에 없었으니 별 도리가 없었다. 설혹 대학사라고 해도 무공을 모르면 그 뜻을 이해하기 어려운 내용들이었다.

관표는 책자의 내용에 여러 가지 의혹이 있었지만, 일단 오래 살 수 있고, 늙지 않는다는 말에 혹해 책자를 더 살펴보았다.

책자는 얇았지만 의외로 장수가 많았고, 양피지를 종이처럼 얇게 만든 기술은 경탄할 만했다. 또한 무엇으로 글씨를 썼는지 모르지만, 깨알만한 글씨들이 제법 선명하게 적혀 있었다.

책의 내용은 일단공으로 시작해서 칠단공으로 마무리되어 있는데, 각 단공의 내용은 그 분량이 서로 엇비슷했다. 대충 책장을 넘긴 관표는 맨 뒤에 적혀 있는 글을 보고 기가 막혔다.

육십 년을 하루도 쉬지 않고 배운다면 일단공을 대성하리라. 대성하기 전에 욕심을 부려 이단공으로 넘어가면 삼단공 이상은 절대 배울 수 없음이라.

결국 육십 년을 공부해야 배울 수 있는 공부라니, 이야말로 사기 중에 사기라고 할 수 있었다.

감언이설로 사람을 설득한 다음, 그것을 미끼로 돈을 받아내고.

'배우는 데 육십 년이 걸립니다.'

이렇게 말해 버리면 된다.

얼마나 무책임한 말인가? 물론 처음 이야기할 땐 책자의 내용을 공부하는 데 얼마나 걸린다고 이야기할 필요는 없을 것이다.

이야말로 사기꾼들의 전형적인 방법이 아니겠는가?

혹시나 하고 잔뜩 기대했다가 실망하게 된 관표는 검선을 노려보았다.

검선은 관표가 책을 자세히 들여다보자 마음이 초조해져 있었다. 혹시 글을 알아 책의 가치를 알게 된다면 그마저도 빼앗길 판이었다. 원래 건곤태극신공은 상대를 공격하는 무공이 아니었다.

사람을 장생하게 하는 무공이고, 상대의 공격으로부터 자신을 지키는 무공이었다. 특히 내기를 기르고 육체의 내부를 기가 보호함으로써 적의 어떤 타격이나 독물로부터 자신을 지키는 데 최고의 공부였다.

고대로부터 전해오는 도가의 삼대신공 중 하나로, 전설상의 무공이었다. 문제는 이 칠단계로 이루어진 건곤태극신공을 익히는 데 걸리는 시간이었다.

기초를 터득하는 일단계가 무려 육십 년이 걸렸다.

이단계가 삼십 년이고 삼단계가 십오 년이 걸린다. 그리고 사단계가 십 년이 걸린다.

아무리 뛰어난 기재라도 상관없이 무조건 그 정도의 시간이 걸려야 터득할 수 있는 무공이 바로 건곤태극신공이었다. 결국 백십오 년은 꼬박 이 신공을 수련해야 전반의 사단계를 터득할 수 있게 된다.

또한 최소 사단계는 터득해야 태극심결상의 내기가 제 역할을 한다. 그리고 그 다음 오단계부터는 빠르면 십 년 정도의 수련이 필요하다. 그리고 육단계, 칠단계는 얼마나 열심히 수련하느냐에 따라 그 경지를 이룰 수 있었다.

한 가지 건곤태극신공이 좋은 점은, 누구든지 사 단계까지만 참고 수련을 끝내고 나면 나머지는 포기하지만 않는다면 끝을 볼 수 있다는 사실이었다.

사단계를 터득하는 순간, 터득한 자의 신체나 정신은 무공을 터득하기에 가장 알맞은 체질로 바뀌게 된다.

이 체질이란 외가무공에 적합한 신체(身體)뿐이 아니라, 내공을 닦기에 가장 적합한 정(精)과 신(神)을 만들어주며, 삼단전과 혈도를 골고루 발전시켜 준다.

무식할 정도의 인내력이 아니면 사단계까지 갈 수도 없겠지만, 누가 끈기있게 배워서 사단계까지만 가면 나머지는 갈수록 쉬워지는 것이 건곤태극신공이었다. 하지만 백십오 년 동안 고생한 무공은 상대를 공격하는 덴 별 소용이 없었다.

그러다 보니 누가 이 무공을 터득하려 하겠는가? 특별히 강한 무공도 아니고 단순하게 지키는 형식의 무공이고 보니, 그 시간에 다른 무공을 터득하는 것이 백배는 나을 것이다. 물론 이 무공을 속성으로 배우는 방법이 있긴 있다.

바로 공령석수였다.

도가의 보물인 공령석수라면 그 기간을 십 분의 일, 이상으로 줄일 수 있었다.

　검선의 입장에서 보자면 밥에 물 말아서 꿀꺽하려는 순간 봉변을 당한 셈이었다.

　생각할수록 억울하고 화가 나는 일이다.

　검선은 관표가 자신을 험악하게 노려보자 속으로 찔끔했다.

　늙은이답게 관표가 자신을 왜 째려보는지 대충 눈치를 챌 수 있었다. 조금 뜻밖이라면 무식해 보이는 관표가 글을 읽을 줄 아는 것 같다는 사실이다.

　"이 사기꾼 놈아, 내가 이걸 그냥 놔두면 너는 이 책으로 또 죄없는 양민에게 사기를 치겠지?"

　검선은 기가 막혀서 눈물이 나올 지경이었다.

　지금 백주 대낮에 산적질을 한 놈이 뭔 말인가? 그럼 사기는 나쁜 짓이고, 산적질은 좋은 일이란 말인가? 그러나 우선 살고 봐야겠고, 자신이 살려면 우선 아부부터 하고 봐야 할 일이었다.

　"이보게, 젊은이. 내 다신 안 그럴 터이니, 그 책은 그냥 놔두게. 내가 그것마저 없으면 이 늙은 몸으로 어떻게 살아가겠나?"

　관표는 이제 겨우 사십이나 되었음직한 중년인이 늙은이라고 하자 어처구니가 없었다.

　'이제 보니, 이놈은 자신이 이 책대로 공부를 해서 젊어 보인다고 사기를 쳤구나? 얼마나 사기를 쳤으면 말투마저 습관이 되었을까?'

　생각하면 할수록 검선이 미워진다.

　"대체 나이가 몇이기에 늙은이라 하는 게냐?"

　"내… 내 나인, 이제 일흔둘일세."

　검선은 말 한마디가 힘이 들었다. 빨리 이 고통에서 벗어나고 싶었으며 평생을 바쳐서 겨우 마련한 보물을 지키고 싶었다. 그래서 사실대로 말했을 뿐이었다.

관표는 어이없는 표정으로 검선을 보았다.

"이제 사십이나 될 것 같은 주제에 스스로 늙은이라 하니 부끄럽지도 않느냐?"

검선의 얼굴이 심하게 구겨졌다.

호통을 친 관표는 두 개의 옥병을 들었다.

"이 옥병들은 무엇 하는 것이냐?"

검선은 긴장했다.

그야말로 가장 중요한 순간이 온 것이다.

자칫해서 공령석수를 저 산도적이 마시기라도 하는 날에는 그야말로 백 년 공부 도로 아미타불이 될 처지였다.

"그것은, 하나는 몸을 보하는 약이고, 하나는 혹시나 해서 들고 다니는 독약이다."

검선은 말이 안 통하는 관표의 의도대로 사기꾼이 되기로 했다. 아무리 우겨도 안 믿어줄 바엔 차라리 그의 말을 인정하는 것이 고통을 줄이는 방법 같았다. 그리고 나름대로 살아날 방법이 생각났다.

관표는 자신의 생각대로 검선이 사기꾼임을 인정하자 의기양양했다.

"흠, 그러니까 이게 하나는 독약이고 하나는 몸을 보하는 약이라 이거지. 근데 독약은 왜 가지고 다닌 거지?"

"그… 그건 독약이 아니고, 단지 상대의 정신을 잃게 만드는 약일 뿐이다. 급할 때 쓰려고 가지고 다니는 물건이다. 이제 제발 나를 좀 내려놔다오."

"둘 중에 어떤 것이 독약이고, 어떤 것이 보약인지 말해라!"

검선은 할 수 없다는 표정으로 백옥병을 보면서 대답하려 하였다.

"됐다. 말해 보았자 거짓말일 확률이 높으니 차라리 내가 알아내고 말지."

관표는 검선을 본 척도 안 하고 히죽 웃더니, 두 개의 옥병을 살펴보았다.

백옥병과 흑옥병, 둘 다 진귀한 옥으로 만들어진 듯 귀중해 보였다. 백옥병은 좀 큰 편이고 흑옥병은 조금 작았다.

관표는 우선 백옥병을 열어 냄새를 맡아보았다. 그 안에는 맑은 액체가 들어 있었는데 은은한 향기가 배어 나왔다.

백옥병은 마치 얼음처럼 차가웠고, 그 옥병을 쥐고 있는 것만으로 온몸이 시원해지는 느낌이었다.

검선은 참혹한 얼굴로 관표를 보고 있었다.

자신의 얼굴을 관표가 봐주길 바라며.

관표는 흑옥병의 뚜껑도 열었다. 뚜껑을 열자 그 안에서는 조금 역한 냄새와 함께 검은 액체가 들어 있었다.

관표는 두 개의 옥병을 번갈아 바라보았다. 검선도 긴장한 눈으로 관표를 보았다.

'제… 제발……'

검선은 울고 싶었다.

"이보게, 청년. 내 이렇게 매를 맞고 내 돈마저 가져갔으니, 그 백옥병에 있는 약이라도 조금만 먹여주면 안 되겠나."

검선은 관표에게 사정을 하였지만 관표는 들은 척도 하지 않았다. 그는 두 개의 옥병을 번갈아 볼 뿐이었다.

검선은 관표를 보며 가슴을 졸이고 졸였다.

관표는 산골 화전민 출신이었다.

화전민들은 음식이 없어 풀뿌리로 연명을 할 때가 많았다.

관표 역시 풀뿌리로 끼니를 때우던 때가 한두 번이 아니었다. 그래서 화전민들이라면 먹을 수 있는 풀과 못 먹는 풀, 독버섯과 먹을 수 있는 버섯을 능히 판별할 수 있었다.

그리고 오랜 세월에 걸쳐 만들어진 진리가 있으니.

'독버섯은 빛이 나고 향이 좋으며, 몸에 좋은 약은 입에 쓰다' 라는 아주 간단한 진리였다.

화전민이라면 누구나 아는 명언이었다.

관표는 지체하지 않고 백옥병의 뚜껑을 닫았다. 그런 다음 흑옥병 안의 액체를 단숨에 다 마셔 버렸다.

"저… 저……."

검선은 그 모습을 보고 입을 딱 벌리다 기혈이 역류하며 기절하고 말았다.

원래 백옥병에 든 액체는 빙한수(氷寒水)라는 극음의 약으로 사람이 한 방울만 먹어도 즉시 얼음이 되어 죽는 극약이라 할 수 있었다. 그리고 흑옥병에 든 액체가 공령석수인데 그 많은 양을 한 번에 다 마셔 버리는 관표를 보고 울화가 치민 검선은 상세가 도지며 기절한 것이다.

검선은 천리취개, 혜원 대사와 함께 종남산 종남파에 들렀다가 당문으로 가는 중, 한 가지 소식을 접하게 되었다.

오흉 중 한 명인 패천흉마가 공령석수를 발견하고 그것을 찾아 섬서성으로 왔다는 소식이었다. 그 말을 들은 검선은 소림의 혜원 대사, 개방의 천리취개와 함께 그의 뒤를 쫓았다.

건곤태극신공을 지니고 있던 검선은 이는 하늘이 자신에게 준 기회라고 생각했다. 세 명의 무림고수는 자칫 소문이라도 나면 무림 전체가 혼란에 빠질 것을 염려해서 아무에게도 말하지 않고 패천흉마의 뒤를 쫓았다.

원래 흉악하게 생긴 자라 그 뒤를 쫓는 것은 어렵지 않았다. 그리고 패천흉마가 공령석수의 채취에 성공한 순간 세 명의 고수는 그를 찾을 수 있었다.

패천흉마는 세 고수의 협공에 큰 부상을 당하고 검선의 제룡수에 공령석수를 빼앗긴 채 도주하고 말았다. 셋 중 신법이 가장 뛰어난 천리취개가 쫓아가고, 혜원 대사와 검선이 남아 있는 순간 검선은 혜원 대사를 암습하였다.

설마, 검선이 자신을 암습하리라 생각하지도 못했던 혜원 대사는 죽는 순간 대라금강수를 펼쳐 검선에게 치명적인 부상을 입혔다.

겨우 혜원 대사를 죽였지만, 검선도 무공을 펼치지 못할 만큼 큰 부상을 당하고 말았다. 겨우 혜원의 시체를 처리한 검선은 천리취개가 돌아오기 전에 공령석수를 복용하고 자신의 무공을 회복시킬 수 있는 곳을 찾아가다가 관표를 만나고 만 것이다.

배신에 죽을 고생까지 다 해가며 얻은 것을 관표가 중간에 가로채한 모금에 꿀꺽해 버렸으니, 검선의 허탈함과 분노는 극에 이르지 않을 수 없었다. 결국 울화로 기절하고 만 셈이었다.

검선으로서는 아무리 생각해도 관표가 향기로운 빙한수 대신 보기만 해도 비릿한 냄새가 나는 공령석수를 선택한 이유를 기절하면서도 이해할 수 없었다.

선인이 어찌 화전민의 마음을 헤아리랴.

밥을 굶어보지 않은 자가 어찌 배고픈 자의 마음을 이해할 수 있겠는가?

第三章
대력철마신공, 남자는 힘이다

귀하디귀한 공령석수를 한 번에 마셔 버린 관표는 처음엔 비릿했던 냄새가 차츰 달콤해지더니 가슴이 시원해지는 것을 느꼈다.

이로써 자신의 판단이 옳았다는 사실과 저 신선처럼 보이는 도사가 얼마나 흉악한지 증명된 셈이었다.

기분이 좋아진 관표는 나머지 물건들을 훑어보다 이번에는 책자에 눈길이 머물렀다.

조금 전 도사가 필사적으로 이 책을 지키려 했던 모습이 떠올랐다.

'저 도사가 하는 행동은 항상 거꾸로 생각하면 맞을 것 같으니, 이 책자도 정말 약간의 효험이 있을지 모른다. 아까 스스로 늙었다고 무의식 중에 중얼거린 것으로 보아 정말 나이가 많을지도 모르고.'

여기까지 생각이 미치자 관표는 기절해 있는 도사의 얼굴을 보았다.

청수하게 생긴 모습이 사뭇 미남형인 데다 이제 사십대의 모습으로,

도저히 도사가 말한 일흔두 살 같진 않았다.

'정말 이 책으로 효험을 본 것인가?'

관표는 더 이상 생각지 않고 책자를 백옥병과 함께 단단하게 품 안에 갈무리한 다음 전낭을 허리에 찼다. 별 필요가 없는 능라를 제하고 취할 것은 모두 취한 관표는 기절해서 늘어져 있는 검선을 보았다.

'죽여, 살려.'

관표는 검선의 처리 문제를 심사숙고하였다.

조공은 특히 사람의 처리 부분에 대해서 강조했었다.

"두 발로 걷는 짐승은 은혜를 원수로 갚는 재주가 비상하다. 녹림호걸은 그 부분을 명심하고 사람을 처리하는 데 큰 결단력이 있어야 한다. 특히 비굴하고 사기성이 농후한 자일수록 절대 살려두지 말아라. 그런 자일수록 강자에 약하고 약자에 강하며, 언제나 너의 뒤통수를 노려보고 있을 것이다. 만약 내 말을 명심하지 않으면 크게 후회할 일이 생길 것이다. 특하나 야비한 듯한 놈들은 반드시 죽여라! 그렇지 않으면 두고두고 후회한다."

관표는 아직 사람을 죽여본 적이 없었다. 아무리 봐도 후일에 보복을 하러 올 것 같은 인물인데 죽이자니 영 찜찜했다.

첫 살인이란 원래 그렇게 어려운 법이다.

"살인이란 별거 아니다. 네가 사냥에서 멧돼지 잡듯이 하면 된다. 원래 인간도 짐승과 별다른 것이 전혀 없다."

조공은 누차 살인에 대해서 강조했었다.

관표는 결심을 하고 목부(木斧)를 굳게 잡았다.

'하나를 죽여 내 부모 형제가 위험에서 벗어나고 배를 곯지 않는다면, 난 한다. 더군다나 이 도사는 사기꾼 아닌가. 이놈이 죽어야 죄없고 가난한 평민들이 사기로 봉변당하는 일이 줄어들 것 아닌가?'

관표는 검선의 머리를 노려보았다. 그런데 바로 그때 관표의 가슴으로 뜨거운 기운이 확 몰려오더니 갑자기 노곤해졌다.

공령석수를 그렇게 들이마시고도 이상이 없다면 오히려 이상한 일이었다.

풀썩 하는 소리와 함께 쓰러진 관표는 약 기운을 이기지 못하고 잠에 취해 버렸다.

꽈르릉!

천둥 소리와 함께 비가 쏟아지며 검선은 정신이 들었다. 비록 내공을 잃었고 내상이 심했지만, 원래 무공이란 내공을 닦으면 외공도 함께 수련하게 마련이었다.

무인의 체력이란 나이로 따질 수 없음이니, 특히 임독양맥이 뚫려 신체적으로 어느 정도 젊음을 유지했던 검선이었다. 보통 사람이라면 벌써 죽었어도 세 번은 죽었어야 할 몸이지만, 그는 비를 맞고 고개를 내민 죽순처럼 그렇게 살아서 눈을 떴다.

머리가 깨질 듯했고 가슴이 터져 나갈 것 같았지만, 우선 그의 시선은 자신의 물건을 찾았다.

이미 인사불성이 되어 쓰러져 있는 관표의 모습이 눈에 들어왔다.

'으드득, 요 여우 같은 새끼가 약에 취해 잠이 들었구나?'

검선은 빠르게 상황을 짐작할 수 있었다. 그리고 자신이 살려면 지금밖에 기회가 없다는 사실도 알았다.

검선은 판단이 서자 어떻게 해서든 자신을 묶은 줄을 풀려고 안간힘을 쓰기 시작했다.

'저 도적 놈이 깨기 전에 빨리 줄을 풀어야 살길이 생긴다.'

검선은 도가에 몸을 담고 처음으로 태상노군에게 빌고 또 빌었다. 그의 생애에 진심으로 태상노군을 찾은 적은 이번이 결단코 처음이었다. 얼마 전에 원시천존을 찾은 것 빼고 말이다.

관표가 검선을 묶은 줄은 칡넝쿨을 엮어 만든 것으로, 그렇게 단단한 줄은 아니었다. 하지만 묶여진 손목과 허리 부분은 줄에 긁혀 상처가 났고, 진물러서 상당히 고통스러웠다.

검선은 이를 악물고 참았다.

'내, 저 도둑놈의 새끼를 통째로 구워 먹기 전엔 절대 죽지 않겠다.'

도사치고는 너무도 흉악한 생각을 한 검선은 몸을 뒤틀고 허리를 틀며 칡넝쿨을 끊으려 하였다.

내상과 외상으로 인해 온몸이 부서지는 고통도 그의 집념을 막을 순 없었다.

그의 칠십 년 인생을 전부 다 바친 보물들을 날로 삼키려는, 아니, 이미 삼킨 관표 앞에서 그 정도쯤이야 능히 참아낼 수 있었다.

사람이 악에 받치면 뭔 일인들 못하랴.

검선의 노력에 대한 성과인지 아니면 진심으로 태상노군을 찾았음에 신이 감동한 것인지, 드디어 칡넝쿨이 느슨해졌고 엮어진 넝쿨들이 몇 가닥 끊어져 나갔다.

검선은 희망이 생기자 더욱 몸부림을 쳤다. 내상으로 인해 가슴이 불로 지지는 것처럼 아파왔다. 그래도 멈출 수는 없었다.

'태상노군님, 원시천존님, 제발……'

한편 바닥에 누워 있던 관표는 그의 몸을 완전히 잠식한 공령석수의 힘으로 인해 몇 시진 동안 잠이 들어 있었고, 그사이에 공령석수는 그의 몸에 골고루 자리를 잡아갔다. 그러고 나니까 이번엔 그 힘이 그의 사지에서 힘을 뿜어내기 시작했다.

그 넘치는 힘을 감당하지 못한 관표가 갑자기 벌떡 일어났는데, 하필이면 그 순간 검선을 묶은 칡넝쿨이 끊어지며 검선은 얼굴부터 관표의 머리 위로 추락해 왔다.

그 절묘한 시간상의 배분은 신이 조절하지 않는 이상 도저히 일어나기 불가능한 모습이었는데, 일어나는 관표의 머리가 정확하게 떨어지는 검선의 입을 가격해 버렸다.

퍽 하는 소리와 함께 검선의 앞니 다섯 개가 부러져 날아갔고, 검선은 다시 기절했다. 뿐이랴, 너무 강한 약 기운으로 인해 하마터면 바보가 될 뻔한 관표의 머리가 추궁과혈되면서 그 위기를 모면하게 되었다.

그래서 세상 사람들이 말하기를 사람은 천운을 타고나야 영웅이 된다고 했었다.

관표의 지금 상황이야말로 천운이라 할 수 있었다.

비록 백회혈의 충격으로 바보가 되는 것은 면했지만 그의 몸은 넘치는 힘을 감당하지 못했다.

관표는 제정신이 아닌 상황에서 산으로 달리기 시작했다. 몸을 찢어놓을 듯이 넘치는 힘을 어딘가로 발산하지 않으면, 그의 몸은 금방이라도 터져 나갈 것 같은 상황이었기에 무의식적으로 뛰기 시작한 것이다.

그때부터 그는 무려 삼 일간 정신을 잃은 채, 산속으로 이리 뛰고 저리 뛰어다녔다.

그렇게 힘을 체외로 배출하면서 약의 힘이 그의 몸에 조금씩 녹아 스며들었다. 그리고 어느 순간 그 힘이 한꺼번에 터져 버리자, 관표는 그 힘으로 더욱 빠르게 산등성 위를 달렸다.

그 모습은 마치 한 마리의 멧돼지 같았다. 한데, 한동안 달리던 관표의 앞에 한 명의 거대한 사내가 가부좌를 틀고 앉아 운기를 하고 있는 것이 아닌가? 그 위치가 하필이면 관표가 달리고 있는 산등성이의 정면이었다.

패천흉마(霸天凶魔) 유가위는 사 일 밤낮을 도망 다니다 겨우 천리취개(千里醉丐) 노가구의 추격을 뿌리칠 수 있었다.

지금 생각해도 그 늙은 거지의 추격은 집요해서 치가 떨렸다.

자신이 검선에게 상처만 입지 않았어도 능히 상대할 수 있는 인물이었지만, 상처를 입고 상대하기엔 벅찬 실력자였다.

둘은 도망가다 싸우고, 싸우다 추격하기를 사 일간 하고 보니, 둘 다 지치고 상처투성이가 되어버렸다. 결국 천리취개 노가구는 유가위를 포기하고 돌아갈 수밖에 없었다.

우선 상대에게서 공령석수를 빼앗았다는 안도감이 노가구의 발걸음을 가볍게 하였다.

'내 앞으로 도사와 거지새끼들의 씨를 말려 버리겠다.'

유가위는 이를 박박 갈았다. 그러자면 우선은 내외상을 치료하고 운기를 하여 공력을 회복하는 것이 먼저였다.

사실 그는 더 이상 움직일 힘도 없었다.

그는 산등성이에 있는 커다란 바위를 찾아내곤 그 아래에 앉아 운기를 막 시작하였다.

바위는 높이가 무려 삼 장여에 달했고, 그 위에는 제법 커다란 돌이 이층으로 놓여 있었다.

한데 제법 큰 바위는 조금 둥글게 생겨 왠지 잘못하면 언제라도 굴러 내릴 듯 위태위태했다. 그러나 지금 패천흉마 입장에서 그런 것을 가릴 처지가 아니었고, 시간도 없었다.

또한 그것까지 자세히 살피기엔 상황이 너무 좋지 않았다.

흉마는 바위 아래 앉아 겨우겨우 한 가닥 진기를 끌어올려 하단전에 모으려는 순간, 무엇인가 맹렬하게 돌진해 오는 발자국 소리를 들었다.

처음엔 산돼지인 줄 알았다. 그러나 발자국 소리가 두 발 달린 짐승의 그것 아닌가? 기겁을 한 패천흉마가 들끓는 진기를 억누르며 눈을 뜨는 그 순간, 꽝! 하는 충격과 함께 그는 돌진해 온 그 무엇인가와 한 덩이가 되어 뒤에 있는 바위에 날아가 충돌하였다. 그야말로 마른하늘에 날벼락이란 이를 두고 하는 말일 터였다.

끌어올린 진기를 갑자기 누를 수 없었기에 일어난 일이었다. 평소라면 그래도 그게 자유자재로 가능할 수도 있었지만, 심한 부상 중에 끌어올린 진기라 갑자기 멈추면 주화입마하고 말 것이다.

유가위는 처음 충격으로 내부가 진탕되어 무공을 상실했고, 두 번째 충격으로 기가 역류하며 절명 직전이었다.

"이이……."

익힌 무공 탓인지 그래도 한 가닥 정신으로 관표를 밀어낸 흉마 유가위가 벌렁 자빠진 관표를 보고 이를 갈 때였다. 마침 이층 구조로 되어 있던 바위가 충격으로 흔들리며 데구르르 굴러 내려와 유가위의 머리에 쿵 소리를 내며 떨어졌다.

결국 패천흉마 유가위는 중단전과 등에 가해진 이중 충돌의 충격과 머리를 내려친 바위에 의해 두개골 함몰로 즉사하고 말았다.

일대의 마두치고는 너무도 허망한 죽음이라 하겠다.

그가 죽인 수많은 사람들에 비해선 너무 편한 죽음이었다.

만약 그의 무공이 흩어지지 않은 상황이었다면, 그는 결코 굴러 떨어진 바위 따위에 맞아 죽진 않았을 것이다.

검선은 다시 한 번 정신을 차렸다.

온몸이 뒤틀리고 내부가 엉망인데다, 깨지고 부서진 이가 그의 고통을 가중시켰지만 검선은 바들거리며 정신을 차렸다.

너무 억울해서 죽을 수가 없었다.

반드시 살아서 그 억울함을 풀고 싶었다.

바로 손에 쥐었던 부귀영화와 천하제일의 명예가 한 번에 날아가 버린 허탈함은 그를 좌절하게 만들었지만, 그 모든 것을 빼앗아간 산도적에 대한 분노가 그의 생명을 질기게 이어주었다.

그러나 그의 생명은 이미 기름이 다해 꺼져 가는 등불이었다. 온몸이 부서져 나가는 아픔을 참고 사방을 둘러보던 검선의 시선에 바닥에 떨어져 있는 흑옥병이 보였다.

검선의 눈에 희망이 감돌았다.

'단 한 방울이라도 남아 있으면 된다.'

그는 기고 기어서 관표가 내던진 흑옥병이 있는 곳으로 갔다.

떨리는 손으로 흑옥병을 입으로 가져간 후, 그것을 거꾸로 물고 누웠다.

약 반 각의 시간이 지나자, 흑옥병에서 한 방울 정도의 공령석수가 그의 입 안으로 떨어졌다. 그러자 시원한 기운이 그의 목을 타고 뱃속으로 흘러내렸다.

'이제 됐다. 내가 운기가 끝나고 내상이 완쾌될 때까지만 기다려라, 이 도적 놈의 새끼.'

검선은 너무 억울하고 화가 나서 눈물이 주루룩 흘러내렸다. 그렇지만 그의 내상은 너무 커서 무려 그 상태로 칠 일 동안이나 누운 채 내상 치료를 해야만 했다. 그래도 공령석수의 효능은 무서워, 검선의 무공은 가일층 진보했으니 고생한 보람은 있었다고 하겠다.

관표는 꾸물거리며 정신을 차렸다.

일어나서 몸을 움직여 보았다.

푹 쉬고 일어난 것처럼 개운했고, 활력이 넘쳤다.

'햐, 그 약이 정말 좋긴 좋은가 보네.'

그리고 보니 사기꾼 도사가 아주 거짓말을 하진 않은 모양이었다. 괜히 미안한 마음이 들었다. 그는 서둘러 사방을 둘러봤는데, 도사는 어디 가고 엉뚱하게도 집채만한 인간이 곁에 죽어 있었다.

'이게 어떻게 된 일이지? 그 사기꾼 도사가 요술이라도 부렸나?'

흐릿한 머리 속으로 무엇인가 기억이 날 것도 같은데 기억하기가 쉽지 않았다.

결국 관표는 상황 이해를 포기하고 우선 쓰러진 사람을 보았다.

거대한 덩치가 능히 거인 중의 거인으로 얼굴은 흉신악살이 따로 없어 보였다.

'이 사람이야말로 녹림호걸을 하기에 딱 알맞은 얼굴이다.'

감탄하며 다시 한 번 장신의 사내를 살펴보았다. 그리고 보니 머리가 깨져 엄청난 피를 흘린 채 죽어 있었다. 그 옆엔 사람의 머리보다 조금 큰 바위가 '내 탓이오' 하는 표정으로 당당하게 놓여 있었다.

'이자는 뭐 하다 낙석에 맞아 죽었나?'

궁금했지만 참기로 한 관표는 자리를 뜨려다 다시 한 번 죽은 사람을 보았다. 그냥 떠나기가 영 개운치 않았다.

'그래, 죽은 자나 산 자나 무엇을 가리겠는가?'

관표는 죽은 패천흉마 유가위의 몸을 뒤지기 시작했다. 그는 자신의 직분을 충실하게 이행하기로 결심한 것이다.

흉마의 품을 뒤지자, 우선 오래된 책자 하나와 만든 지 얼마 안 되어 보이는 책자 하나가 나왔다. 그리고 여러 가지 잡다한 물건들이 나왔는데, 그중에서 작은 청옥병 하나와 홍옥병 하나가 나왔다. 그리고 손바닥만한 철패가 관표의 관심을 끌었다.

철패에는 패천이왕(覇天二王)이라고 적혀 있었다.

청옥병과 홍옥병은 손바닥만한 크기였는데, 청옥병엔 음양접(陰陽接)이라고 적혀 있었으며, 홍옥병엔 신선향(神仙香)이라고 적혀 있었다. 그리고 두루마리 종이가 하나 있었다.

관표는 두루마리 종이를 펼쳐 그 내용을 읽어보았다.

두루마리 종이는 음양접에 관한 이야기와 그 약의 효능 및 사용에 관한 것들이 적혀 있었다.

종이에 적힌 글씨는 별로 잘 쓰진 못했지만 제법 또박또박 써 내려가 관표가 읽기에 불편함이 없었는데, 그 내용을 보면, 이 음양접을 만든 사람은 송나라 시대의 요상군(姚相君)이라는 도인이라고 적혀 있었다.

그에게는 제법 반반한 아내가 있었는데, 자신의 아내가 다른 남자와 바람을 피우자 거기에 앙심을 먹고 이 음양접을 만들어내었다. 원래 약물을 잘 만들기로 유명했던 그는, 오 년간의 노력 끝에 이 음양접을 만들어내었고, 그것을 이용해 자신의 아내와 아내의 정부를 혼내었다는 사연이 적혀 있었다.

…중략……. 음양접은 일종의 접착제다. 단 이 접착제의 효능이나 무서움은 다른 그 어떤 접착제와도 비교하기를 거부한다. 먼저 이 음양접을 일정 비율로 물에 타서 아무 곳에나 한 방울을 떨어뜨리고 다른 어떤 것이든 그 위에 붙이면 절대 떨어지지 않는다. 만약 검이 부러진 곳에 이 음양접을 칠하고 검을 붙이면, 다른 곳이 부러질지언정 붙은 곳이 떨어지는 경우는 절대 없을 것이다. 사용상 주의할 점은 흐르는 물을 만나면 타고 오르는 성질이 있으니 조심하기 바란다. 만약 바닥에 칠을 하고 거기에 오줌을 누면, 그 오줌을 타고 올라 거시기에 저절로 음양접이 칠해질 수가 있으니 특히 조심하기 바란다. 그렇게 되면 바지와…중략……. 노부는 이 음양접을 만들어놓고 아내에게 말하길, 이를 남자의 거기에 칠하면 삼 일 밤낮을 즐겨도 거시기가 죽지 않을 것이라 하였다. 내 음란한 아내는 그 말을 믿고 정부를 만나 거시기에 음양접을 칠했다. 그리고 둘이서 교접을 하는 순간 둘은 붙어서 떨어지지 않았으니, 나는 집 문을 열고 동네 사람들을 전부 모아서 그 꼴을 구경하게 하였다. 나는 그날로 도사가 되어 세상과 인연을 끝냈으며, 아내와 정부는 차마 말하기 어려운 꼴이 되었다. 후에 내가 죽을 때가 되어 이것을 버릴까 하다가, 혹여 그 쓰임새가 있을까 하여 후세에 남겨놓으니, 후인이 이를 제대로 사용하여 좋은 일에 쓰이도록 해달라. …중략……. 음양접 한 방울을 한 대접의 물에 타 쓰면 되고, 물의 비율을 얼마나 사용하느냐에 따라 그 용도와 방법은 실로 다양하다. …중략…….

'세상에 얼마나 지독한 사람이길래 마누라가 바람을 피우는데, 오 년간이나 참고 복수의 기회를 노렸단 말인가?'

관표는 존경심이 절로 우러나왔다.

그는 조금도 망설이지 않고 음양접과 철패를 품에 넣었다. 그리고 음양접을 칠하는 물건인 듯한 붓도 함께 품에 넣었다.

철패는 뭔지 몰라도 패 한쪽에 그려진 맹호의 모습이 너무 멋있어 취하기로 하였다. 그리고 음양접의 사용법이 적인 두루마리 종이는 들고 다니기 귀찮을 것 같아 버리기로 하였다. 대신 두루마리 안에 적힌 내용은 기억하기로 하고 세세히 읽어보았다.

음양접을 만든 사연 아래에는 음양접을 사용하는 방법에 대해 자세히 설명되어 있었다. 다행히 그 내용은 그다지 길지 않았다.

한데 이 음양접이란 것이 읽으면 읽을수록 신기하고 기가 막힌 물건이었다.

물론 내용이라야 음양접을 물에 어떻게 얼마를 타서 쓰느냐에 따라 그 효능과 효과가 달라진다는 내용이었는데, 물의 양이나 물의 비율에 따라, 일정 시간이 지나 접착 효과가 나타날 수 있도록 조절이 가능하였다. 과연 이 물건이 어디에 쓰여질진 몰라도 굉장한 접착력은 누차 그 안에 설명되어 있었다.

특히 이 음양접의 가장 무서운 점 중 하나는, 사용하는 물의 양을 일정 비율로 조절할 경우 인간의 신체가 다른 어떤 물건과 접착될 때 겉만 눌러 붙는 것이 아니라 살과 뼛속의 신경까지도 함께 눌러 붙을 수 있다는 점이었다. 그렇게 되면 정말 그것을 떼어내기란 쉽지 않은 일이었다.

이 물건을 사람에게 사용하는 것은 절대로 자제하기 바란다. 그리고 음양접을 만드는 방법은 음양접이 든 병에 새겨놓았으니, 이 갑자의 내공을 병에 주입하면 그 내용을 볼 수 있으리라.

요상군은 따로 이렇게 당부를 하고 있었다.

음양접에 대한 내용을 머리 속에 각인시킨 관표는 두루마리 종이를 모두 찢어서 산으로 던져 버렸다.

다음 관표는 신선향이라 써진 홍옥병을 보았다. 대체 이것이 무엇인지 알 길이 없었다. 또한 이 홍옥병에 대한 내용은 그 어디에도 없었다. 그래도 무엇인가 쓸 만한 물건이라 생각하고 품에 넣었다.

다음 관표는 조금 오래된 책자를 먼저 들추어보았다.

책의 겉 표지에는 대력철마신공(大力鐵魔神功)이라고 적혀 있었다.

'제법 거창하네.'

관표가 속으로 코웃음을 치며 책의 겉 표지를 넘기자 무지막지하게 생긴 노인의 얼굴이 그려져 있었다. 노인의 초상화 아래는 철강신마(鐵鋼神魔) 노후량이라고 적혀 있었다.

관표는 노인의 얼굴이 제법 마음에 들어 다음 장을 넘겼다.

남자는 힘이다. 대력철마신공은 그것을 위해 만들어진 무공이다. 남자가 아니면 보지 마라! 여자라면 이 무공을 자신의 낭군에게 익히게 하라! 그러면 그는 최고의 남자가 되리라!

굉장히 맘에 드는 문구였다.

관표는 그 다음 장을 넘겼다.

대력철마신공을 익히는 자는 능히 그 어떤 내가중수법이나 무기의 공격에서 자신을 지킬 수 있다. 이를 십성 이상 터득하면 철강기가 육신을 완벽하게 보호하니, 그 어떤 타격으로도 해할 수 없으리라. 이는 불가의 금강불괴보다 더욱 지고무상한 절기로 이를 터득한 자는 누구에게도 죽지 않으리라.

관표는 노인의 허풍을 비웃었다. 그럼 지금 죽어 있는 자는 이것을 제대로 못 배웠기 때문이란 말인가? 첫 장은 멋있어 보였는데 두 번째 장은 별로 마음에 와 닿지 않았다.

만약 관표의 이 생각을 철강신마가 들었다면 관에서 뛰쳐나왔으리라.

원래 대력철마신공은 강호의 강기무공 중 최고라고 알려진 무공이었다. 하지만 관표가 그걸 알 턱이 없으니 누가 뭐라 하랴.

관표는 그 책자를 던지려고 하다가 새로 만든 듯한 책자를 집어 들었다.

"끝까지 살피고 또 살펴보아라. 종이 한 장이라도 큰돈이 될 수 있는 것이 있을 수 있으니, 이는 녹림호걸이 가져야 하는 큰 덕목임을 명심해야 한다."

지금까지 조공의 말이 틀려본 적은 별로 없었다.

책자는 대력패왕신공(大力霸王神功)이라고 적혀 있었다. 첫 장을 넘기자 그야말로 엉망진창인 글씨로 쓰여진 문구가 있었다.

나 유가위는 이 대력패왕신공을 칠성 터득한 후에 우연히 대력철마신공을 손에 넣었다. 비록 대력패왕신공이 마도의 십대마공 중 하나이지만 대력철마신공과는 비교할 수 없으니, 내 반드시 이를 터득하여 독패천하하리라.

유가위는 이 문구를 부적처럼 자신의 품에 넣고 다녔었다. 그리고 대력철마신공을 터득하기 위해 공령석수를 목마르게 찾았던 터였다.

문구를 읽은 관표는 미련없이 대력패왕신공을 죽은 자의 가슴에 던졌다.

당연히 대력철마신공은 자신의 품에 넣었다.

관표는 책자들과 옥병들을 따로 분리해서 품 안에 넣었는데, 특히 책자들은 준비한 작은 보자기에 싸서 배에 둘러차듯이 묶어 넣고 품 안의 작은 주머니에 옥병들을 따로따로 넣었다.

이 정도 준비는 녹림의 영웅들에게 있어서는 기본이었다.

'첫 행보에 너무 많은 것을 얻었으니, 이는 신이 나를 돌보고 있음이 분명하다. 하나는 죽은 자에게 양보하자.'

관표는 의기양양했다.

사실 그 안의 내용이 맞는다면, 최고가 있는데 굳이 다른 것이 뭘 필요가 있겠는가? 그리고 패왕신공의 경우 그것을 터득해서 바위에 맞아 죽을 정도면 별 볼일 없을 것 같았다.

'이 책들을 어디다 팔아먹을까? 과연 얼마나 받을 수 있을까?'

아직 내공이나 무림의 무공에 대해서 문외한인 관표였다. 신선들의 세계가 있다는 소리는 들었다. 그 신선의 세계가 지금 자신이 가지고 있는 책들하고 연관이 있으리란 생각은 전혀 하지 못하고 있었다. 사실 대력철마신공 안의 인물은 신선치고는 너무 무식하게 생겼다.

물건 처리에 골몰한 관표의 머리 위로 거대한 뭉게구름이 두둥실 떠 있었다. 행복해하는 부모님과 동생들, 그리고 마을 사람들과 함께 잔치하는 광경이 벌써부터 눈에 선했다. 만약 지금 관표의 생각을 무림의 영웅호걸들이 안다면 어떻게 될까?

하긴 무림의 영웅이 어찌 산도적의 절박함을 헤아리랴.

그들에게 있어서 녹림인이란 자신의 이름을 빛나게 해줄 수 있는 아주 좋은 수단 중 하나일 뿐이었다. 그런 그들에게 이들이 무슨 생각을 하든 무슨 짓을 하든 무슨 상관이 있으랴. 도적이 있어야 영웅이 있고, 녹림이 있어야 그 이름을 알릴 수 있는 기회가 있음이니.

세상의 이치가 원래 그런 것이다.

第四章
오묘한 여자의 마음은 신도 이해하지 못한다

綠林鬪王

　파릇파릇한 신록이 세상을 녹색의 틀 안에 가두고 산자락에 웅크려 앉은 듯한 풍경이었다.

　바람은 오고 감이 자유롭고, 하늘이 좁은 틈으로 올려다보이는 오솔길은 인적이 드물어 다람쥐가 뛰어놀고 있었다.

　태양이 나뭇잎에 걸려 땅에 내려오지 못하는 오후 미시말(未時末:두 시에서 세시 사이 정도)경 그 오솔길에 몇 명의 그림자가 나타났다.

　봄보다 더 화사한 옷차림의 소녀와 푸른색 경장을 입은 청년 두 명이었는데, 청년들은 모두 등에 검을 메고 있었다.

　소녀는 마치 한 송이 꽃처럼 아름답고 정갈해 보였으며, 두 청년은 준수한 얼굴에 정기가 번쩍이는 눈빛으로 보아 제법 고강한 무공을 익히고 있는 것 같았다.

　"정말 세상은 아름답군요. 이번에 사형을 쫓아 나오길 잘했다는 생각이 들어요."

아름다운 소녀의 목소리는 바람 소리를 타고 살랑거렸다. 그 목소리를 들어보고 소녀를 보면, 목소리 예쁜 아가씨는 아름답지 않다는 말이 얼마나 허황된 말인지 느끼고도 남음이 있으리라.

소녀가 감탄한 듯 말하자 두 청년 중 왼쪽에 서 있던 푸른 경장의 청년이 호탕하게 웃으며 말했다.

"하하! 사매, 세상이 아름답다고 한들 어찌 사매의 아름다움만 하겠소."

청년은 호쾌하게 말하며 자신의 사매를 사랑스럽게 돌아보았다. 보고 또 보아도 질리지 않는 아름다운 얼굴이었고, 몸매였다.

혈기 왕성한 총각으로서 어찌 그런 여자를 사랑하지 않을 수 있겠는가? 현 화산파 장문인의 딸이자, 강호에서 가장 아름다운 무림오미 중에 한 명이었으니 그녀의 아름다움과 정갈함은 능히 말하지 않아도 될 만한 것이었다.

"사형은 그런 말씀 마세요. 어찌 저의 미모가 자연의 그것에 비할 수 있겠어요."

소녀는 청년의 칭찬을 기뻐하지도 싫어하지도 않는 것 같았다. 그 모습은 청년으로 하여금 아쉬움과 초조함을 지니게 하였다.

자신의 칭찬을 듣고 기뻐해 주었으면 하는 마음이 간절했기에 더욱 그랬다. 이때 또 다른 청년이 나서며 소녀에게 말했다.

"하 소저는 어찌 곡 형의 말을 믿지 않습니까? 내가 보기에도 능히 꽃 중의 꽃은 하 소저라고 할 만합니다."

소녀는 방글거리며 웃었다. 마치 이슬을 머금고 있던 꽃봉오리가 아침을 맞아 활짝 피어나는 것 같았다.

두 청년은 자신도 모르게 눈을 크게 떴다.

"당 소협도 사형을 닮아가는군요. 달콤한 말만 골라서 하시다니."

소녀는 싫지 않은 투로 투정을 한다.

당무영은 얼른 손을 흔들었다.

"이런, 이런, 내가 아무리 뛰어나도 어찌 곡 형을 쫓아가겠습니까? 전 아직 멀었죠."

"하하, 당 형은 너무 겸손하십니다. 대체 얼마나 많은 규수들이 당 형의 달콤한 구공(口功)에 속아 가슴을 졸였는지 솔직히 말해 보십시오. 내 다 짐작하고 있습니다."

"하하, 이거 너무하십니다. 두 분이 짜고서 절 놀리시는군요."

당무영의 익살에 청년과 소녀가 입을 가리고 깔깔거렸다.

웃고 있었지만 청년 곡무기는 조금씩 초조해졌다.

화산파에서 가장 뛰어난 세 명의 젊은 영웅이라고 하는 화산삼검 중 수좌인 곡무기는 어떻게 하든 사매인 하수연에게 잘 보이고 싶었다. 좀 더 정확하게 그의 마음을 표현하자면, 이번 여정을 통해 하수연을 자신의 여자로 완전하게 만들어놓고 싶었다.

군이 무림오미 중 한 명이라는 미명을 빼고라도 그녀는 화산파 장문 인인 화산용검(華山龍劍) 하불범(河不汜)의 딸이었다.

하수연을 차지함은 바로 다음 대 화산파의 장문인이 되는 지름길임을 그는 잘 알고 있었다. 만약 일만 잘 풀린다면 이야말로 일전쌍조(一箭雙雕)의 수라고 할 수 있었다.

더군다나 이번 여행은 사부인 하불범이 딸을 수제자인 자신과 맺어주려는 의도가 조금은 포함되어 있는 것도 어느 정도 눈치챈 곡무기였다.

기회가 있을 때 어떻게 해서든지 그녀를 사로잡아야 한다. 만들어준 기회도 성공하지 못한다면 그것은 자격이 없다고 해야 할 것이다. 그래서 곡무기는 의도적으로 산적이 많기로 유명한 작은 길로 하수연을 데리고 왔다.

이 기회에 자신의 멋진 모습을 보여주고 싶었던 터였다. 그런데 벌써 이틀이나 산길을 걷고 있건만 그 많던 산적들은 흔적조차 보이지 않고 하다못해 사람의 그림자조차 구경하지 못했다.

다행히 경치가 좋아 느릿하게 걸으면서 풍찬노숙을 해도 사매가 즐거워하니 그나마 다행이었다.

'산적들이 내게 기회를 안 주는구나.'

곡무기는 산적을 원망했다. 하지만 그것은 굳이 산적을 탓할 일이 아니었다. 척 보기에도 범상해 보이지 않는 청년 두 명이 어여쁜 아가씨와 이런 곳에 유유히 나타났으니, 산전수전에 공중전까지 다 거친 노련한 산적들이 미쳤다고 나타나겠는가?

보나마나 자신들을 노리고 온 명문정파의 제자일 게 뻔해 보이는데 누가 그 앞에 나타나겠는가? 더군다나 명문의 젊은 고수들은 공명심이 강해 인정사정이 없고, 예쁜 아가씨라도 함께 있으면 자신의 무를 뽐내기 위해서라도 거칠어진다.

평소 순하던 명파의 영재들이 어여쁜 아가씨 앞에서는 얼마나 사나워지고, 얼마나 공을 다투는지 그들은 아주 뼈저리게 잘 알고 있었던 것이다.

산적들의 이런 마음을 제대로 헤아리지 못하는 것을 보면 곡무기는 무공에 비해 강호 연륜이 부족하다 할 수 있었다.

이제 여기서 이렇게 느린 걸음으로 간다 해도 한 시진 정도 더 가면 대로가 나오고, 대로엔 당연히 도적의 무리가 거의 없었다. 그러면 자신의 실력을 뽐내려 했던 의도는 물 건너간 셈이 된다.

곡무기는 은연중에 초조해졌다.

앞으로 얼마 후면 사천당가의 가주인 당무염의 회갑잔치가 있다.

평소 화산의 장문인과 당가의 가주는 아주 친한 사이였다. 그래서 그의 손주인 당무영이 직접 하불범에게 초청장을 들고 왔었고, 초청에 응한 하불범은 세 사람을 먼저 출발시켰다.

함께 여행을 하며, 눈치 빠른 당무영은 곡무기가 하수연을 사랑하고 있음을 눈치챘다. 그러나 당무영 역시 그녀에게 쏠리는 마음을 주체하기 어려웠다.

명가의 자제답게 지금까지는 전혀 눈치채지 않게 가슴 깊이 그 감정을 숨기고 있었지만, 시간이 갈수록 그 마음을 지키기가 쉽지 않다.

서로 조금씩 다른 생각을 지닌 세 명의 청춘 남녀가 서로의 속내를 감추고 걸음을 옮길 때, 맞은편에서 한 명의 청년이 걸어오고 있었다.

청년은 후리후리한 키에 거대한 도끼를 어깨에 걸치고 휘적거리며 걸어오고 있었다.

관표였다.

관표는 첫 일을 야무지게 마무리하고 나자 자신의 일에 긍지와 자신감을 얻을 수 있었다. 단 하루 만에 한 일치고는 너무 큰 수익을 올린 그는 자신의 목부를 찾아 들고, 조공이 자신의 스승이나 마찬가지라고 말하며 소개해 준 반고충을 찾아가는 중이었다.

관표가 도사를 잡아 매달아놓은 곳에 갔더니, 도사는 나무에서 떨어져 엎어져 있었는데 불쌍하게도 서너 개의 이빨까지 부러져 있었다.

목부를 찾은 관표는 불쌍한 도사는 봐주기로 했다. 그래서 도사를 살려준 관표는 지금 가벼운 마음이었다.

"너는 반고충 선배님을 찾아 녹림의 도를 배우고, 앞으로의 장래를 의논함이 좋을 것이다. 물론 바로 그분을 찾아감은 그 또한 녹림의 예의는 아니니, 첫 작업으로 얻은 재물을 선물로 나누어 들고 감이 옳을 것이다."

관표는 조공의 말대로 첫 출사로 얻은 전낭의 돈을 나누어 선물할 생각이었다.

반고충은 섬서성 북부의 작은 길목을 차지하고 있는 반가채의 채주였다.

나이 오십에 녹림에 투신하여 십 년이 넘는 관록을 지녔으니, 그는 불굴의 녹림인이라 하겠다. 겨우 십여 명의 수하들을 거느리고 있는, 정말 별 볼일 없는 녹림채의 채주이고, 무공 또한 강하지 못한데도 불구하고 십 년 넘게 살아 있다면 결코 작게 볼 수 없는 무엇인가를 지녔다고 봐야겠다.

수염으로 인해 인상이 제법 험해 보이는 관표를 본 곡무기의 눈이 반짝였다. 그는 제발 눈앞에 걸어오는 청년이 산적이나 강도이길 빌고 또 빌었다. 그런데 다가온 청년은 세 사람을 완전히 무시하고 휘적휘적 걸어간다.

곡무기는 속으로 큰 실망을 금치 못했다.

관표가 두 청년의 뒤쪽에 천천히 걸어오는 하수연의 곁을 지나칠 때였다.

"꺄약."

하는 비명과 함께 하수연이 갑자기 앞으로 뛰쳐나가더니 울음을 터뜨렸다.

관표는 뭔 일인지 몰라 눈을 휘둥그레 뜨고 하수연을 보고 있었으며, 곡무기와 당무영도 영문을 몰라 그녀에게 뛰어갔다.

"사매, 무슨 일이오?"

하수연이 관표를 가리키며 흐느꼈다.

"흑흑, 사형… 저 사람이 갑자기 손을 뻗어 나… 나의……. 흐흐흑."

관표는 어이가 없어 입을 벌렸고, 곡무기와 당무영의 눈엔 살기가 어렸다.

그렇지 않아도 이런 기회를 학수고대 기다리던 곡무기였다.

당무영 또한 자신이 마음을 품고 있는 여자가 농을 당했다고 하자 앞뒤 가리지 않았다. 그러나 조금만 생각해 보면 이 일은 상당히 억지가 있었다.

하수연이 누구인가? 바로 화산파 장문인의 딸이었다.

관표가 아무리 남자라고 하더라도 내공이 전혀 없는 일개 범인이었다. 어떻게 하수연의 말이 가당키나 한 이야기인가? 하지만 두 청년은 그런 것을 가릴 상황이 아니었다.

그들에게 여신과도 같은 하수연이 거짓말을 했으리란 생각은 전혀 하지 못했다. 또 그런 거짓말을 할 이유도 없었다.

"네 이놈, 넌 누구냐? 보아하니 산적질이나 하는 놈인 것 같은데, 감히 음한 마음으로 나의 사매를 욕보이다니 죽고 싶은 게냐?"

곡무기의 말 한마디로 관표는 이미 죽은 목숨이나 마찬가지였다.

관표는 어이가 없었다.

"내 비록 산적일진 몰라도 여자에겐 눈길조차 준 적이 없는데, 어찌 나를 핍박하는 것이오."

관표는 제법 준엄하게 말했다.

곡무기의 입가에 잔인한 미소가 어렸다.

"오호, 그러니까 산적이란 말이지. 네놈은 참으로 정직한 산적이구나? 내 너의 그 점을 높이 평가하여 곱게 죽이진 않으마. 너 하나를 죽여 양민 백 명이 평화로워진다면, 내 어찌 수고를 마다하겠느냐?"

참으로 청산유수였다.

곡무기는 자신의 말이 채 끝나기도 전에 내공을 일으켰다. 그러자 곡무기의 검에서 푸른색의 검기가 희미하게 솟아났다. 그 모습을 본 당무영은 무척 놀란 눈빛이었다.

'희미하긴 하지만 검기라니, 벌써 저 정도의 경지라면 앞으로 곡 형의 장래는 참으로 밝겠구나. 과연 무림십준(武林十俊)에 걸맞는 실력이다.'

검기를 피워낸 곡무기는 당무영과 사매 하수연의 눈치를 슬쩍 보았다. 그들의 표정에 경탄이 어리자, 담담한 그의 얼굴과는 달리 속으로는 흐뭇함을 감추지 못했다.

사실 산적 하나 잡는 데 무슨 검기까지 필요하랴.

이는 사매 앞에서 자신의 실력을 뽐내려는 것에 불과했다. 검기를 만들어내기 위해 얼마나 많은 노력을 했는데, 이제야 사매 앞에서 자신의 진정한 실력을 보인 것이다.

이제 멋지고 화려한 검식으로 관표를 제압하기만 하면 된다.

"사‥ 사형, 죽이진 마세요."

이야말로 뛰어가는 사슴 발목 잡는 소리였으며, 밥이 끓고 뜸을 들이다 김빠지는 소리기도 하였다.

곡무기는 아쉬움을 감추고 자신의 사매를 보며 말했다.

"알았소, 사매. 내 사로잡아서 버릇을 가르쳐 놓으리다."

당무영은 곡무기가 검기까지 드러낸 이유를 알고 속으로 욕을 했지만, 끼어들 수도 없어 잠자코 있었다.

'야압!' 하는 순간 관표는 곡무기의 신형이 앞으로 튀어오는 것을 보았다. 순간 칼이 허공에서 갈라지더니 들고 있던 관표의 목부가 반으로 잘라졌다. 결국 그는 자신의 솜씨를 뽐내는 데 성공했다.

관표의 얼굴이 검게 변하며 곡무기를 보는 순간 곡무기의 발이 그의 배를 걷어찼다.

퍽 하는 소리와 함께 관표의 몸이 허공에 떴다가 풀썩 하는 소리와 함께 바닥에 추락했다.

관표는 하복부를 관통하는 고통에 하늘이 빙 도는 느낌이었다.

곡무기는 땅에 고꾸라진 관표를 한 손에 들어서 몇 군데 마혈을 점한 다음 하수연의 앞에 던졌다.

"사매, 이자를 어떻게 했으면 좋겠소?"

하수연은 안타까운 눈으로 관표를 보았다.

"비록 지은 죄는 크지만, 너무 불쌍해요."

곡무기의 얼굴에 감탄한 기색이 떠올랐다.

"사매는 마음이 너무 고와 탈이오. 자신을 욕보인 저런 미천한 자에게 자비라니 말이오."

"그렇습니다. 얼굴도 아름다운데, 마음까지 향기가 가득하니 이야말로 화중지화(花中之花)라 할 만합니다."

당무영이 옆에서 거들고 나서자 하수연의 얼굴이 조금 붉어진다.

그 모습이 더욱 고혹적이어서 두 청년의 단단한 몸이 흐물거리고 말았다.

관표는 아무리 생각해도 자신이 잘못한 것을 알 수가 없었다. 그의 죄라면 그녀의 옆을 지나쳐 걸어가려고 했던 것뿐이다.

조공이 관표에게 말하길.

"칼을 찬 자들하고는 상종을 하지 말아라. 그들은 괜히 시비 걸어 자신의 실력을 뽐내려 하고, 녹림의 호걸들을 자신의 몸보신용으로 생각하기 일쑤다. 특히 그들과 함께 다니는 여자는 아름다울수록 가시가 강하니 아예 쳐다보지도 말아라. 그게 사는 길이다."

관표는 그대로 행했다. 그러나 오묘한 여자의 마음을 관표가 어찌 알랴? 세상의 모든 남자들이 자신을 보고 눈을 돌리는 자를 보지 못한 하수연이었다. 아니, 그것을 참지 못하는 하수연이었다. 그런데 괘씸하게도 촌무지렁이 같은 얼뜨기가 감히 자신을 끝까지 외면하는 것이 아닌가?

당연히 자신을 보고 게거품을 물어도 모자라는 판에 끝까지 자신의 아름다움을 외면했다.

그녀의 상처받은 자존심이 결국 관표를 죽음으로 몰고 간 것이다.

말은 세상이 아름답고 어쩌고 했지만, 속으로 무지 심심하기까지 했던 그녀였다.

영리한 그녀는 곡무기가 자신을 왜 비좁은 이 길로 이끌고 왔는지 잘 알고 있었다. 하지만 더욱 재미있는 일을 기대했었는데, 전혀 그럴 기미가 보이지 않자 조금 짜증도 나 있었다. 그런데 한낱 촌놈이 자신을 무시했다고 생각하자 울화가 치밀었다.

그 오묘한 여자의 심리를 세 명의 숫총각은 전혀 알 길이 없었다.

관표는 그저 억울했고, 두 명문정파의 후기지수는 신이 났다. 원래 혈기 왕성한 젊은 청년들이고 보니 관표를 때려눕히고 영웅이 된 기분이었다.

그것은 토끼를 잡고 환호하는 아이들과 다르지 않았다.

그들 중엔 그 누구도 토끼의 입장에 서서 생각하지 않는다.

숨이 넘어갈 정도로 아픈 통증을 참으며 그들이 하는 소리를 듣고 보니 관표는 기가 막히고 화가 났다.

"이 우라질 년아! 너는 내가 무얼 잘못했다고 나를 모함하느냐?"

관표가 눈을 부라리며 호통을 쳤다.

수유촌에서 마을의 장래를 짊어질 청년이라 해서 그 누구도 괄시하지 못했던 관표였다. 단순하지만 무식하지 않았고, 화가 나면 무모할 정도로 용맹함을 지닌 관표였다.

그는 너무 분한 마음에 조공의 말을 깜박하고 말았다. 뭐, 이런 상황이면 누구인들 참겠는가?

여하간 관표의 고함 소리에 하수연의 얼굴이 파랗게 질렸다.

그녀는 머리에 털 나고, 아니, 세상에 태어나고 처음으로 상소리를 들었다.

곡무기의 얼굴이 노래졌다.

그는 자신이 욕을 먹은 것보다도 더욱 당황한 것 같았다.

"이런 쳐 죽일 놈, 절대 용서할 수 없다."

퍽 하는 소리와 함께 곡무기의 발이 관표의 배를 다시 한 번 걷어찼다.

관표는 무려 이 장이나 날아가 땅에 처박히고 코와 입으로 피를 토했다.

"사… 사형, 너무 심하게 하지 마세요."

하수연이 곡무기를 말리려는 듯했다(사실은 곡무기의 잔인함에 불을 지르고 있었다).

"사매, 걱정 마시오. 내 죽이기야 하겠소. 저런 무지렁이 하나를 죽여 내가 무엇을 얻겠소. 하지만 감히 사매에게 무례하게 군 대가는 톡톡히 받아내야겠소."

곡무기가 위엄있게 말하며 관표에게 다가서려 하자 하수연은 어쩔 수 없다는 듯 손을 놓았다. 잔인한 모습을 보기 싫은 듯 고개를 돌리는 하수연의 눈엔 회열이 가득했으며 그 흥미진진해하는 모습이라니.

"조심하세요, 사형."

"허허, 사매도. 참."

곡무기는 아주 달콤한 미소를 지었고, 당무영의 얼굴은 왠지 불편해 보였다.

"으윽."

신음과 함께 꿈틀거리며 고개를 든 관표는 자신에게 다가서는 곡무기를 보았고, 그 뒤에서 자신을 지켜보는 하수연을 보았다.

하수연과 관표의 눈이 정면으로 마주쳤다.

그녀의 눈엔 조롱기가 나타났다가 서서히 사라졌다.

"호! 이놈이 제법 뼈대가 있구나?"

곡무기는 자신의 발에 채이고도 꿈틀거리며 일어서는 관표를 신기한 눈으로 보았다. 다시 보아도 내공이 있는 자 같지 않은데 자신의 강한 발길질을 견디어낸 관표에게 속으로 상당히 놀랐다.

"허허, 이제 내가 사정을 봐주지 않을 작정이니……."

'죽었다고 생각해라' 이렇게 말하려고 했던 곡무기가 말을 멈추었다. 갑자기 길 저편에서 쿵, 쿵 하는 소리가 들려왔다. 지축이 울리는 소리에 세 명의 남녀는 놀란 표정이었고, 그 소리는 점점 가까이 들려왔다. 이윽고 바로 앞에서 들리는가? 하더니, 오솔길에 두 명의 인영이 나타났다. 그리고 그들을 본 곡무기, 당무영, 하수연은 물론이고, 바닥에 웅크리고 누워 있던 관표 또한 눈을 크게 뜨지 않을 수 없었다.

나타난 두 사람은 모두 나이를 헤아리기 어려운 노인들이었는데, 그 중 한 명은 키가 무려 칠 척(이미터 십 센티)이 넘어 보이는 장신이었으며, 그 우람한 몸집은 한 마리의 황소 같았다. 그의 손엔 거대한 쇠 절구가 들려 있었다.

쇠 절구의 무게는 능히 천 근은 나가 보였다. 한데 그 무식한 쇠 절구를 든 노인의 걷는 모습은 너무 사뿐하고 가벼워 낙엽 위를 스치는 것 같았다. 마치 한 송이 구름이 흘러가는 것 같다고 할까? 자세히 보면 이 거대한 노인의 발이 지나간 곳에, 풀이 눌려지지 않아 밟은 티가 나지 않는다.

최절정의 초상비를 보는 것 같았다.

또 한 명의 노인은 정반대로, 키가 오 척도 안 될 것 같았으며 너무 바싹 말라서 바람만 불어도 날아갈 것 같았다. 한데 그는 한 걸음을 걸을 때마다 쿵 소리를 내며 발이 땅속으로 파고들었다. 그것은 최소 만 근의 무게가 실리지 않으면 불가능한 일이었다.

보는 사람들은 모두 정신이 없었다. 대체 저 상황을 설명할 방법이 없었다.

무엇인가 부조화스럽고, 이해하기 어려운 광경이었다.

몸무게가 얼마나 무거운지 지축을 울리며 걷는 오 척 단구의 바싹 마른 노인, 얼마나 가벼운지 바람에 날리는 듯한 칠 척 장신의 우람한 노인.

보기만 해도 어지러운 광경이었으며, 바보가 아니라도 이들이 기인 임을 알아보리라.

나타난 노인들은 큰 상처를 입고 누워 있는 관표를 보았다. 그리고 두 청년과 꽃처럼 아름다운 소녀를 보더니 걸음을 멈추었다.

눈치 빠른 곡무기와 당무영이 얼른 포권지례를 하며 그들에게 허리를 숙였다.

"소생은 화산의 곡무기라 합니다. 두 분 선배님은 어디서 오시는 분들이신지요."

"소생은 사천당가의 당무영이라 합니다. 마침 도적이 있어 잠시 훈계를 하는 중이었습니다."

두 노인은 당무영이 사천당가라고 소개를 하자 안색이 변했다. 그때, 당무영의 말을 들은 관표는 악에 받쳤다.

"이 찢어 죽일 놈들, 누가 도적이란 말이냐? 더군다나 저 계집은 여우처럼 교활한데 니들이 그것을 모르는……. 캐액……."

비명과 함께 관표의 몸이 다시 일 장이나 뒤로 퉁겼다. 이번엔 당무영이 그를 걷어찬 것이다. 그리고 바로 그 순간 하수연의 눈에 살기가 나타났다 사라지는 것을 본 사람은 아무도 없었다.

키가 작은 노인이 당무영을 노려보며 얼굴을 찌푸렸다.

"사람을 발로 차다니, 네놈은 참으로 독하고 독하구나? 더군다나 사천당가라니 아주 잘 만났다. 천독수(天毒手) 당진진은 살아 있느냐?"

당무영의 얼굴이 해쓱해졌다.

당진진이라면 그의 중대고모를 말하는 것인데, 대체 눈앞의 늙은이들은 자신의 중대고모님과 무슨 관계란 말인가? 더군다나 세상에 누가 있어서 감히 당진진의 이름을 함부로 부를 수 있단 말인가? 당진진이란 이름은 그만큼 무게가 있었다.

현 무림강호엔 수많은 무림의 고수들이 있었지만, 그들에게도 등급은 존재했다.

특히 현 무림엔 십이 명의 절대고수들이 존재하고 있었는데, 이들은 무림사에서도 찾아보기 어려운 무의 천재들이라고 알려져 있었다.

만약 그들 십이 명의 고수들이 한꺼번에 나타나지 않고, 한 명만 강호에 나타났다면 그는 능히 독패천하했으리라. 그러나 하늘의 안배인지 나타난 십이 명의 고수들은 정사마에 골고루 섞여 있었고, 이상할 정도로 그들끼리는 서로 부딪치지 않았다. 하지만 그들의 무공은 너무 특출하였고, 그 개성이 뚜렷해서 강호의 사람들은 그들을 구분해 부르기를 삼성(三聖), 칠종(七宗), 쌍괴(雙怪)라고 불렀다.

이들은 모두 육십 년 전 이전부터 무림의 최고고수로 구분되었고, 그들 중엔 살았는지 죽었는지 모호한 인물들도 있었지만 그 위치는 전혀 변하지 않았다. 그것으로 무림인들이 그들에 대해서 지니고 있는 경외감을 능히 짐작할 수 있었다.

또한 그들은 서로의 실력을 인정해서 함부로 충돌하지 않은 채, 각자의 영역을 지키며 지금까지 서로 견제하고 경쟁하는 관계로 발전해

왔다.

사실 그들이 충돌한다면 무림은 그 순간 혼란 속으로 빠져들리라.

물론 그 이후에나 당시에도 수많은 고수들이 이들의 아성에 도전하였었다. 그러나 그들 중 그 누구도 이들의 위치를 흔들진 못했다. 그나마 인정을 받았던 고수들이 있었다면, 사파의 오흉(五兇)과 칠사(七邪), 정파의 삼협(三俠)과 구의(九義), 그리고 정사 중간의 사기(四奇) 정도였다.

검선이나 혜원 대사, 그리고 개방의 천리취개 노가구(盧佳口)가 구의에 속한 고수들이었고, 패천흉마 유가위(有枷衛)는 오흉 중 한 명이었다.

당진진은 강호 십이대고수 중, 칠종(七宗)에 속한 고수였으며, 당가 역사상 가장 뛰어난 인재라 할 수 있었다. 그녀가 여자면서도 당가의 모든 진전을 이어받을 수 있었던 이유였다.

칠종(七宗)이란 일곱 명의 대종사를 말함인데, 대종사란 말은 아무나 함부로 받을 수 있는 이름이 아니었다. 또한 이들이 나타나면 그 어디에서든지 최고의 귀빈으로서, 어느 누구 하나 존경하지 않는 이가 없었다. 한데 당진진에게 막말을 할 수 있는 자라면 우선 그 나이도 나이지만, 일단 보통 고수로서는 어림도 없는 노릇이었다.

당무영이나 곡무기, 하수연은 긴장하지 않을 수 없었다.

특히 당진진을 하늘로 여기고 있는 당무영의 입장에서 보자면 충격적인 일이었다.

"증대고모님은 살아 계십니다. 어떻게 아시는……?"

작은 키의 노인이 몸을 부르르 떨었다.

"으하하! 살아 있단 말이지. 그래, 내가 안 죽었는데 당진진이 죽으면 안 되지. 씹어 먹어도 시원찮은 그 계집년이 죽으면, 육십 년 동안 각고의 노력을 한 의미가 사라진다."

당무영의 안색이 일변했다. 나타난 기인이 하필 증대고모하고 원한 관계가 있는 사이라니. 더군다나 무려 육십 년 동안 칼을 갈았으니, 대체 무슨 철천지 원한 관계란 말인가?

곡무기는 상황이 이상하게 변하자 더욱 정중하게 허리를 숙이며 물었다.

"무슨 일이 있으셨는지는 모르지만⋯⋯."

"아가리 닥쳐라! 네놈에겐 볼일이 없으니 저 계집을 데리고 썩 꺼져라!"

덩치가 산만한 노인이 쇠 절구를 흔들며 호통을 치는데, 아무리 보아도 그 쇠 절구는 모양만 그렇고 속은 솜으로 되어 있는 것 같았다. 노인의 손에 있는 쇠 절구 자체에 무게감이 전혀 없어 보였던 것이다.

"사⋯ 사형, 무서워요."

하수연이 움츠리며 무서운 듯 말하자, 그 모습을 본 곡무기는 갑자기 용기가 났다.

지금이야말로 사매에게 점수를 딸 수 있는 때라고 생각한 곡무기였다. 저 정도의 기인들이라면 져도 창피하지 않을 것이고, 자신의 용기를 충분히 인증하는 것 아닌가? 약자에게 큰소리치는 것보다 나아 보였다.

또한 자신이 화산의 제자이니 아무리 무지막지한 노인들이라도 심하게 함부로 하진 않을 것 같았다. 더군다나 자신은 그들에 비해서 아주 새까만 후배가 아닌가?

"너무 심하지 않습니까? 아무리 무림의 대선배라도 최소한의 예의는 있어야 하는 법입니다."

곡무기가 준엄하게 꾸짖자, 덩치가 산 같은 노인의 얼굴 모습이 험하게 변했다. 얼굴 가득한 고슴도치 수염이 빳빳하게 일어섰다.

"이노옴!"

고함과 함께 노인이 쇠 절구를 휘두르며 곡무기에게 달려들었다. 곡무기는 기겁을 해서 제운종의 신법으로 몸을 솟구쳤다.

붕 하는 소리와 함께 쇠 절구는 그의 다리 아래를 지나갔다. 바람을 찢는 소리는 사람의 간담을 서늘하게 하였다.

노인은 자신의 공격이 빗나가자 얼굴이 더욱 험악해졌다. 다시 쇠 절구를 휘두르며 덤비는데, 그 위력은 단 한 번에 태산을 바수어 버릴 기세다.

제운종과 구궁미종보법으로 거대한 노인의 공격을 피하던 곡무기는 이상함을 느꼈다.

'이거 뭐 이래, 별거 아니잖아!'

노인의 공격은 위력적이었지만, 초식으로 말하자면 아무런 쓸모가 없었다. 더군다나 빠르지도 않았다.

옆에서 지켜보던 당무영 역시 이를 꿰뚫어 보았다.

그의 얼굴이 서서히 펴졌다.

'얍' 하는 소리와 함께 곡무기의 손이 번개처럼 날아가 노인의 가슴을 쳤다.

'으헉' 하는 소리와 함께 노인의 몸이 가랑잎처럼 날아갔다.

곡무기는 자신의 손과 너무 가볍게 날아가는 노인을 보며 어안이 벙벙했다.

노인을 공격했을 때 노인에게서 무게감을 전혀 느끼지 못한 것이다. 하지만 노인은 상당한 타격을 받은 듯 무려 십여 장을 날아가 나무에 부딪치고 퉁겨져 바닥에 굴렀다. 하지만 전력을 다한 곡무기의 장력을 정통으로 맞은 것치고는 별반 크게 다친 것 같지는 않았다. 괴이하게도 노인의 몸을 감싸고 있는 기운이 그 충격을 흡수한 듯했다.

"운가야, 괜찮으냐?"

단구의 노인이 놀란 모습으로 거대한 노인을 보며 물었다.

"금가야, 걱정 말아라. 나… 난 견딜 만하다."

거대한 노인이 말을 하며 일어섰지만 입가에 피가 가득했다.

금가라 불린 노인이 걱정스럽게 운가 노인에게 다가서려 할 때, 당무영이 한 발 앞으로 나섰다.

"누굴 걱정하느냐? 늙은이, 네 걱정이나 해라."

자신을 얻은 당무영이 호통을 치며 단구의 노인에게 달려들었다. 조금 전 겁먹었던 수치를 만회하겠다는 의지가 가득한 그의 공격은 매서웠다.

'퍽' 하는 소리와 함께 노인의 복부를 찬 당무영은 하마터면 비명을 지를 뻔했다.

전력을 다해 당가구환퇴(唐家九幻腿)의 한 초식인 일진각(一震脚)의 퇴법으로 노인을 차는 순간, 당무영은 마치 철로 만든 비석을 걷어찬 느낌이 들었다.

상대에게 전해진 충격이 자신의 발에까지 그대로 전해져 왔다.

당무영은 이를 악물고 참으며 뒤로 물러섰다. 두려운 눈으로 상대를 보던 당무영의 눈이 빛났다. 그 자리에 꼼짝도 안 하고 서 있는 노인의 입과 코에서 핏물이 조금씩 비추어지고 있었던 것이다.

당무영의 입가에 회심의 미소가 어렸다. 다행히 자신의 공격에 상대가 받은 충격은 적지 않은 것 같았다.

"이… 우라질 놈이."

단구의 노인이 이를 갈며 소리를 지르자 당무영이 코웃음을 쳤다.

"흥, 겨우 이따위 실력으로 감히 나의 증대고모님을 욕하다니. 오늘 늙은이의 버릇을 가르쳐 놓겠다."

"뭐… 뭐라고! 이…….."

노인이 울화를 참지 못하고 벌벌거릴 때였다.

"조심하시오, 당 형!"

곡무기의 고함에 놀란 당무영의 신형이 하늘로 치솟았고, 이슬아슬하게 그의 발밑을 스쳐 간 거대한 쇠 절구는 반대편의 거대한 고목을 박살 내고 땅에 쿵 하고 떨어졌다. 한데 땅에 떨어진 쇠 절구는 무려 이 척이나 땅에 들어가 박혔다. 그 모습을 본 곡무기와 당무영은 입이 딱 벌어졌다.

대체 얼마나 무겁기에 단단한 땅에 이 척이나 들어가 박힌단 말인가? 그리고 의문은 또 있었다. 저렇게 무거운 쇠 절구를 솜 뭉치처럼 가볍게 휘두른 노인의 힘은 아무리 생각해도 정상이 아니었다. 내공이 얼마나 깊기에 가능한진 몰라도 상상이 가질 않았다. 하지만 그들의 놀라움은 거기서 끝나지 않았다.

단구의 노인이 길옆에 있는 거대한 나무를 양손으로 잡아 힘을 주자 마치 막대기가 뽑히듯이 뿌리째 뽑혀 나오는 것이 아닌가?

하수연을 비롯해 두 청년은 물론이고 관표조차 입이 벌어졌다.

두 노인의 괴력은 상상을 불허하고 있었다. 실제 보지 않는다면 믿지 못했으리라.

하수연은 두 노인을 보며 지닌 힘은 비슷하되 전혀 다른 성질의 힘임을 느꼈다. 하지만 그 차이가 무엇인지 알 순 없었다.

그러나 그뿐이었다.

두 노인의 힘은 인간의 상식을 벗어났으나 무공은 영 서툴렀다. 결국 두 노인은 제대로 싸워보지도 못하고 곡무기와 당무영에게 혈을 짚이고 말았다.

관표와 두 노인은 길 한쪽에 내던져졌다.

"크흐흑, 복수는커녕 이렇게 허망하게 당하다니."

덩치 큰 노인은 억울한 듯 울어댔다. 그 모습은 순진하기까지 했다. 단구의 노인 역시 몹시 분한 표정이었다.

"운가야, 울지 마라. 나도 억울하지만……."

결국 단구의 노인도 눈물을 주루룩 흘리고 말았다.

일 갑자의 시간 동안 갈고닦은 무공이 전혀 도움이 안 됐다는 것을 알게 되자 너무도 허망한 마음이 들었다.

복수를 하기도 전에 새까만 후배에게 욕을 당했으니 죽고만 싶었다. 더군다나 당진진은 만나지도 못하고 그녀의 후손에게 패했으니 무슨 말을 하랴.

"이제 다 떠들었느냐? 별것도 아닌 늙은이들이 함부로 입을 놀렸으니 이제 그 대가를 치러야 한다."

곡무기와 당무영은 두 노인과 관표를 죽지 않을 만큼 때려댔다.

처음엔 관표를 때리기 시작한 두 사람은 갈수록 도취되어 나중엔 노인인 두 사람에게마저 주먹질과 발길질을 하였다.

곁에서 그 모습을 지켜보는 하수연의 눈이 몽롱해졌다.

두 주먹을 부르르 떨기까지 하는 그녀의 모습이 어렴풋이 희미해져 가는 관표의 눈에 들어왔다. 아무리 좋게 보아도 그 모습은 그다지 정상적이지 못했으며, 관표에겐 크나큰 수치심을 안겨주었다.

자신을 기다리고 있을 부모님과 동생들의 모습이 아련하게 보인다. 절대 여기서 죽어서는 안 되는데 너무도 안타까웠다.

자기가 죽고 나면 누가 굶주린 동생들과 부모님을 돌본단 말인가? 자기만을 기다리는 동네 어른들은 또 얼마나 실망하겠는가? 죽은 줄도 모르고 기다릴 사람들을 생각하자 관표는 육체에 전해오는 충격보다도 정신적인 고통이 더욱 심해졌다.

관표는 안타까운 마음과 고통 속에서 천천히 정신의 끈을 놓고 있었다.

세 사람이 기절할 때쯤 하수연이 뜯어말리고 나서야 두 사람의 구타는 멈추었다. 사실은 뜯어말리는 척하였지만.

일단 마음을 진정시킨 두 사람은 쓰러진 채 피를 흘리고 있는 세 사람을 보며 그들의 처리에 고심하게 되었다. 또한 조금 전의 모습이 조금 부끄러워 하수연의 눈을 슬그머니 피했다.

그들의 마음을 헤아린 하수연은 고혹적인 미소를 지으며 말했다.

"모두 수고하셨어요. 소매 때문에 괜한 힘을 낭비하셨습니다."

그녀의 말 한마디에 곡무기와 당무영은 마음을 안정시킬 수 있었다. 근데 그들을 살피던 당무영이 조금 놀란 듯 관표의 몸을 들추었다. 그의 손에 작은 청옥병이 들려 나온다.

곡무기와 하수연도 조금 놀란 눈으로 그 옥병을 보았다. 참으로 아름답게 생긴 병이었고, 그 와중에도 깨지기는커녕 손상된 곳이 단 한 군데도 없으니, 이는 기보임이 분명했다.

"어머, 예뻐라! 그게 무얼까요?"

당무영은 하수연에게 그 옥병을 내밀었다.

"보아하니 나보다도 하 소저에게 필요한 물건인가 봅니다. 일종의 향수 같습니다."

과연 당무영의 말대로 청옥병에서는 은은한 향기가 흘러나왔다.

하수연의 눈이 반짝거렸다.

관표는 온몸이 부서지는 듯한 고통을 참으며 정신을 차렸다. 흐릿해지는 시선으로 제일 처음 하늘이 보인다.

'아직 살아 있구나.'

관표는 살아 있다는 사실만으로 하늘에 감사했다. 죽지 않으면 된다. 그렇다면 기회가 있을 것이다.

안심이 되자, 조금 전 구타당하고 있을 때가 생각난다. 자신도 모르게 진저리를 치고 말았다.

잠시 거칠어졌던 호흡이 돌아오자 조금 마음이 안정된다. 관표는 그제야 사방을 둘러보았다. 우선 그의 눈에 들어온 것은 두 노인이었다.

두 노인은 모두 한쪽에 처박혀 있었는데 그 부상 정도가 상당히 심한 것 같았다. 그리고 그의 앞에는 이남일녀가 서 있었다.

그들을 보자 관표는 다시 몸에 경련이 이는 느낌이었다.

당무영이 앞으로 나서며 관표를 노려보았다.

"네 이놈, 이것이 무엇이더냐? 필히 어디선가 훔친 물건이렷다."

마치 윗사람이 아랫사람을 꾸짖는 듯한 기세였다.

관표는 머리끝까지 치밀어 오르는 수치심을 느꼈다.

'약한 것이 이렇게 서러운 것이구나.'

관표는 자신의 약함을 한탄했다.

태어나서 처음 있는 일이었다.

관표는 조금 포기한 눈으로 그들을 보았다.

그의 시선은 기고만장한 곡무기와 자신을 비웃으며 의연한 표정의 당무영을 지나, 탐욕스런 눈으로 손에 든 청옥병을 흘깃거리며 묘하게 번들거리는 하수연의 눈을 보며 멈추었다.

'그래, 그게 탐이 난단 말이지.'

관표의 눈이 차갑게 가라앉았다.

궁하면 통한다고, 그의 머리에 번개가 쳤다.

"나는 모른다."

관표가 이를 악물고 말했다.

조공은 그에게 거짓말에 대해서 말한 적이 있었다.

"원래 거짓을 말하기 전엔 사전 작업이 필요하다. 진짜 상대가 너를 믿게 하려면 결코 쉽게 말했다는 분위기를 만들지 말아라!"

그 말을 기억하고 있는 관표였다.

"이런 겁없는 놈이 있나? 그럼 어디 좀 견뎌봐라."

당무영이 잔인하게 웃으며 관표에게 다가와 그의 몇 군데 혈을 점했다. 그러자 누군가가 심줄을 뽑아내는 것 같은 고통이 관표에게 밀려왔다.

아주 어렸을 때 관표는 사흘 동안 풀뿌리만 먹으면서 견딘 적이 여러 번 있었다. 그러나 그렇게 배가 고프고 고통스러워도 죽고 싶은 생각은 없었다. 하지만 지금은 정말 당장이라도 죽었으면 행복하겠다는 생각이 들었다.

사천당문의 고문 수법은 무림에서도 정평이 나 있었다.

무공을 지닌 고수들도 견디기 어려운 고통인데 관표가 느끼는 고통의 어려움은 말해서 무엇 하랴.

당무영은 여러 가지로 다양하게 혈을 찍으며 고문하였고, 괴로워하는 관표의 모습을 보는 하수연의 눈은 점점 몽롱해졌다.

관표는 말을 하고 싶어도 말을 할 수가 없었다.

당무영이 그의 아혈을 점하고 고문을 한 때문이었다.

"견디기 어려울 것이다. 이것은 분골쇄형(粉骨碎刑)이라는 고문 수법으로 세상에 이 고문을 아는 자도 별로 없다."

당무영은 아주 친근한 목소리로 말했다. 약 이각의 시간이 지났을까? 당무영은 그의 혈을 풀어주었다.

관표는 이미 축 늘어져 있었다.

퍽 하는 소리와 함께 관표는 다시 눈을 떴다.

헛구역질이 나며 뱃속에 든 음식이 밖으로 쏟아져 나오려 하는 것을 억지로 참아 눌렀다.

"이제 말할 생각이 나겠지? 자, 말해 봐라."

관표의 입술이 아주 조그마하게 움직였다.

당무영이 자신의 귀를 그의 입에 갖다 대었다.

"대… 대협, 그… 그것은, 아주 귀한 으… 음약…… 한 방울을 물에 타서 하… 항문에 바르면, 바… 반 시진 이내에 여자가 저절로 따… 따르는… 신기의 약입니다. 사… 살려주십시오."

당무영의 눈이 음침하게 변했다.

관표의 이야기를 들은 당무영의 머리가 빠르게 회전하기 시작했다.
무엇인가 자신에게 기회가 온 듯했다.

'하늘이 나를 돕는구나.'

당무영의 생각이었다.

第五章
한 번 붙으면 떨어지지 않는다

관표는 속으로 치미는 울화를 참고 또 참아야 했다.

자신이 이렇게까지 무력할 줄은 전혀 상상하지 못했던 바였기에 충격은 더욱 컸다. 그리고 무공에 대해서 새롭게 자각하는 순간이기도 했다. 비록 무림인들에 대해서 듣기는 했지만 언제나 자신과는 먼 이야기였었다. 그러나 지금의 순간은 현실이었다.

특히 곡무기와 당무영이 두 노인과 싸우는 장면은 관표의 얼을 빼놓기에 충분했다.

'내, 오늘 살아난다면, 반드시 무공이란 것을 익히고 말겠다.'

관표는 이를 악물었다.

당무영은 고통스러워하는 관표의 얼굴을 보면서 자신의 분골쇄형에 만족해했다.

배워놓고 한번은 꼭 써보고 싶었던 무공이 바로 이 분골쇄형이었다.

당가의 무공 중 가장 지독한 수공 중 하나라는 탈명십팔수(奪命十八手), 그중에서도 분골쇄형은 고문 수법 중에서도 최고의 초식이었다. 그리고 당무영이 가장 자신하는 무공이 바로 탈명십팔수였다.

그는 내공으로 관표의 말이 새어나가지 않게 조절하면서 빠르게 머리를 굴리기 시작했다.

내공으로 관표의 말이 새어나가지 않게 하는 일은 그다지 어려운 일이 아니었다. 이미 탈진한 관표의 목소리 자체가 워낙 작았고, 당무영은 그런 점을 노리고 그의 몸에 과한 고문을 했었다. 그러나 그렇다고 해도 당무영의 나이를 감안하면 놀라운 내공이라 할 만했다. 과연 무림십준 중에 한 명으로 충분한 자격이 있었다.

나름대로 생각을 정리한 그는 전음으로 관표에게 말했다.

"부작용은 없느냐?"

"그… 그것을 먹게 되면 죽습니다. 여자는 입술이나 피부에 그것을 바르면 자신도 모르게 차츰 음약에 중독……. 특히 같은 약을 바른 사람과는 음약에 취한 줄도 모르고 마음이 동하게 됩니다. 그… 그리고 남자는 그것을 혀에 바르면 말을 할 때마다 향기가 납니다. 쿨럭. 크흐흑. 제… 제발 살려주십시오."

흐느끼듯이 말하는 관표는 혹시라도 당무영이 다시 손을 쓸까 봐 급하게 말을 이어가고 있었다. 보기에도 불쌍했다.

사람은 하나의 거짓말을 하다 보면 자신도 모르게 그 거짓말을 진실화시키기 위해 또 거짓말을 하게 된다. 또는 다급한 상황에서는 자신도 모르게 엉뚱한 말이 튀어나오곤 하는데, 지금의 관표가 그랬다. 그러나 이미 뱉은 말이었다.

먹으면 죽는 것은 사실일 수도 있었다. 만약 음양접을 물에 타 먹으면 오장육부가 전부 눌러 붙을 텐데, 살겠는가?

관표의 말을 들은 당무영의 머리 속엔 이미 하나의 계략이 움트고 있었다.

"흐흐. 잘 들어라, 네가 죽고 싶지 않으면 내가 시키는 대로 해라. 만약 이것이 음약임을 다른 사람에게 말했다가는 네놈은 갖은 고문을 다 당하고 죽을 것이다."

관표는 허겁지겁 고개를 끄덕였다.

"대신 내가 시키는 대로 하면 살려주겠다."

관표의 고개가 미미하게 끄덕였다.

"내가 하수연 소저를 이리 보낼 테니, 그녀에겐 피부가 좋아지는 약이라 말해야 할 것이다. 그리고 무슨 수를 써서라도 곡무기에게 이 약을 먹게 해라. 그럼 너를 살려주마."

관표는 당무영의 악독함에 치를 떨었다. 결국 당무영의 말인즉슨 곡무기를 죽이고 여자를 자신이 차지하겠다는 뜻이 아닌가?

하지만 관표에게는 선택의 여지가 전혀 없었다. 그저 고개를 끄덕여 시키는 대로 하겠다는 표시를 할 수밖에.

당무영은 몇 가지를 더 소곤거리고 돌아서서 하수연에게 다가서며 깍듯하게 예의를 차려 말했다.

"하 소저께서 직접 물어보십시오. 이미 협조를 하겠다는 동의를 받아놓았습니다."

하수연 역시 관표가 고개를 끄덕이는 것을 본 터였다.

"고맙습니다, 당 공자님. 하지만 어찌 소녀가?"

"그래도 이미 주인이 정해졌으니 직접 물어보시는 것이 도리일 것입니다. 혹시 그것이 보물이라도 되면 쓸데없는 욕심이 생길까 두렵습니다. 혹여 정말 무림의 보물이라도 된다면, 혼자 알고 계신 것이 좋을 듯합니다."

참으로 이치에 맞는 말이었고, 대협의 풍모가 돋보이는 말이었다. 그의 얼굴에 일 점의 사심도 없어 보인다.

하수연은 곱게 눈을 흘기며 부끄러운 듯 말했다.

"당 소협은 너무 친절하십니다. 제가 그 은혜는 잊지 않겠습니다. 하지만 제가 묻더라도 함께 들어 보물이면 서로 나누어 갖는 것이 도리일 것입니다."

그녀는 나긋하게 말을 하고 관표에게 다가섰다.

당무영은 곡무기에게 눈짓을 하고 뒤로 멀찍이 물러섰다. 궁금해하던 곡무기는 어쩔 수 없이 그를 쫓아 멀리 물러섰다.

그녀는 못 본 척 관표에게 다가섰다.

그녀의 모습은 부드러워 마치 바람에 날리는 버들가지 같았다.

관표는 그저 맥없는 표정으로 그녀를 보고만 있었다.

"호호! 소협, 미안해요. 당 소협이 좀 심하게 한 듯하군요. 내가 미처 말릴 겨를도 없이 봉변을 당했나 봅니다. 묻는 말에만 대답을 잘하면 제가 좋은 결과를 얻게 해주겠습니다."

관표는 어이가 없는 눈으로 그녀를 보았다.

그의 눈에는 그녀에 대한 경멸의 빛이 가득했다.

관표의 눈빛을 느낀 그녀의 눈에 살기가 어렸다가 사라졌다.

그녀는 관표의 눈을 보고 충격을 받았다.

무지렁이 같은 사내놈이 자신에게 그런 눈빛을 보내선 절대 안 되는 일이었다.

자신의 고결함과 아름다움에 대한 숭배의 눈빛을 보내도 모자라는 판에 경멸 어린 눈빛이라니. 이런 일은 있을 수 없었다.

그녀의 자존심은 다시 한 번 심하게 상처를 입었지만 그녀는 너무 영리하고 치밀한 여자였다.

"자, 말해 봐요. 이 청옥병에 있는 약은 어디에 쓰는 것이죠?"

그녀는 웃고 있었다. 참으로 아름다웠지만, 관표가 보기에 그것은 야차의 그것과 다르지 않았다.

관표는 울화가 치밀었다. 그리고 억울했다.

자신이 무슨 죄가 있는지 묻고 싶었다. 그러나 이미 부질없는 짓이란 것을 모를 정도로 바보는 아니었다. 그는 그녀를 보면서 악독해지는 마음을 제어하지 못했다.

그의 눈이 맥없이 풀어지며 땅에 처박히더니 포기한 목소리로 말했다.

"아가씨, 살려주십시오. 제가 말하는 것은 어렵지 않지만 아가씨가 기만한다고 저를 죽일까 두렵습니다."

관표의 모습을 보면서 그녀는 조금이지만 자존심이 살아났다.

"걱정 말고 이야기해 봐요. 내가 다 들어줄 테니."

그녀는 한 송이 화사한 꽃 같았다.

부드러운 미소와 살랑이는 목소리는 남자로 하여금 절로 풀어지게 하는 마력이 있었다. 그러나 관표는 구역질이 나는 것을 참아야 했다. 힘만 있다며 그녀의 입을 찢어놓고 혀를 뽑아버리고 싶었다. 하지만 지금은 방법이 없다.

자칫하면 자신이 그렇게 될지도 모르는 상황이었다.

"그… 그것은 향수입니다. 하지만, 그… 그게……."

관표는 전전긍긍하는 표정으로 말을 잇지 못했다.

그녀는 더욱 호기심이 치밀었다.

"자, 말해 봐요. 응."

그녀의 부드러운 목소리에 용기를 낸 듯 관표가 떠듬거리며 향수의 사용법에 대해서 설명하기 시작했다.

"저 향수는 남자와 여자의 몸에서 가장 냄새가 심한… 저… 그… 그곳에 바르는 것입니다. 그러면… 그러면……."

무안한 듯 관표가 그녀의 눈치를 보았다.

하수연의 표정엔 더욱 큰 호기심이 가득 어려 있었다.

관표는 자신의 거짓말이 통한다고 생각하자 용기를 내었다.

"먼저 반듯한 바위 위에 그것을 물에 타서 살짝 바른 후, 바위 위에 앉아 음부를 대고 잠시 기다리면 바위 위에 칠한 향이 여자의 그곳으로 들어가 언제나 그 은은한 향이 어려, 그곳을 닦지 않아도 냄새가 나지 않습니다. 뿐만 아니라 평소에도 은은하게 그 향이 여자의 몸에서 난다고 합니다."

겁먹은 표정으로 말하는 관표의 설명을 들은 하수연은 그야말로 신이 났다.

이거야말로 여자에게는 가장 귀한 보물이라 할 수 있었다.

관표는 그 외에도 몇 가지를 더 설명해 주었다.

관표의 설명을 다 듣고 난 하수연은 즐거운 표정을 지으며 멀리서 자신을 보고 있는 두 사람을 힐끗 돌아본 후, 조금 문제가 있음을 알았다. 이것을 혼자 독차지할 순 없기에 두 사람에게도 무엇인가 해주긴 해야 하지 않겠는가?

하수연이 관표에게 다시 물었다.

"남자는 어떻게 사용하면 되죠?"

"나… 남자는 마셔야 합니다. 남자가 마시면 정력이 정순해지고 몸을 보하게 된다고 들었습니다. 그리고 그게……."

"어서 말해 보세요. 지금 와서 무얼 망설이죠? 당신의 생명은 내가 책임질 테니 걱정하지 마세요."

"사… 사실은, 남자와 여자가 동시에 사용하고 나면, 남자는 여자의 향기에 취해 여자의 노예가 된다고……."

말해 놓고도 관표는 음양접을 마시고 난 후 어떻게 될지에 대해서는 아는 바가 없었다. 그러나 그 말을 들은 하수연의 눈은 별처럼 반짝이고 있었다.

"들었었다고, 그럼 당신은 이걸 사용해 보지 않았나요? 그리고 여자는 마시면 안 되나요?"

관표는 고통 속에서 그저 빨리 하소연이 사라져 주기를 바랐다. 그러다 보니 당무영의 말대로 이야기는 해놓고, 나머지는 대충 꾸며서 말해 버리고 말았다. 어차피 일은 자신이 계획한 대로 잘 맞아떨어지고 있었다.

"여자가 먹으면 몸에 맞지 않는다고 했습니다. 그 다음은 저도 모릅니다."

"양은 얼마나 사용하면 되죠?"

"하… 한두 방울을 일정량의 물에 타 쓰면 세 분이 다 사용하고도 남을 것입니다. 단, 여자나 남자의 경우 사용량이 조금 다르고 물의 양이 조금 다릅니다."

하수연은 무척 만족한 표정으로 돌아섰다.

당무영과 곡무기는 그녀의 표정을 보고 몹시 궁금한 표정으로 다가왔다.

"사매, 뭐 좀 알아냈소?"

"호호. 사형, 이 약은 향수이기도 하고 정력에도 아주 좋은 약이래요. 남자는 먹고, 여자는 바르는 것이라 한답니다."

하수연은 얼굴을 살짝 붉히며 말했다.

정력에 좋다는 말을 들은 곡무기의 눈이 반짝거렸다.

당무영의 입가엔 회심의 미소가 어렸다. 그러나 인간이란 말 한마디로 인해 그 사람의 본질을 알 수 있다고 했다.

명가의 여자가 정력이란 말을 함부로 입에 담을 수 있는 말은 아니었지만, 하수연은 그런 말을 천연덕스럽게 말해도 천해 보이지 않는 묘한 재주가 있는 여자였고 다른 사람은 그 점을 인지하지 못했다.

"사매, 축하합니다. 귀한 것을 얻었으니 이는 사매의 복이오."

"축하합니다, 하 소저."

두 청년의 치하에 하수연이 아주 개운하게 웃으며 말했다.

"그러지 말고 우리 함께 사용해 봐요."

곡무기나 당무영은 그 말에 좀 겸연쩍은 표정으로 머뭇거렸다.

선뜻 응하자니 무엇인가 어색했고, 거절하긴 아깝고 또한 그 효능이 궁금했다. 그리고 당무영은 절대 거절해서는 안 되는 이유가 있었다.

"몇 방울이면 우리 셋이 다 함께 사용할 수 있다고 했으니 함께 써봐요."

하수연이 재차 말하자 먼저 당무영이 못 이기는 척 말했다.

"보물을 나누어 쓰자니 참으로 하 소저의 마음은 너그럽습니다. 그럼 못 이기는 척하고 저도 한번 써보겠습니다."

당무영의 넉살에 곡무기와 하수연이 큰 소리로 웃었고, 곡무기 또한 순순히 응할 수 있었다.

하수연은 음양접에 대해서 설명을 하며 물에 타서 마시는 법을 이야 기해 주었다. 하지만 여자가 사용하는 방법은 말하지 않았다. 단지 피부에 바르는 약이라고만 해두었다.

셋은 지니고 있던 양 가죽 물주머니를 꺼내었다.

하수연은 관표에게 들은 방법대로 자신의 물주머니에 음양접 한두 방울을 떨어뜨린 후 그것을 곡무기에게 주면서 말했다.

"그럼 전 잠시 숲에 들어가서 조금 발라보고 올게요. 그리고 사형, 이 음양접은 두 분이 사용 후 돌려주세요."

그 말을 남기고 그녀는 숲으로 사라졌다.

그녀가 눈에 안 보이자 곡무기는 당무영의 물주머니에 음양접 두 방울을 떨어뜨렸다.

당무영은 주머니를 들고 조금 머뭇거리더니 곡무기를 보았다.

"곡 형, 난 아무래도 용변을 먼저 보고 와야겠소. 하 소저가 있어서 말을 하지 못했는데, 내 잠시 갔다 오겠습니다."

당무영의 신형이 반대로 사라졌다.

그마저 사라지고 나자 곡무기는 자신의 물주머니에 서너 방울의 음양접을 들어 부었다. 정력에 좋다는데 마다할 이유가 전혀 없었다. 그는 지체하지 않고 물주머니를 들어 꿀꺽거리며 마셔대었다.

숲으로 들어간 하수연은 조건에 맞는 바위를 찾는 데 약간의 시간이 걸렸다. 그녀는 약 일각의 시간이 지나서야 숲의 한쪽에 있는 큰 바위를 찾을 수 있었다.

높이가 일 장이나 되는 바위 위쪽은 상당히 평평했으며 이 척 정도

곡선을 그리며 솟아난 부분이 있어 조건에 부합하는 모습이었다.

바위 위에 올라간 하수연은 물주머니의 물을 그 솟아난 바위 위쪽에 살짝 바른 다음 하체의 옷을 벗었다.

신발마저 벗은 그녀는 발바닥 근처에 그 물을 부어놓고 두 발로 그 물을 밟은 채, 무릎을 구부린 기마 자세로 자신의 은밀한 부분을 솟아난 바위에 밀착시켰다.

발에도 음양접을 바른 이유는 남자고 여자고, 발에서 많은 냄새가 나게 마련인 바, 혹시 발 냄새에도 효과가 있을까 해서였다.

하수연은 시간이 지날수록 은은하게 번지는 음양접의 향기에 취한 채 만족한 웃음을 지었다. 그리고 그사이에 그녀의 체모는 바위에 묻은 음양접을 탄 물에 젖어 바위에 엉켜 붙고 있었다.

한번 붙으면 떨어지지 않는다.

음양접의 전설이 그녀에게 어떤 영향을 줄지 아직 아무도 모르고 있었으며, 그녀는 상상조차 하지 못하고 있었다.

지금 그녀는 자신의 이 묘한 자세를 가르쳐 준 관표를 생각하며, 그가 입을 열어 이런 말을 다른 사람에게 말하기 전에 죽일 방법을 모색하고 있을 뿐이었다.

욕심으로 가장 많은 음양접을 마신 곡무기에게 먼저 그 효과가 나타났다.

음양접의 양으로 인해 뱃속의 내장이 서로 들러붙었고, 몸 안의 모든 것이 다 달라붙었으니 살아남을 방도가 없었다. 더군다나 입 안과

기도까지 다 붙어버렸으니, 숨인들 쉴 수가 있었겠는가?

곡무기는 영문도 모르고 절명하였다.

곡무기가 죽자, 곧바로 당무영이 나타났는데 그는 입가에 득의양양한 미소를 짓고 있었다.

이제 가장 큰 방해꾼이 사라졌다.

항문에 바른 음양접도 은은하게 흘러나오는 향기를 보아하니 제대로 바른 것 같았다. 혀에도 살짝 발라놓았기에 입에서도 향기가 난다. 손으로 작업하고 남은 물로 손을 닦았더니 손에서도 향기가 우러나왔다.

이왕에 시작한 당무영은 가죽신 안에도 물을 살짝 넣었다. 발 냄새도 제거될 것 같았던 것이다.

당무영은 얼른 곡무기의 시체를 집어 든 다음 관표에게 다가왔다. 그의 입가에 떠오른 살기를 보고 관표의 얼굴이 창백해졌다.

"네놈이 감히 대화산의 제자를 죽여놓고 살기를 바라느냐?"

당무영이 말을 할 수 있는 것으로 보아 그의 혀에 바른 약효가 아직 발휘되지 않은 것 같았다.

관표가 뭐라 대답하기도 전에 당무영이 당가구환퇴의 발길질로 다시 한 번 관표의 가슴을 차버렸다.

관표의 몸이 하늘로 이 장이나 솟구쳤다가 두 노인의 바로 앞에 풀썩 떨어졌다. 자신의 이 발길질에 관표가 살아날 일은 절대 없을 것이라 생각한 당무영은 곡무기를 안고 숲으로 들어갔다.

하수연이 나타나기 전에 그의 시체를 먼저 처리해 놓고 그 다음에 그녀를 취하는 것이 순서라 생각한 것이다. 그는 음양접의 양으로 인해 그 효과가 상당히 늦어지고 있었다.

숲을 가로질러 간 당무영은 두 개의 바위가 있는 곳으로 가, 그 틈에 곡무기의 시체를 숨기려 하였다. 그리고 차후에 다시 처리할 생각인 것이다.

당무영은 곡무기의 시체를 그 틈 안에 넣기 전에 일단 바닥에 내려 놓으려 하였다. 그런데 시체를 잡았던 손이 시체의 몸에서 떨어지지 않았다. 처음엔 이유를 몰랐던 당무영의 안색이 일변했다. 특히 양손 중 한 손은 시체의 손목을 잡고 있었는데, 그 시체의 손목과 당무영의 손이 꼭 눌러 붙어서 떨어지질 않았다.

당무영이 당황하는 순간 또 다른 문제가 발생했다. 갑자기 혀가 입 천장에 눌러 붙어 떨어지지 않았던 것이다.

갈수록 태산이란 이를 두고 하는 말이리라. 그러나 문제는 거기서 끝나지 않았다. 갑자기 발마저 땅에서 떨어지질 않았다.

마지막에 손을 닦으면서 쏟아놓은 물을 밟았던 영향이 지금에야 나타난 것이다. 그리고 지금 당무영이 서 있는 곳은 바위 위였다. 그러고 보니 가죽신 안에도 음양접을 탄 물을 넣었었다. 그리고 그때 흐른 물이 신의 바닥에 흠뻑 묻었었다. 그리고 이제야 음양접은 제 위력을 발휘하기 시작했다.

결국 당무영의 발과 가죽신과 바위는 삼위일체가 되어버렸다. 아니, 곡무기의 시체까지 사물일체(四物一體)였다.

당무영의 얼굴이 창백해졌다. 참으로 딱하게 된 당무영이다. 그러나 그는 아직도 모르는 것이 있으니 앞으로 배설의 문제였다.

당무영의 발길질에 죽은 것 같았던 관표의 입으로 갑자기 피가 토해져 나왔다.

관표는 눈을 뜨고 자리에서 벌떡 일어섰다.

그는 자신의 몸을 돌아보고 움직여 보았다.

어디 하나 다친 곳은 고사하고 온몸에 힘이 넘쳐흘렀다.

어떻게 된 영문인지 관표로서도 이해할 수 없었다. 하지만 그는 어렴풋이 자신이 먹은 흑옥병의 약물 때문이라고 짐작했다. 그리고 관표의 짐작은 맞았다.

다량의 공령석수를 마시고 그 힘이 몸 안에 잠재되어 갈 때, 당무영과 곡무기의 구타는 그의 몸을 추궁과혈하는 상황이 되었다. 그리고 서서히 일어나던 약 기운은 당무영의 발길질에 완전히 터져 나왔고, 그 힘은 관표를 완전히 고쳐 놓았다. 아니, 그 이전보다 더욱 건강한 모습으로 만들어놓았다.

관표는 몸을 움직여 보고 몸 성할 때 그 자리에서 도망치려고 하다가 눈을 둥그렇게 뜨고 자신을 보고 있는 두 노인을 보았다.

한편, 기마 자세로 음양접의 향기를 옥구에 흡입하고 있던 하수연은 아직도 기마 자세 그대로였다. 무공을 익힐 때 기마 자세로 몇 시진씩 서 있었던 그녀로서는 별로 어려운 일이 아니었다. 그런데 한참 향기에 도취되어 있던 하수연의 눈에 당황하는 빛이 어렸다.

두런거리며 다가오는 사람들의 목소리가 바로 지척에서 들리는 것이 아닌가?

'아차, 향기에 취해서 방심했다.'

놀란 그녀는 자리를 피하기 위해 전 힘을 다해 기마 자세를 풀며 암

향표의 신법으로 몸을 날려 바위 아래로 숨으려 하였다.

상황이 상황인지라 정말 그녀는 전 힘을 다했다. 그리고 신법의 자세상 다리보다는 먼저 몸을 일으켜 세웠다.

그리고 그녀의 힘찬 도약이 시작되었다.

第六章
하수연과 그곳이 닮은 여자

 하수연이 힘차게 도약하는 순간, 이미 바위와 함께 눌러 붙어 있던 그녀의 모근은 뿌리째 뽑혀 나갔다.

 "까아악!"

 날카로운 비명이 고요한 산을 뒤흔들었으며 그 여운은 사방으로 흩어져 나갔다. 왜 안 그렇겠는가?

 비록 여자지만, 상당한 경지의 무공을 지닌 하수연이 전력을 다해 몸을 일으켜 세웠다. 연약한 그녀의 사타구니 살들은 자신이 쥐고 있던 털의 모근을 놓지 않을 수 없었나.

 중간에 끊어져 버리기엔 바위와 그 밀착도가 너무 가까웠다. 결국 뿌리째 전부 뽑히는 수밖에.

 수천, 아니, 세기조차 불가능할 정도로 많은 그곳의 털이 한꺼번에 뽑혔는데 그 고통과 아픔을 무엇으로 어떻게 설명할 수 있겠는가? 그냥 비명이 설명을 대신하고 말았다.

그런데 결과에 상관없이 그전과 지금 다른 것이 있다면, 기마 자세가 아니라 두 다리를 펴고 꼿꼿이 서 있다는 그거 하나가 다를 뿐, 그녀는 여전히 바위 위에 서 있을 수밖에 없었다.

그녀의 예쁘고 작은 발은 음양접으로 인해 이미 바위와 착 달라붙어 떨어지질 않았던 것이다.

하수연이 아무리 발버둥을 쳐도 몸을 날려 바위 아래로 숨을 수 없었던 이유였다. 그렇다고 두 발을 자를 순 없는 것 아니겠는가? 물론 바위를 깨고 급한 대로 피할 수도 있을지 모른다. 하지만 지금 같은 상황에서 무슨 생각이 나겠는가?

우선 그녀는 너무 아파서 눈물이 찔끔거렸다.

허연 엉덩이를 그대로 내놓고 급한 대로 양손을 모아 중요한 곳은 가렸지만, 그곳은 이미 피 범벅이 되어 있었다.

너무 놀라고 당황해서 그녀는 지금 자신이 무슨 일을 당했는지 일시간 생각해 내지 못했다.

나타난 두 사람은 근처에서 가장 유명한 녹림채인 정가채의 두 수하였다.

그들은 숲을 통과해서 원래 하수연 등이 지나가던 그 길로 하루 일을 하러 내려가던 중이었다.

그런데 갑자기 터져 나온 비명으로 두 사람은 기겁을 하고 사방을 둘러보다 평생 다시없을 진기한 광경을 구경하게 되었다.

한 명의 여자가 바위 위에 서서 몸을 떨며 고통스런 표정을 짓고 있는데, 하의를 전혀 입지 않았다.

예쁘고 토실토실한 엉덩이가 그대로 노출되어 있을 뿐만 아니라, 귀중한 곳을 가린 그녀의 두 손 사이로 흘러내린 피가 그녀의 허벅지를 타고 조금씩 바닥에 떨어지고 있었다.

그들은 하수연의 아름다운 모습에 놀랐고, 그 괴이한 광경에 놀랐다.

"이… 이보게, 장가야! 저… 저거 분명 여자 맞지?"

"호… 혹시 천년 묵은 여우 아닐까?"

둘은 하도 이상한 광경이라 한동안 상황 짐작을 못했다.

그들의 머리로 아무리 생각에 생각을 해보아도 지금 상황을 이해할 수 없었다. 결국 결론은.

"저거 좀 맛이 간 여자 아닐까? 달거리를 왜 하필 저기서 한다지."

"그래도 드럽게 예쁘다. 꾸… 울걱."

물론 하수연은 다 듣고 있었다.

아픔이 조금 가시고 시간이 약간 흐르자 그녀는 수치심과 분노로 인해 안색이 파랗게 질렸다.

자신을 속인 관표에 대한 분노가 치밀었지만 뭐 방법이 없었다. 어설프게 보았던 관표에게 완전히 속아 넘어간 자신이 한심하기도 했지만 생각할수록 이가 갈렸다.

'내 이 개자식을……'

이를 북북 갈며 그녀는 나타난 두 사람의 눈치를 안 살필 수가 없었다. 그들의 눈은 자신의 중요한 곳만 집요하게 파고들고 있었으며, 점점 가까이 다가서고 있었다.

그리고 하수연에게 가까이 다가온 두 사람 중 한 명이 하수연 앞에 불룩한 바위를 보다가 기겁을 하며 말했다.

"바… 바위에 털이 났다아~"

하수연의 얼굴이 안쓰럽게 변한다.

후에 무림에서는 여자의 거시기에 음모가 없는 여자를 일컬어 하수
연 닮은 X이라고 비아냥거렸다 하였다니, 믿거나 말거나(소문에 의하면
여자에게 가해지는 최고의 욕이었다고 한다).

관표는 두 노인에게 다가서며 조금 전에 있었던 결투 장면을 떠올렸
다. 비록 두 노인이 지기는 했지만 나름대로 경이로운 장면들이었다.
그는 어떻게 해서든지 두 노인을 구해주고 싶었다. 하지만 그로서는
점혈법을 전혀 몰랐기에 어떻게 할 도리가 없었다.

한동안 생각에 잠겼던 관표는 아픈 몸을 뒤뚱거리며 뛰어갔다.

관표가 지금 있는 소로에서 언덕을 넘어 한동안 더 가자 지금 길보
다는 조금 더 큰 대로가 나왔다.

그리고 그곳에는 사람들의 왕래가 제법 있었다.

관표가 초조하게 길가에 서서 기다린 지 약 이각 정도의 시간이 흘
렀을 때, 마침 표물을 운반하는 표국의 무리가 길의 북쪽에서 나타났
다.

그들의 마차 위에는 큰 깃발이 펄럭이고 있었는데, 그 깃발에는 다
음과 같이 써 있었다.

섬서제일 금룡표국.

조공의 말에 의하면 표국의 표사나 표두들의 무공은 매우 높다고 했
었다.

관표는 망설이지 않고 그들에게 다가섰다.

표국의 인물들은 피투성이의 청년 하나가 갑자기 나타나자 모두 경계의 빛을 띠고 그를 지켜보았다.

그들 중 한 명의 표사가 관표의 앞으로 다가왔다.

관표는 얼른 그에게 다가가 사정하였다.

"나으리, 이놈을 불쌍하게 여겨서 저의 숙부님들을 구해주십시오."

"무슨 일인지 자세히 이야기해 보게."

"예, 전 섬서성에서 자라 두 분 숙부님을 모시고 사천에 계신 숙모님 생신에 가던 중 산적을 만나……."

관표는 자신이 산적이라는 점을 생각하고 가슴에 찔렸지만, 어쩔 수 없이 거짓말을 할 수밖에 없었다.

잠시 후 관표와 처음 그와 만났던 표사 한 명, 그리고 사십대의 중년 인 한 명은 두 노인이 점혈당해 누워 있는 곳까지 올 수 있었다. 그들 은 심하게 다친 두 노인을 보고 얼굴을 찌푸렸다.

표두는 두 노인의 점혈을 해혈해 주고 안쓰러운 시선으로 관표를 보면서 말했다.

"이보게, 자네 이름이 무엇인가?"

"관표라고 합니다."

"마침 우리 일행도 사천으로 가는 중일세. 함께 가지 않겠나? 최소한 녹림의 흉적들로부터 자네를 지켜줄 순 있을 것일세."

관표는 움찔하였지만 망설이지 않고 대답하였다.

"노자도 다 털렸기에 두 분 숙부님을 모시고 다시 고향으로 돌아가려 합니다. 너무 괘념치 마십시오."

나이 든 중년의 표두는 지니고 있던 몇 푼의 돈을 관표의 손에 쥐어주었다.

"이건 얼마 안 되지만 노자에 보태 쓰게. 산적에게 모두 털렸으니 당장 한 푼도 없을 것 아닌가?"

관표는 왠지 코끝이 시큰해졌다.

누군가에게 처음으로 따뜻한 도움을 받았던 것이다. 그러고 보면 세상에 다 나쁜 인간들만 있는 것은 아닌 듯했다.

"감사합니다. 대신 이름이라도 꼭 알려주십시오. 후에 반드시 보답하겠습니다."

표두는 가볍게 웃으며 고개를 흔들었다.

"그럴 필요 없네. 자네가 열심히 살면 그걸로 되었어. 우린 이만 가보겠네."

"그러지 말고 이름이라도 꼭 알려주십시오."

중년의 표두는 관표를 잠시 쳐다보다가 말했다.

"난 금룡표국의 표두인 장충수라고 하네. 강호의 친구들은 나를 일컬어 표풍검(飄風劍)이라고들 하지. 그럼 난 이만 가보겠네."

"감사합니다, 표두님."

관표는 그들이 사라질 때까지 그 자리에서 움직이지 않았다.

한편 두 노인은 이미 정신을 차리고 있었지만 민망함과 고통 때문에 아직도 정신을 잃은 척하고 있었다. 만약 장충수가 있을 때 깨어 있으면, 또다시 전후 사정을 이야기해야 하고 혹여 자신들을 알아보면 망신이라고 생각했던 것이다.

두 노인은 자신들을 위해 힘쓰고 있는 관표에게 무척 고마운 마음이 들었다. 이윽고 장충수가 사라지자 두 노인은 얼른 눈을 뜨고 억지로 일어섰다.

부상이 심하고 다친 곳은 한두 곳이 아니었지만 억지로 버티며 일어설 수는 있었다.

"고맙네, 젊은이."

단구의 노인이 어설픈 웃음을 머금고 말했다.

관표는 두 노인을 보다가 갑자기 두 사람 앞에 무릎을 꿇고 앉았다.

"두 분께 부탁이 있습니다."

두 노인은 놀라서 관표를 보았다. 덩치 큰 노인은 얼른 관표를 붙들고 물었다.

"이보게, 무엇인진 모르지만 일어서서 말하게. 우리가 부담 가네."

"아닙니다. 지금 말하겠습니다. 저를 두 분의 제자로 삼아주십시오."

"뭐……?"

"아… 아니, 뭐라고?"

두 노인은 몹시 놀란 표정이었다. 한동안 말을 못하고 관표를 보던 키 작은 노인이 한숨을 쉬며 말했다.

"이보게, 젊은이. 우리가 지닌 재주는 정말 보잘것없네. 그리고 보았지 않은가? 우리가 무참하게 지는 거."

차마 말하기 민망한지 노인은 고개를 숙이고 말했다.

관표는 진지한 얼굴로 노인을 보면서 고개를 흔들었다.

"상관없습니다. 제가 무슨 천하제일인이 되려는 것도 아니고, 단지 제가 하고자 하는 일에 도움이 될 수 있으면 됩니다. 어차피 저같이 가진 것 없고 나이 든 놈을 누가 제자로 삼아줄 것도 아니고, 제 주변에서 스승을 모시고자 할 뿐입니다."

관표의 말에 덩치 큰 노인이 한숨을 쉬며 말했다.

"우리에게 배워서는 너를 이렇게 만든 어린 녀석들에게 복수조차 못할 것이다."

"그들에게 복수는 이미 했습니다."

두 노인의 눈이 커졌다.

관표는 대충 지나간 일을 설명해 주었다. 순간 두 노인의 눈이 점점 커지더니 결국 큰 소리로 웃기 시작했다.

그들은 큰 짐을 벗어던진 듯 아주 상쾌하게 웃더니 갑자기 서두르기 시작했다.

"거기가, 어… 어디냐? 빨리 가보자. 내 그 연놈들의 모습이 보고 싶어 죽겠다."

단구의 노인은 성질도 급한 것 같았다.

덩치 큰 노인이 단구의 노인을 보면서 고개를 흔들었다.

"일에는 순서가 있는 법일세. 우선 저 청년을 어떻게 할 참인가?"

단구의 노인은 그제야 다시 관표를 쳐다보았다.

둘은 잠시 작은 소리로 이야기를 주고받더니 관표에게 다가왔다. 단구의 노인이 물었다.

"얘야, 네 이름이 무엇이냐?"

"관표라고 합니다."

"우리처럼 변변치 못한 사람들을 사부로 삼아도 후회하지 않겠느냐?"

"사부님."

관표는 그 말이 끝나기가 무섭게 자리에서 일어나 두 사람에게 구배지례를 하기 시작했다. 이미 사도지간에 대한 예의쯤은 조공에게 들어서 알고 있었던 관표였다.

두 사람은 관표에게 절을 받으며 눈물을 글썽거렸다.

그들은 평생 제자를 거둘 수 있으리란 생각은 해본 적이 없었다. 이리저리 무시만 당하고 살아온 그들의 인생에 드디어 무엇인가 결실을 맺은 것 같아 크게 감격스러웠다.

단구의 노인이 관표를 보며 조금 떨리는 목소리로 말했다.

"난 천중령(天重靈) 금동(金銅)이라 하고, 이쪽 덩치 큰 사부는 부운령(浮雲靈) 운적(雲赤)이라고 한다. 표야, 우리가 네게 가르쳐 줄 수 있는 것은 단 두 가지밖에 없다. 하지만 이 두 가지만큼은 천하에서 우리가 최고라 할 수 있다."

관표가 조금 놀란 표정으로 두 노인을 보았다.

단구의 노인이 계속 말을 이었다.

"나는 천하에서 가장 무거운 무공을, 저 친구는 세상에서 가장 가벼운 무공을 익히고 있다. 아쉽게도 우리가 아는 것은 그것이 전부다."

관표는 조금 어리둥절한 표정으로 두 노인을 보았다.

"차츰 알게 될 것이다. 우선 당무영에게 가서 너의 물건을 회수하고 실컷 비웃어준 다음에 당분간 산속 깊이 숨어살기로 하자."

관표가 다시 놀란 얼굴을 하자 덩치가 산만한 노인, 즉 운적이 말했다.

"당가와 화산에서 널 찾으려고 혈안이 될 것이다. 그전에 숨어야 한다."

관표는 이제야 상황이 쉽지 않음을 알았다.

시체를 손에 들고 서 있는 당무영은 죽을 지경이었다. 우선은 시간이 지나며 배도 고파왔고, 목도 말랐으며, 무엇보다도 답답해서 죽을 지경이었다.

이때 숲을 헤치고 세 명의 그림자가 나타났는데, 그들을 본 당무영의 눈에 살기가 어렸다.

'이 씹어 먹을 산적 놈! 네놈을 반드시 산 채로 소금에 절여 죽이겠다.'

물론 입이 들러붙어 말을 할 수 없으니 그는 눈으로 말할 수밖에 없었다. 하지만 그 독살스런 눈만 보고도 당무영의 뜻을 파악하기엔 충분하고도 남았다.

그 꼴을 보고 두 노인은 너무 좋아 박수를 치고 웃는데, 관표 역시 코웃음을 치며 말했다.

"이 후레자식아, 기분이 어떠냐? 네놈이 말로써 친구를 죽였으니 입을 붙여놓았고, 손발로 나와 내 사부님들을 차고 때렸으니, 참으로 벌치고는 제대로 받고 있구나? 내 살아생전 천하에 너처럼 악하고 나쁜 놈은 처음 본다. 너를 보고 내가 산적이란 것에 자부심을 느꼈다."

관표의 말에 당무영은 당장이라도 뛰쳐나가서 쳐 죽이고 싶었지만, 뭐 방법이 없었다. 그런데 그는 알고 있을까? 관표가 살아생전 만나본 사람이라고는 겨우 이삼백여 명도 안 된다는 사실을.

그리고 이미 이곳까지 오면서 자신이 산적 초행이란 사실도 두 노인에게 말했었다.

두 노인은 처음엔 조금 놀라는 표정이었지만, 관표의 처지를 충분히 이해할 수 있었기에 그 부분을 특별히 따지지 않았다.

산속에서 태어나 거기서 자란 관표가 다른 사람을 만나볼 일이 얼마나 있었겠는가? 거의 대부분이 산적질하러 오다가 만난 사람들이고 보면 틀림이 없을 것이다.

당무영은 발작을 하고 싶어도 입이 떨어지지 않아 말을 못하고 있었다. 근데 성질은 성질이고 갑자기 고소한 냄새가 그의 코를 진동시키며 덩치 큰 노인이 품에서 구운 토끼 한 마리를 꺼내어 들었다.

관표는 그 토끼 고기를 슬쩍 보고 당무영을 향해 말했다.

"당가야, 네가 그래도 한 손은 쓸 수 있으니 지금 곡무기의 품에 있는 청옥병을 꺼내 이리 던지면 우리도 이 토끼 고기를 너에게 주고 물러서마."

당무영은 생각해 보니 손해 볼 게 없었다.

현재 당무영은 곡무기의 옷이 달라붙은 한 손은 비록 불편하긴 하지만, 그런대로 쓸 수 있다. 그래서 관표 등이 두렵진 않았다. 이미 두 노인은 심하게 내상을 입은 상태이니 자신이 그들을 상대 못할 것은 없다는 그의 생각이었다.

비록 두 발과 한 손은 쓸 수 없지만.

그러나 식욕은 참기 어려웠다.

당무영은 눈물을 머금고 고개를 끄덕인 다음 곡무기의 옷을 뒤지기 시작했다.

어차피 자신에게 필요없는 물건이니 미련이 없었다. 아니, 음양접을 생각만 해도 이가 갈렸다.

당무영은 곡무기의 품에서 청옥병을 꺼내 들었다.

실제로 손이 눌러 붙어 그 청옥병을 손으로 잡은 것이 아니라 흡자결로 손에 붙여 들어내었다.

참으로 그의 처지에서 본다면, 붙는다는 표현만 보아도 혈이 거꾸로 오를 정도였지만 현재로는 별수없었다.

"셋에 동시에 던지자."

역시 당무영의 고개가 끄덕여졌다.

"하나, 둘, 셋."

둘은 동시에 물건을 던졌다.

청옥병을 든 관표는 그것을 품에 넣고 당무영을 보면서 부드럽게 말했다.

"어쨌거나 나 때문에 고생이 많다. 그래서 너를 위해 좀 준비를 한 것이 있으니 잘 받아둬라."

관표는 두 노인에게서 여러 가지 먹을 것들을 받아 들고 당무영 앞으로 던졌다.

먼저 던진 토끼 고기도 그의 앞에 떨어져 있었다. 막상 받으려고 보니 손바닥에 옷과 손가락이 눌러 붙어 날아오는 토끼 고기를 잡을 수가 없었던 것이다.

정지된 물건을 흡자결로 끌어 올리는 것하고는 또 달랐다.

"우리 사부님이 지니고 있던 것들이니 잘 먹어둬라."

관표는 그 말을 끝으로 돌아섰다. 원래 운적은 그 덩치만큼이나 많이 먹는 편이라 항상 많은 음식을 싸 가지고 다녔었다.

현재 운적은 품에 지니고 있던 건량들 중 일부도 당무영에게 주었다. 당무영은 관표의 의도를 모르고 멍하게 있다가 생각했다.

'흥, 요놈이 나중을 위해서 선심을 쓰는 건가? 그러나 이런다고 네 놈을 그냥 놔둘 줄 알았다면 오산이다. 내가 이 어려움만 벗어나면 네 놈을 독물에 담가 죽이겠다.'

생각은 생각이고 당무영은 일단 움직일 수 있는 손으로 흡자결을 운용해서 토끼 고기를 손에 붙여 들어 올렸다. 그리고 음식을 먹으려고 입으로 가져갔다.

그는 여러 가지 황당한 사건을 당한 데다 갑자기 음식을 보자, 음양접을 항문과 입에 바른 생각은 전혀 하지 못하고 있었다. 그리고 그 결과에 대해서도.

당무영은 토끼 고기를 입에 들이대고 나서야 자신의 입이 붙어버렸다는 사실을 알았다. 그리고 관표가 음식을 잔뜩 놓고 간 이유도.

생각해 보라. 한 손에 시체를, 또 한 손에 토끼 고기를 들고 먹지도 못하고 냄새만 맡으며 울고 있는 모습을.

하수연은 미치기 직전이었다.

도저히 얼굴을 들 수가 없었다. 우선은 화끈거리며 쓰리고 아픈 하체도 어떻게 주체를 못할 정도였다. 그래도 그녀는 참고 기다렸다. 그랬다가 두 남자가 가까이 왔을 때 양손을 쳐내었다. 다행히 두 손은 음양접이 묻지 않아 고스란히 움직일 수 있었다. 그것은 평소 깔끔한 그녀의 성격 덕분이었다.

그녀의 손에서 뿜어진 고죽수는 단 일 격에 두 남자를 죽였다. 그리고 약 두 시진이 지났다. 그동안 그녀는 별짓을 다 했지만 어떻게 할 방법이 떠오르지 않았다.

바위를 깨고 움직이려 하였지만 신경이 바위와 연결되어 바위를 깨면, 그 충격으로 인해 신경이 끊어질지도 모른다는 사실을 새롭게 알았을 뿐이었다.

살 안의 신경까지 하나로 붙여 버리는 물건이 세상에 있으리라 누가 생각했겠는가? 그리고 발의 신경이 예민해져서 조금만 움직여도 그 고통은 참기 어려웠다.

천하에 자신의 잔꾀를 무적이라 생각했던 그녀의 마음은 더없이 처량해지고 말았다.

생으로 뽑힌 그곳의 주변이 주인의 마음을 아는지 그 쓰리고 아픈 심정을 유일하게 함께하고 있었다.

한참 그녀가 이러지도 저러지도 못할 때, 일단의 사람들이 숲에서 몰려왔다. 그녀의 안색이 참혹하게 변했다.

"여기에 오면 화산의 성녀라 불리는 하수연의 나신을 볼 수 있다고 하던데 정말일까?"

"하하! 그럴 리가 있겠나? 누가 장난을 쳤겠지."

"그래도 혹시나 하고 온 우리가 멍청한…… 어헉!"

"아니… 저저……."

많은 사람들이 웅성거리기 시작했고, 사람들은 점점 많아지고 있었다.

한편 숲으로 들어오는 소로와 소로로 들어오는 대로의 입구에는 다음과 같은 푯말이 걸려 있었다.

화산의 성녀 하수연의 나신을 보고 싶은 분들은 이리 오시오.

친절하게 화살표까지 그려져 있었으며, 그녀가 있는 곳에 대한 약도도 그려져 있었다.

단구의 노인이 지닌 작은 봇짐 속엔 이 정도 그림과 글을 쓸 도구는 충분히 있었다.

처음엔 반신반의하던 사람들이 하나둘 모여들더니, 얼마 후엔 그 근처에 노숙까지 하며 구경하는 사람이 생겨났다.

특히 고죽수에 의해서 죽은 두 명의 산적은 그녀가 최소한 화산의 제자임을 증명하고 있었다. 그리고 몰려든 사람들 중에는 고수들도 적지 않았으니 화산에서 가장 유명한 절기 중 하나인 고죽수를 몰라보랴.

문제는 그뿐이 아니었다. 몇 개의 전단에 하수연과 그 일행인 당무영, 곡무기에 대해서도 친절하게 적어놓았는데, 그들이 왜 이렇게 되었는지에 대한 사연이 적혀 있었고, 그 아래에는 다음과 같이 적혀 있었다.

…중략…….
그래서 본인은 이들에게 벌을 내리노라.

녹림왕 관표

사연을 알고 보면 상황은 더욱 재미있게 마련이었다. 다행히 당무영에 대해서는 이렇게 벌을 받았다, 라는 말만 있고 그가 어디에 있는지에 대해서는 적혀 있지 않았다.

이 글을 쓴 것은 물론 금동이었으며 당무영에 대해 쓰지 않은 것은 발견이 늦어질수록 그의 고통이 심해질 거란 생각에서였다. 또한 이하나의 글로 인해 잘하면 당가와 화산이 견원지간이 될지도 모른다.

만약 그렇게 된다면 더없이 좋은 일일 것이다.

무엇보다도 이 일로 인해 관표의 이름은 구천십지에 모르는 사람이 없게 되었다는 것이다.

특히 항상 정파랍시고 거들먹거리던 구파일방의 화산과 오대세가의 하나인 당문이 동시에 망신을 당했으니, 평소 그들을 좋지 않게 여기던 수많은 사람들이 얼마나 좋아했겠으며 그들로 인해 관표의 이야기는 수없이 부풀려 천지를 질타했다.

이렇게 녹림왕 관표의 첫 행차는 너무 큰 성공으로 끝을 맺었다. 아주 작은 고통을 수반하기는 했지만.

그리고 그 시간, 당무영은 음식은 먹지도 못하고 입이 붙기 전 먹은 음식은 이미 소화가 완전히 되어 밖으로 나오려 하는데, 아래위가 다 붙었으니 그게 어디로 나오겠는가? 배는 고파 먹고 싶은 심정과 싸고 싶은 두 가지 심정이 한꺼번에 그를 괴롭히는데, 세상에 고문 중 이런 고문은 또 없을 것이다.

그는 임신한 여자가 애 낳는 심정으로 끙끙거리고 있었는데 그런다고 달라붙은 그곳이 떨어질 리가 없었다.

당무영은 태어나서 처음으로 자신의 어미가 자신을 나을 때 얼마나 고생했는지 깨우치고 있는 중이었다.

소리를 지르며 울고 싶었지만 소리도 안 나온다. 그래도 질기게도 그의 한 손은 토끼 고기를 끌어안고 있었다.

그는 알까, 애 낳을 때 순산을 못하면 배를 가르고 꺼내야 한다는 사실을.

후에 무림에서는 두 가지 고통을 한꺼번에 주는 고문이나, 변비와 배고픔이 공존하며 자신을 괴롭힐 때, 이를 일컬어 당무영 고(拷)라고 하였다 한다.

第七章

따님의 그곳이 문주님의 그곳과 닮았습니다

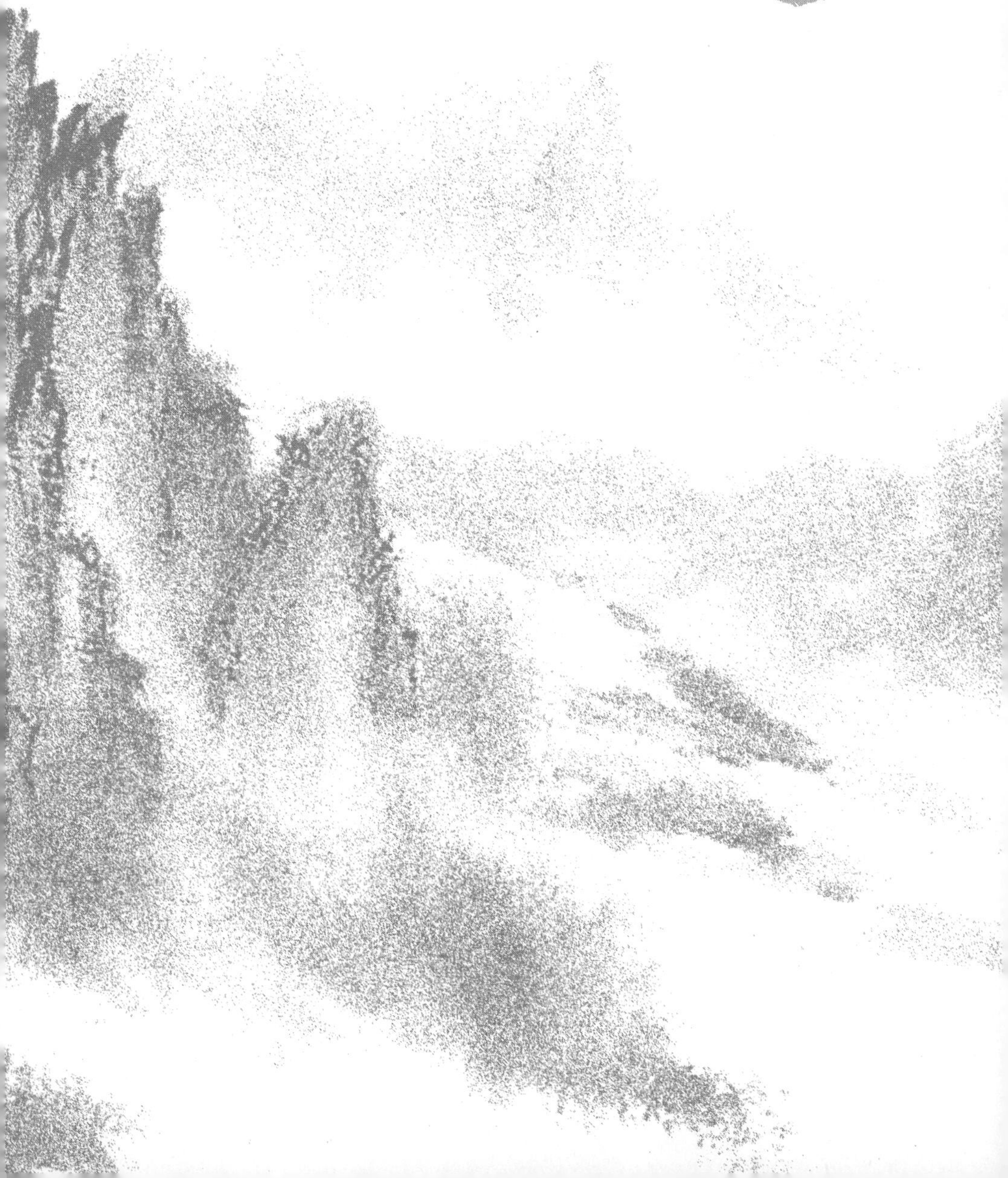

섬서성 남서쪽 깊은 산중의 산인 태백산은 험하고 골이 깊기로 유명
했다.

그 깊은 산중, 몇백 년 동안 인적이라곤 전혀 없을 것 같은 산속에
하나의 거대한 동굴이 자리하고 있었다. 그 동굴 속에 세 명의 인물들
이 품자형(品字形)으로 앉아 있었다.

그들은 바로 관표와 천중령(天重靈) 금동(金銅), 부운령(浮雲靈) 운적(雲
赤)이었다.

관표와 두 노인은 막상 일을 저지르기는 하였지만 차후에 있을 화산
과 당가의 보복을 예상하고 두 노인이 무공을 수련하던 곳으로 다시
도망쳐 온 것이다.

강호무림에서 그 세력으로 능히 다섯 손가락에 들어가는 문파와 오
대세가 중 한곳이고 보니 후환이 두려운 것은 어쩔 수 없는 일이었다.

특히 두 노인의 경우, 자신들의 무공이 얼마나 보잘것없다는 것을 깨우친 다음이라 더욱 그랬다.

덩치가 산만한 운적이 한숨을 쉬면서 말했다.

"휴! 이제 안심해도 된다. 여기는 아무리 천리안을 지닌 초인이라도 절대 찾지 못한다. 여기서 당분간 무공을 연마하기로 하자. 하지만 나와 금가가 할 줄 아는 무공이 겨우 한두 가지이고 보니, 그 무공이 너에게 얼마나 도움이 될지 모르겠다. 더군다나 나와 금가의 무공을 한 사람이 터득한다면 너무 상반된 무공이라 혹시 부작용이 있을지도 모르겠고……."

금동의 얼굴도 침중해졌다.

관표는 운적이 진심으로 자신을 걱정해 주는 것을 보자 코끝이 찡해지는 것을 느꼈다.

"무엇이 걱정이겠습니까? 사부님, 전 닥치는 대로 배우겠습니다. 십일 전처럼 반항 한번 못해보고 당하는 것은 참을 수 없습니다."

관표의 얼굴에 아주 강한 결심이 선 듯하자, 운적과 금동은 더욱 가슴이 시렸다.

자신들의 변변치 못한 무공을 배워서 후에 강호에서 제대로 이름 석자나 내밀 수 있을지 걱정이었다.

"어찌 되었거나 한번 해보자."

"감사합니다, 사부님. 그런데 저에게도 무공비급일지 모르는 책자가 두 개 정도 있는데 한번 보시겠습니까?"

운적과 금동은 놀란 눈으로 관표를 보았다.

관표는 품에서 두 개의 책자를 꺼내어 내놓았다. 두 개의 책을 살피던 두 노인의 눈이 더 이상 커질 수 없을 만큼 커졌다.

"이… 이건, 건곤태극신공(乾坤太極神功)!"

"대… 대력철마신공이라니!"

두 노인은 무의식 중에 놀라서 고함을 치다, 다시 서로를 보고 또다시 놀랐다.

둘은 설마 하는 표정으로 책을 서로 바꾸어 살펴보았다.

살피고 또 살펴도 분명했다.

강호무림에서 가장 뛰어나다는 두 가지 무공을 손에 들고 한동안 격정을 참지 못하던 두 노인의 눈이 흥분을 참지 못하고 반짝이다가 결국 주루룩 눈물을 흘렸다.

"이제 됐다, 이제 됐어. 비록 우리는 삼류에 불과했으나 제자만은 제대로 가르칠 수 있겠구나. 이는 하늘이 우리 두 늙은이에게 마지막으로 주는 선물일 게다."

금동은 몹시 감격한 듯했다.

관표는 두 노인의 모습을 보면서 책에 적혀 있던 내용이 아주 황당한 이야기가 아니란 것을 눈치챘다.

"그 책이 그렇게 중요한 책입니까, 사부님?"

운적이 대답했다.

"암, 대단한 책들이지. 우선 건곤태극신공은 도가에서 최고로 치는 무공이다. 비록 배우기가 너무 어렵고 까다로워서 그렇지, 일단 다 배우고 나면 세상의 어떤 무공도 쉽게 배울 수 있고, 신체 자체가 무공을 배우기에 가장 적합한 몸으로 바뀐다. 너처럼 늦게 무공을 배우는 사람에겐 특하나 더욱 필요한 내공심법이다. 뿐만 아니라 이 무공을 익히게 되면 몸이 부드러워지고 감각은 하늘에 닿아지며, 육감은 최고조로 발전하게 된다. 그리고 어떤 내가중수법에도 내장이 상하지 않는다고 한다. 또한 세상에서 가장 부드러운 무공이라고도 하지. 반대로 대력철마신공은 줄여서 대력철마공이라고 하는데, 말 그대로 온몸을 강철처럼 단단하게 만들어주며 극성에 이르면 어떤 보검이나 강기에도 몸을 상하지 않는다고 한다. 그 외에도 여러 가지 효능이 있다고 한다."

관표는 입을 딱 벌렸다. 정말이라면 실로 엄청난 무공들인 것인데 자신은 그것을 동전 몇 푼에 팔아버리려 했었으니 참으로 무지한 생각이라 아니 할 수 없었다.

두 노인은 서로 한동안 의논을 한 다음 다시 관표를 보았다. 비록 몸은 정상이 아니었지만 그 어느 때보다도 활기가 있어 보였다.

운적은 마른침을 꿀꺽 삼키고 말했다.

"너의 복인지 어떤지는 모르지만, 나나 금가가 익힌 무공과 여기 이 두 가지 무공은 모두 어느 한 방면에서는 강호무림에서 최고로 알려진 무공들이다. 비록 하나하나를 놓고 보면 무적이라 할 수 없겠지만, 이 네 가지를 전부 익힌다면 어떤 효과가 있을지도 모르겠다. 일단 금가와 의논했는데, 네가 처음으로 익힐 무공은 건곤태극신공이다. 이 무공을 처음으로 익히게 하는 것은 네가 너무 늦은 나이에 무공을 배우기 때문이다. 지금 여기 있는 네 가지 무공 중 유일하게 건곤태극신공만이 나이에 큰 상관이 없는 무공이다. 그러나 다른 무공들은 모두 십세 이전에 배우기 시작했어야 하거나 어느 정도 내공의 기초가 있어야 입문이 가능한 무공이다. 또한 태극신공은 어느 무공을 익혀도 서로 부작용이 없게 만들어주는 중화 작용을 하는 무공이니 어쩔 수 없이 이것을 먼저 터득하여야만 한다. 문제는……."

관표는 운적이 머뭇거리자 궁금한 표정으로 그를 보며 물었다.

"문제가 무엇입니까, 사부님?"

조금 더 머뭇거리던 운적이 어쩔 수 없다는 표정으로 말했다.

"건곤태극신공은 한번 익히기 시작해 어느 정도 경지에 달하기 위해서는 육십 년이 걸린다. 그 세월이 너무 길구나."

관표의 얼굴이 창백해졌다. 육십 년은 아무리 생각해도 무리가 있었다.

"사부님, 꼭 육십 년의 세월이 필요한 것입니까?"

"그렇다."

관표는 마음이 답답해짐을 느꼈다.

"운 사부님, 혹시 다른 방법은 없습니까?"

운적이 관표를 보며 가볍게 한숨을 쉬었다.

"내가 알기로 건곤태극신공을 속성으로 익히기 위해서는 단 한 가지 방법밖에 없는 것으로 알고 있다. 그것은 도가의 보물이라는 공청석유나 그보다 더 구하기 어렵다는 공령석수를 마시는 방법이다."

"공청석유라니요? 그게 무엇입니까?"

운적은 자신이 알고 있는 공청석유와 공령석수에 대해서 설명해 주었다. 그 설명을 듣던 관표는 자신이 마신 흑옥병의 약물을 생각해 내곤 눈을 반짝였다.

공령석수의 모양새가 그 약물하고 조금 비슷했던 것이다. 관표는 설마 하면서도 물어보았다.

"혹시 사부님, 그 공령석수란 것 말입니다."

관표는 자신이 흑옥병의 약물을 마시게 된 상황을 설명해 주었다. 그 말을 다 듣고 난 운적과 금동은 입을 쩍 벌렸다.

그들은 무려 육십 년이나 세상에 나간 적이 없었다. 그래서 그들의 후배라 할 수 있는 검선이 누구인지 잘 알진 못했다.

검선이 활약할 당시 두 노인은 이미 산속에 틀어박혀 있을 때였으니 알 까닭이 없었다. 그러나 두 노인은 관표의 이야기를 듣고 상황을 조금이나마 유추해 낼 수 있었다.

최소한 그 검선이란 도사가 태극신공을 익히기 위해 공령석수를 구하려다 부상을 당했고, 운 좋게 그게 관표의 손에 넘어간 것이라 추측한 것이다.

"넌 복을 타고났구나. 여하간 확인은 해보아야 하니, 이리 손을 내밀어보아라."

금동은 관표의 몸을 여기저기 만져 보고 맥을 짚어보았다. 한동안 수선을 떨던 금동의 작은 몸이 부르르 떨렸다.

"하늘이 도왔다. 그 약물은 공령석수가 맞는 모양이다."

세 사람은 한동안 말을 못하고 그렇게 앉아 있었다.

현실이 꼭 꿈만 같았던 것이다.

홀쭉한 얼굴에 긴 팔을 지닌 노인은 이를 부드득 갈아붙이고 앞에 선 백발의 노인을 보았다.

그의 눈엔 당혹, 불안, 초조, 어이없음, 기가 막힘 등등의 감정이 아주 풍부하게 첨가되어 있었다.

사천당가의 현 가주인 칠기자(七奇子) 당무염은 기가 막혔다.

자신이 얼마나 귀여워하던 손자인가? 자신과 비슷하게 당무영이라고 직접 이름도 지어주었었다.

지닌 재주도 있고, 무공의 재질도 뛰어나 당가의 다음, 다음 대 가주 감이라고 그렇게 자랑하던 손자였었다.

소식을 듣고 한달음에 달려가 그가 본 당무영의 몰골은 실로 처참하기 이를 데 없었다.

우선 손에 든 고기에서는 구더기가 이글거리고 있었고, 입은 붙어서 말도 하지 못하고 있었다.

바지는 오줌에 흠뻑 젖어 있었고, 항문은 들어붙어 있었으며 발은 바위에 신발과 함께 붙어 있었다.

몰골은 거의 해골 수준이었으니 더 말해 무엇 하랴.

바위를 부수어 자신의 손자를 구한 당무염은 너무 화가 나고 분해서 눈물까지 찔끔했었다. 일단 당가로 자신의 손자를 데려온 당무염은 약물과 독에 관해서는 타의 추종을 불허한다는 독령(毒令) 당무인으로 하여금 손주를 살펴보게 하였다.

당무인은 당무염의 동생이었다.

백발의 노인 당무인은 가볍게 한숨을 쉬면서 말했다.

"정말 이렇게 무서운 물건이 있는 줄 몰랐습니다. 대체 무슨 약물인지를 모르겠습니다. 우선 무영이만 해도 단순하게 다리가 들어붙은 것이 아니었습니다. 일시적으로 다리의 신경이 바위와 달라붙어 약간의 충격에도 견딜 수 없는 고통을 수반하게 하였습니다. 무영이가 바위를 깨버리면 된다는 생각을 하지 못한 것도 그 때문인 듯합니다. 만약 강제로 바위를 깨면 그 충격에 신경이 끊어져 두 다리는 영원히 불구가 될 뻔했었습니다. 그리고 시간이 지나면서 눌러 붙었던 신경이 다시 원상태로 돌아가 겨우 바위를 깨고 구할 수 있었습니다."

당무염은 다시 한 번 치를 떨었다.

"대체 무엇인가? 무엇이 무영이를 그 지경으로 만들었단 말인가? 말 좀 해보게!"

당무인은 한숨을 쉬었다.

"도저히 알 도리가 없습니다. 약과 독이라면 모르는 것이 없다고 자부하는 저도 도저히 짐작을 못하겠습니다. 일종의 접착제 같은데 그렇게 지독한 접착제가 있다는 소리는 보지도 듣지도 못했습니다. 혹시 고모님이라면 아실지도……."

당무염의 눈살이 찌푸려졌다.

당무인은 죄지은 사람처럼 고개를 숙이고 말했다.

"그건 그렇고. 그래, 동생, 이제 어떻게 해야 하나? 말 좀 해보게."

당무인은 한숨을 내쉬고 말했다.

"우선 발의 경우 붙어버린 돌 조각을 완전히 제거할 방법이 없습니다. 그러나 발바닥의 껍질을 한번 벗겨내면 어느 정도 고칠 수 있을 것 같습니다. 입을 살펴본 바에 의하면, 먼저 입술은 칼로 그어 떨어뜨리고. 그리고……."

"그리고? 말을 해보게. 참으로 답답하이."

"이는 잇몸까지 그 요상한 약이 발라져 있어 망치로 모두 부수어내야 할 것 같습니다."

당무인은 자신이 죄를 지은 것처럼 고개를 숙였다.

당무염의 눈이 벌게졌다.

"붙은 부분만 잘라내면 되지 않겠는가? 아니면 어떻게 떼어내든지."

"그게 어렵습니다. 이와 이 사이에 약 기운이 어려 있어 또 어떤 황당한 일이 벌어질지 모릅니다. 모조리 부수어내는 도리밖에 없습니다."

"그… 그럼, 마… 망치로 부수지 말고, 내가 진기로 부수기로 하… 하지."

당무염은 그 말하기가 너무 힘들었다.

"그리고……."

당무인은 다시 무안한 얼굴로 말했다.

"혀는 입천장과 붙어 있기에 도려내야 할 것 같습니다."

잠시 침묵이 어렸다. 결국 벙어리에 이 없는 당무영의 모습을 상상하자니 참으로 기가 막힌 노릇이었다.

"그리고……."

당무염은 창백한 얼굴로 자신의 동생을 보았다.

그리고란 말 한마디가 지금처럼 무서운 적이 없었다.

"두 손입니다. 붙어버린 손가락으로 인해, 지금 손 상태 그대로에서 어떻게 손쓸 방법이 없습니다. 손목을 절단할 수도 없고."

당무염은 너무 기가 막혀 말문을 닫고 말았다. 그저 멀거니 천장만 보고 있는데, 당무인은 더 더욱 민망한 얼굴로 말했다.

"그리고."

"그리고… 아… 아직도 남았나?"

"가장 무서운 것은 바로 항문입니다. 항문을 열려면 두 가지 방법이 있는데, 그 방법이란 것이 이렇습니다. 우선 첫 번째 방법으로 검기를 사용해서 항문을 도려내는 방법입니다. 그러나 만약 그렇게 할 경우 대변을 가리지 못하고 아무 때나 흘러나오게 되어 문제가 심각해집니다."

당무염은 가슴이 내려앉는 기분이었다.

당가에서 가장 기재라 일컬어지던 자신의 친손자가 완전히 병신의 길로 접어드는 것이 아닌가? 현재로선 방법이 없어 보였다.

"그래, 그 방법 말고 두 번째 방법을 말해 보게."

"두 번째 방법은 우선 작은 쇠말뚝을 불에 달군 후 천천히 항문으로 밀어 넣는 방법입니다."

"그러면 괜찮은 것인가?"

"혈을 짚어도 그 고통이 너무 심해서 문제지만, 그렇게 일단 구멍을 낸 후 여러 가지 기약으로 치료하면 전 방법보다는 조금 나을 듯합니다만, 완전히 고치려면 그렇게 하고도 구지선엽초라던가 공청석유 같은 영약이 필요합니다. 그 두 가지 기약이 있으면 손도 고칠 수는 있을 것 같긴 합니다."

당무염의 입이 딱 벌어졌다.

결국 방법이 없다는 이야기 아닌가? 당무인의 이마엔 땀이 배어 나오고 있었다. 그는 마지막 용기를 쥐어짜면서 말했다.

"그래도 불에 달군 쇠말뚝이 나을 듯합니다, 형님."

당무염이 부르르 몸을 떨다 고함을 질렀다.

"녹림왕 이 개 같은 놈! 내 기필코 똥꾸녕을 찢어 죽이고 말겠다."

사천당가의 지붕이 들썩거렸다.

천중령 금동과 부운령 운적은 사천성 출신이었다.

둘은 한 마을에 살았으며, 아주 어릴 때부터 친구 사이였다. 또한 둘이 친해지게 된 결정적인 사유가 있었다. 우선 금동은 너무도 빈약하게 생겨서 바람이 불면 날아갈 것처럼 호리호리했고, 키도 또래의 아이들에 비해서 아주 작았다. 반대로 운적의 키는 다른 아이들 두 배가 넘었고, 덩치도 상상 불허할 정도로 컸다. 당연히 친구들로부터 따돌림을 당한 두 사람은 친해질 수밖에 없었고 둘은 언제나 붙어 다니게 되었다. 그리고 둘에게 소원이 있다면, 금동은 자신의 힘이 세지고 몸무게가 좀 나갔으면 하는 것이었으며, 운적은 자신의 키가 좀 줄어들고 무게가 좀 줄어들어 움직이는 데 불편하지 않았으면 하는 것이었다.

그러던 어느 날, 그들에게 무엇인가를 결정하지 않으면 안 되는 일이 생겼다.

동네 촌장 아들의 놀림에 참다못한 금동이 돌을 들고 달려들었다. 그러나 작고 힘없는 그는 심하게 맞을 수밖에 없었다. 그 모습을 본 운적이 달려들었는데, 그의 덩치에 깔린 촌장의 아들이 압사당하는 사건이 일어나고 말았다.

그날로 마을에서 도망을 한 둘은 모진 고생을 하며 세상을 떠돌다가 곤륜쌍괴의 문하로 들어가게 되었다.

곤륜파의 제자인 곤륜쌍괴는 마침 체격도 두 소년처럼 비슷했고, 두 사람과 비슷한 불운을 지니고 있었다. 그래서 그들은 그 한을 풀고자 세상에서 가장 무거운 무공과 가장 가벼운 무공을 연구하는 중이었다. 결국 둘의 문하생이 된 두 사람은 다른 모든 무공은 다 제쳐 놓고 두 사부가 연구 중이었던 운룡천중기(雲龍天重氣)와 운룡부운신공(雲龍浮雲神功)만을 파고들었다.

물론 금동은 스스로를 무겁게 만드는 무공인 운룡천중기, 운적은 자신을 구름처럼 가볍게 만들 수 있는 운룡부운신공만을 익히려 들었다. 그 두 무공이야말로 둘이 원했던 바로 그런 무공이었던 것이다.

얼마 후 두 사부가 천명을 다하게 되었다.

오로지 한 가지 무공에만 매달린 두 사람은 곤륜파의 다른 절기는 전혀 이어받지도 못한 상황이었다. 일단 두 사부가 죽자 두 사람은 고향에 들렀다가 곤륜파로 가서 사부님들의 유명을 전하기로 결정하였다. 그러나 고향에 돌아온 두 사람은 자신들의 일가족이 촌장이 고용한 무사에게 모두 죽은 것을 알았다.

그날로 촌장 집으로 찾아간 두 사람은 촌장 일가족을 모두 죽여 복수를 하고, 허탈한 마음에 곤륜을 향해 출발하기 전 강호를 유람하기로 하였다.

한동안 돌아다니며 경중쌍괴(輕重雙怪)란 별호까지 얻은 두 사람은 곤륜을 향해 출발하였다. 그러나 곤륜으로 가기도 전에 천독수 당진진을 만나게 되었다.

관도에서 만난 당진진은 두 사람을 보고 그들의 생김생김을 들추어가며 비웃었고, 참지 못한 금동이 그녀에게 달려들었다. 그러나 이미천독수란 이름으로 강호에서 명성을 떨치고 있는 그녀에게 금동은 호되게 당하고 말았다.

운적까지 합세하였지만 둘은 더 이상 말하기 어려울 정도로 처참하게 패하였고 입에 담기 어려울 정도의 모욕까지 당하고 말았다.

"참으로 흉측한 것들이 무공도 같지 않은 것들만 익히고 있구나. 그따위 무공을 어따 쓰려고 배우느냐? 차라리 나를 사부로 모셔라."

당진진의 호통은 차가웠고 두 사람에겐 깊은 상처를 남기고 말았다. 평생 잊을 수 없는 모욕적인 욕이었다.

둘은 그날로 산속에 들어가 자신들이 지닌 무공에 대해서 연구하고 또 연구하였다. 결국 천하에서 가장 무겁고, 가장 가벼운 무공은 발전에 발전을 더하게 되었지만 그 무공이 어떤 식으로 쓰여질지에 대해서는 두 사람조차 알지 못하고 있었다.

누구와 겨루어보지도 않았고, 결정적인 것은 이 무공에 초식이 없었던 것이다.

둘은 상의를 한 끝에 초식 부분을 보완해 보기로 하고 강호로 다시 나왔다. 그리고 이제 나이가 너무 들어 혹시 모를 후인을 찾아볼 의향도 있었다. 그러나 나오자마자 당무영에게 다시 패하고 보니 자신들의 무공에 대해서 몹시 실망하고 있었던 운적과 금동이었다.

사부들의 이야기를 들은 관표는 자신이 반드시 사부들의 한을 풀어주겠다고 결심을 하였다.

그리고 그날부터 건곤태극신공의 수련에 들어갔다.

바위에 발이 붙어 움직이지 못하게 된 하수연은 처음엔 수치심과 당황함에 꼼짝을 못하고 시간을 보내야만 했다.

두 손으로 얼굴을 가리고 있는 게 고작이었다.

그 모습을 보던 남자들이 서로 수군거렸다.

"허, 어떻게 아래가 아니라 얼굴을 가리지?"

"이 사람, 그것도 모르는가? 그게 여자의 본능이라네……."

등등 수많은 잡설을 듣고 있던 그녀는 시간이 지나며 차츰 마음이 가라앉자 독하게 마음을 먹었다.

그녀는 얼굴에서 손을 내리고 살기 어린 눈으로 자신을 구경하는 남자들을 쏘아보았다.

"지금 이 자리에 있던 놈들은 내가 얼굴을 기억하니 차후 살려놓지 않겠다!"

그 말이 있고 얼마 후엔 복면을 한 남자들이 나타나 그녀를 구경하기 시작했다.

그녀는 얼굴이 파랗게 질렸지만 방법이 없었다.

너무 화가 나고 분해서 눈물도 나오지 않았다.

몇 번이나 발에 붙은 바위 일부를 부수려고 하였지만 그때마다 신경이 끊어져 버릴 것처럼 아파왔기에 멈출 수밖에 없었다. 조금의 충격도 이겨내지 못할 것 같았다.

다시 얼마간의 시간이 흐르자 차츰 발의 신경이 정상으로 돌아오는 것을 느꼈다.

그녀로서는 정말 다행한 일이었다.

조금 더 시간이 흐른 후, 그녀는 자신의 눌러 붙었던 신경이 자유로워진 것을 알고, 고죽수로 바위를 부수어 움직일 수 있었다. 그러나 그런 상황에서도 뻔뻔하게 고개를 들고 있는 하수연을 보면, 여자가 남자보다 더욱 위기에 강하다는 것을 느낄 수 있었다. 어떻게 보면 구경꾼이 없었던 당무영에 비해 수많은 구경꾼들이 있는 하수연이 더욱 급했는지도 몰랐다.

일단 하수연이 바위를 부수고 움직일 수 있게 되자 복면을 한 채 구경하던 남자들이 후다닥 숲으로 숨어들었다. 그러나 바위를 부순 그녀는 비록 움직일 순 있었지만, 부서진 바윗조각이 발을 찔러대었기에 함부로 걸을 순 없었다.

그렇다고 스스로 발바닥의 껍질을 벗길 수도 없었다. 아직 미세하지만 그 돌 부스러기들은 발의 신경과 이어져 있었다. 그러고 보니 바윗조각 때문에 신법을 펼치기도 힘들었다.

일단 바위에 주저앉은 그녀는 어떻게 해서든지 자신의 치마가 있는 곳까지는 가야 했다. 결국 그녀는 옷을 찢어 자신의 중요한 곳을 가리고, 거꾸로 서서 다리가 아니라 손으로 걷기 시작했다.

숲에 숨어서 목숨 걸고 구경하던 사람들은 그 희한한 광경을 보고 입을 딱 벌린 채 침을 흘려야 했다. 그녀의 미끈한 다리가 하늘을 향해 뻗어 올라가자 그 아름다움은 말로 표현하기가 힘들 정도였다.

차후 무림의 남자들은 기녀나 애인에게 거꾸로 서서 걷게 하여 그 다리를 감상하는 것을 즐겨 하였다고 하는데, 들리기론 그렇게 하면 늘씬한 다리가 더욱 돋보인다고 한다.

여하튼 일단 움직일 수 있게 되자 옷으로 몸을 가린 그녀는 고죽수로 구경하던 몇 사람을 죽이려 하였다. 그러나 이미 모두 도망간 다음이었다.

화산의 문주인 화산용검(華山龍劍) 하불범(河不氾)은 분노로 인해 얼굴이 일그러졌다. 반질반질한 그의 이마에 칡넝쿨 같은 힘줄이 불끈 치솟아오른 모습은 누가 보아도 평소의 하불범은 아니었다. 하긴 지금 그가 제정신이라면 오히려 이상한 일이라 하겠다.

화산에서 소문을 듣고 하불범이 자신의 딸인 하수연을 찾아갔을 때, 그녀의 모습은 정말 눈뜨고 봐주기 어려운 모습이었다.

누가 그녀를 보고 무림오미 중 한 명인 화산옥녀(華山玉女) 하수연(河秀蓮)이라 하겠는가? 비록 움직일 수는 있지만, 발바닥에 들어붙은 바윗조각으로 인해 멀리 가지도 못하고 며칠 동안 숲의 나무 아래에 앉아 있었던 그녀의 모습은 실로 보기 민망했다.

구경하던 사람들이 동정하듯이 던져 준 건포와 음식들이 여기저기 흩어져 있었고, 볼일 역시 그 주변에서 처리한 듯 그녀의 주변에서는 아주 오묘한 향기가 코를 자극하고 있었다.

우락부락하게 생긴 하불범이 아름다운 하수연의 아버지란 사실이 믿어지지 않을 정도였다. 비록 생기긴 막 생겼어도 그의 딸에 대한 애정은 정말 대단하다고 소문이 자자했다.

하불범에게 하수연은 보물이나 마찬가지였다. 원래 못생긴 그였기에 그 아픔을 자신의 딸로 인해 보상받아 오던 그였다. 그래서 하불범이 얼마나 그녀를 챙기는지는 무림인치고 모르는 사람이 없었다.

지금 화산(華山)의 용(龍)이라 불리는 그가 얼마나 화가 나 있는지는 그의 얼굴만 보아도 알 수 있었다.

'절대 용서하지 않는다. 내 녹림의 무리들을 아주 싹쓸이해 버리고서라도 관표, 그놈을 찾아 주리를 틀고 말겠다.'

하불범은 이를 악물었다.

화산으로 돌아온 하수연은 그제야 자신의 사형인 곡무기가 죽은 것을 알았다. 이미 독이 오른 그녀는 앞뒤 가리지 않고 모든 죄를 녹림왕이라 스스로 칭한 관표에게 전가하였다.

이미 망신을 당할 대로 당한 화산에서는 더 이상 거리끼지 않고 관표를 찾기 위해 모든 노력을 다하기로 하였다.

이는 물론 당가에서도 마찬가지였다.

그들로서는 하수연의 말이 옳고 그르고를 따질 이유가 없었다.

하불범은 자신의 앞에 서 있는 노인을 보았다.

노인은 섬서성 제일의 의원으로 특별히 불려와 하수연을 치료하고 있었다.

"그래, 수연이의 상태는 어떤가?"

"다행히 큰 위험은 없습니다. 일단 탈진한 것은 몸을 보하는 약을 먹었고, 발은 발바닥 가죽을 한번 벗겨내면 됩니다. 그거야 다시 새살이 돋으면 되는 것이니 문제는 없을 것입니다. 문제는……."

노인은 몹시 머뭇거렸다.

하불범은 답답한 듯이 물었다.

"뭐가 문제란 말인가? 빨리 말해 보게."

조금 주춤거리던 노인이 말을 이었다.

"다 괜찮지만, 따님의 거시기의 모근이 뿌리째 뽑힌 고로……."

"그… 그래서……?"

노인은 이마의 땀을 닦아내면서 하불범을 보며 마지못해 말했다.

"따님의 그곳이 문주님의 그곳과 완전히 닮을 듯합니다."

노인의 시선을 쫓아 손이 자신의 머리로 올라간 하불범의 얼굴이 창백해졌다.

그렇다.

하불범은 안타깝게도 대머리였던 것이다.

한 오라기의 털도 없는 완전한 대머리.

고로 노인이 무엇을 말하고자 함인지 충분히 알 수 있었다.

노인은 민망한 표정으로 고개를 숙였다.

하불범은 너무 기가 막혀 멍한 표정이 되고 말았다.

第八章
경중강유(輕重剛柔),
가볍고 무거우며 강하고 부드럽다

　당가의 장원 뒤쪽으로 돌아가면 거대한 느티나무 십여 그루가 늘어서 있는 연못이 나온다.

　그 연못을 거쳐 안으로 들어가면 검은 대나무가 가득한 숲이 나오는데 이 숲이 당가에서도 가장 유명한 곳 중 하나인 오죽원(烏竹園)이었다.

　현재 오죽원에는 당가에서 가장 연장자이고 또한 가장 강한 고수이자 무림칠종(武林七宗) 가운데 한 명인 천독수 당진진이 살고 있었다.

　그녀는 현 당가의 가주인 칠기자 당무염에게 고모가 되는 당가의 전설이라고 전해지는 여자였다.

　그녀는 전대 당가의 가주였던 당칠공의 누나였는데, 그녀의 무공에 대한 재질은 천 년, 당가 역사에서도 찾기 힘들 정도로 대단했다. 또한 무공에 대한 욕심도 대단해서 그녀의 집요함은 당가 내에서도 유명했었다.

그녀의 재질에 감탄한 당가의 전전대 가주는 세가의 여자에겐 당가의 비전을 가르치지 않는다는 불문율을 깨고 그녀에게 당가의 비전을 모두 전수해 주었다.

대신 그녀는 평생 시집을 안 가고 당가의 귀신이 되겠다고 맹세를 해야만 했다.

당가의 비전을 배우기 시작한 그녀의 무골은 생각보다 더욱 뛰어나, 그녀의 나이 삼십이 되었을 때 당가에서 더 이상 배울 것이 없었다. 그때의 그녀는 이미 강호무림에서 거의 적수가 없을 정도로 강해져 있었다.

당가 역사상 가장 뛰어난 세 명의 고수 중 하나이자 무림칠종의 한 명인, 독종(毒宗) 천독수 당진진은 그렇게 태어났다. 그러나 그녀의 무공이 무림제일은 될 수 없었다.

비슷한 시기에 너무도 많은 고수들이 등장했었고, 그들은 너무도 강했다.

당진진은 그중 칠종의 한자리를 차지하는 것으로 만족해야만 했다. 자존심 강한 그녀는 그것을 용납할 수 없었다. 그러나 다른 사람들이 강하다는 사실 또한 인정할 수밖에 없었다.

그녀가 보기에도 열한 명의 고수들은 정말 강하고 강했다.

결국 그녀는 당가에서도 금기로 되어 있는 세 가지 독공 중 하나인 천독수를 배우기 시작했고, 나이 오십에 그것을 완전히 익힐 수 있었다. 실제 그때가 돼서야 그녀는 진정한 천독수가 되었다. 그 이전에 그녀가 펼치던 무공은 천독수가 아니라 오독묵영살(五毒墨影殺)이란 장법이었다.

이 장법 또한 당가비전의 무공으로 강호무림에 거의 나온 적이 없는 독공이었다. 그래서 무림인들은 그 무공이 당가의 삼대독공 중 하나인 천독수라 생각해서 그녀의 별호를 천독수라고 불렀었던 것이다.

현 그녀의 나이는 구십이 세였다.

당무염은 감히 고개를 들지 못했다.

그의 앞에는 중년의 여자가 궁장을 하고 앉아 있었다.

나이가 이미 구십을 넘어 백 세가 다 되어가는 데도 중년의 나이처럼 보인다면, 그녀의 내공을 능히 짐작할 일이었다. 비록 그녀의 거처가 검은 대나무로 엮어 만든 초가였지만, 그녀의 위엄을 조금도 퇴색시키지 못하고 있었다.

오히려 간결한 내부의 모습은 더욱 그녀를 신비하게 만들어주었다.

"도대체 어이가 없군. 어쩌다가 당가의 직계 후손이 그런 모양이 되었단 말인가?"

당진진의 얼굴은 담담했지만, 횃불 같은 그녀의 눈은 화가 났음을 알려주었다.

화가 났다기보다 어이가 없었으리라.

그녀 역시 당무영을 몹시 귀여워하던 참이었으니 당무영이 결코 호락호락한 무공의 소유자가 아님을 잘 알고 있었기에 조금 놀랍기도 하였다.

겨우 녹림의 산적에게 폐인이 되어서 돌아왔다고 하니 기가 찰 노릇이었다.

"그래서 고모님께 부탁이 있습니다."

"무엇이냐? 내가 할 수 있는 일이 무엇이 있겠느냐?"

"현재 무영이 살길은 단 한 가지밖에 없습니다. 그래서……."

당무염이 고개를 숙이고 말을 더듬자 당진진은 가만히 생각을 해보았다. 그리고 당무염이 하고자 하는 이야기가 무엇인지 짐작할 수 있었다.

"너는 절명금강독공(絶命金剛毒功)을 말하는 것이냐?"

"그렇습니다. 이미 고모님께서는 삼십 년 동안 두문불출하시며 준비를 마친 것으로 알고 있습니다. 어차피 나이 때문에 함부로 시험하지 못하신 것으로 알고 있습니다. 무영에게 길을 열어주십시오."

당진진의 눈가가 파르르 떨렸다.

"알고 있느냐? 이 독공을 익히기는 일 할의 가능성도 없다는 것을……."

"독공을 익힐 수 있는 독물들을 구하는 것이 더욱 어렵다 들었습니다. 그런데 이미 모두 구하셨다 했으니 무영이 역시 할 수 있으리라 생각합니다."

당진진은 가볍게 한숨을 쉬었다. 듣고 보니 어차피 폐인으로 사느니 한번쯤 기적을 바라보는 것이 더 나을 것 같았다. 그리고 당가에서 현재 가장 뛰어난 기재는 당무영이었다.

절명금강독공은 강호상에 아는 사람조차 거의 없는 당가 최고의 비전 중 하나였다.

오백 년 전부터 연구해 온 독인과 독공의 최정화로 당가에서는 이백 년 전 이론상으로만 완성해 놓았던 절기였다. 만약 이 절명금강독공을 익힌 자가 나타난다면, 당가는 당장에 강호를 독패할 수 있을 거라고 생각했던 적도 있었다.

이백 년 동안 조금씩 준비해 왔고, 삼십 년 전부터 당진진이 자신의 모든 것을 걸고 이 독공에 필요한 독물들을 준비해 왔었다. 그리고 오 년 전 모든 준비는 갖추었지만 차마 누군가에게 이 독공을 익히자고 말하진 못했었다.

독공을 익히기가 너무 어렵고, 조금만 잘못되어도 한 줌 독수로 녹아 죽을 것을 잘 알기 때문이었다.

당진진이 이를 악물었다.

"내가 함께 하겠다. 나와 무영이 함께 이 무공을 익히기로 하자. 만약을 위해 두 사람 정도는 익힐 수 있게 준비했으니 무리는 없을 것이다. 우선 무인의 말대로 붙은 무영의 항문을 해하고, 시작하기로 하자. 절명금강독공을 익히면 환골탈태하니 그 부분도 제대로 나을 것이고, 무공을 익히는 동안 독을 모공으로 섭취하니 이가 없어 음식을 먹지 못하는 부분도 해결할 수 있을 것이다."

"감사합니다."

"감사할 게 있느냐? 당가를 위해서 어쩌면 전화위복일지도 모른다. 또한 무영이의 재질이 나에 못지않았지만, 타고난 천재성만 믿고 나태했던 것 또한 사실이었다. 어쩌면 이것이 큰 기회일지 모른다."

"알겠습니다, 고모님."

당무염의 허리가 바닥까지 숙여졌다.

그의 머리 속에는 벌겋게 달구어진 쇠말뚝이 그려지고 있었다. 고통스러우리라. 그러나 그 고통을 이겨내면 천고의 고수가 되리라.

'너를 믿는다, 손주야!'

당무염이 두 주먹을 쥐며 속으로 외쳤다.

화산파의 대청엔 곡무기의 제를 지내고 난 후, 곡무기의 사제이자 화산삼검 중의 하나인 유청생이 통곡을 하고 있었다.

"누구인지 찾아내어 내 갈기갈기 찢어 죽이고 말겠습니다. 사형, 편히 잠드십시오. 복수는 나와 무진이 반드시 해드리겠습니다."

문파의 제자들과 하불범을 비롯한 장로들의 얼굴이 숙연해졌다.

주먹을 으스러지도록 쥔 유청생이 이를 갈아붙였다.

"내, 앞으로 산적이라면 씨를 말리고 말리라!"

"당연합니다. 반드시 형의 복수를 하고 말겠습니다."

그의 옆에 있던 곡무진이 충혈된 눈을 부라리며 말했다.

그는 바로 화산삼검의 막내이자 곡무기의 친동생이었다. 비록 나이는 이제 십칠 세에 불과했지만, 그 지난바 재주가 뛰어나 벌써 화산삼검의 일인으로 불리고 있을 정도였다.

검에 대한 재질로만 따지자면 그는 자신의 형인 곡무기를 앞선다고 알려져 있었다.

"무진아, 걱정 마라. 너하고 내가 힘을 합하면 이 세상에 이루지 못할 일이 없을 것이다."

"맞습니다, 사형. 반드시 그 자식을 잡아 죽여 무기 사형과 수연 사매의 복수를 해야 합니다."

둘의 이야기를 듣던 장로들은 모두 안색이 굳어졌다.

그들은 하수연의 이야기가 나오자 민망한 듯 고개를 숙였다.

사실 문파의 차기 장문인이 죽었어도 많은 사람들에게 부고를 돌리지 못한 것은 바로 하수연 때문이기도 했다.

차마 말하기 어려운 부끄러운 사실을 많은 사람에게 떠벌릴 수 없기에—비록 이미 소문은 다 났지만—조촐하게 곡무기의 장례를 치러야 했다.

"한데 사형, 벌써 이틀째 잠을 못 주무시고 있습니다. 이제 좀 쉬십시오."

곡무진의 말에 유청생이 고개를 끄덕이며 일어섰다.

그는 문파의 사숙들께 인사를 하고 밖으로 나왔다.

화산의 깊은 곳, 유청생은 신법을 발휘해서 순식간에 여기까지 왔다. 사방을 둘러보았지만 절대 인적이 없는 한가한 곳이었다. 사방에 아무도 없는 것을 확인한 유청생이 두 주먹을 불끈 쥐고 몸을 부르르 떨었다.

그리고 잠시 후, '크그극' 하는 웃음소리가 들리더니 그 웃음소리는 점점 커지기 시작했고, 드디어는 억누르며 웃는 소리가 제법 크게 들려왔다.

한동안 웃어대던 유청생이 환희에 찬 목소리로 중얼거렸다.

"흐흐, 드디어 사형이 돼졌구나. 참으로 장한 일이다. 사형이라는 단 한 가지 이유로 내 앞을 가로막더니, 사매마저 빼앗고, 화산마저 너에게 돌아가는가, 했었는데 하늘은 나를 선택했구나. 하늘은 나를 버리지 않았어. 그래서 사형, 너무 욕심을 부리는 것이 아니었소. 대신 사형의 동생은 내가 잘 돌봐주리라."

유청생은 너무 좋아서 춤이라도 추고 싶었다.

항상 친동생인 곡무진에 비해서 소홀함을 당했고, 누구보다도 욕심이 많은 그에게 곡무기는 언제나 방해꾼이었다. 특히 하수연이 그와 함께 여행을 한다고 들었을 때 그가 느낀 실망감은 이루 말할 수 없을 정도였다. 그렇다고 어디 가서 하소연도 못하고 혼자서만 끙끙 앓고 있던 그였으니 녹림왕이 고맙기만 했다.

이제 하수연의 경우 어디로 시집가기도 힘들 것이다.

자신이 거두어준다고 하면 얼마나 감지덕지하겠는가? 이제 화산도 자신의 품에 들어온 것이나 마찬가지였다.

그로서는 호박이 금강석으로 변해서 넝쿨째 굴러들어 온 셈이었다.

하수연은 치를 떨었다.

자신이 당한 수모는 평생 동안 멍으로 남아 지워지지 않을 것이다. 무엇인가에 집중하지 않으면 미칠 것만 같았다.

자신을 보면서 음흉한 웃음을 짓던 눈길들이 지워지지 않았다. 특히 자신을 그 지경으로 몰고 간 관표의 모습은 지우려야 지울 수 없는 모습이었다.

'반드시, 반드시 복수하고 말겠다.'

그녀는 쓰라린 하체의 통증을 높아가는 원한에 덧씌우고 있었다. 하긴 쓰리고 아픈 것이 뭐가 대수랴. 요는 그 쓰리고 아픈 원인이 문제겠지만, 이미 없어진 음모가 다시 생기진 못할 테니 어쩔 수 없는 아픔이라 하겠다. 하지만 앞으로 그녀 자신이 여자로서 제대로 구실을 할지나 의문이었다. 아니, 시집을 갈 수나 있을까?

하수연은 다시 한 번 이를 부드득 갈았다.

어떻게 해서든지 복수를 하긴 해야 할 것이다.

그녀가 알기로 관표의 무공은 높지 않으니 자신의 실력으로도 충분히 복수는 할 수 있을 것 같은데, 어디로 숨었는지 찾을 길이 없었다.

'이 산적 놈들, 그냥 놔두지 않겠다. 아니, 남자란 벌레들은 모두 용서하지 않겠다.'

관표 하나로 인해 천하의 모든 남자는 전부 벌레가 되고 말았다.

하수연은 몸을 바들바들 떨었다.

하체가 다시 쓰려온다. 거기에 바른 고약의 거북한 느낌이 더욱 불쾌하고 화가 났다.

세상의 모든 남자가 우러러봐야 하며 천고의 미인으로 영웅호걸들이 앞 다투어 자신에게 경배를 해도 모자랄 판에 이젠 고개를 들고 밖에 나가기조차 힘들어졌다.

영웅이라고 하는 족속들은 그녀를 비웃고 있을 것이며, 세상의 모든 남자들은 하수연의 거기는 어쩌고 하며 안주 삼아 이야기할 것이 뻔했다.

생각할수록 기가 막히고 어이없는 일이었다.

"복수, 복수다."

그녀는 자리에서 벌떡 일어나며 외쳤다.

그녀의 머리 속엔 관표가 웃고 있었다.

아니, 그녀를 비웃으며 '나 잡아봐라' 하고 있었다.

뭐, 그런 결심을 하고 아무리 관표를 찾아도 그의 모습은 흔적도 없이 사라지고 난 다음이었지만.

검끝이 바람의 결을 찾아 흐르며 십여 송이의 매화를 토해놓는다.

옷자락을 따라 회오리치는 대기의 요동이 숨을 멈춘 듯하다가 다시 맴을 도는 모습. 비록 수치를 머금고 우스운 꼴을 당했지만 하수연의 모습은 더없이 아름다웠다.

검을 휘두르는 동안 그녀는 아픈 기억을 잊을 수 있었다.

얼마 동안인가 미친 듯이 검을 휘두르던 하수연이 갑자기 검을 멈추었다.

그녀의 앞엔 화산의 장문인이자 자신의 아버지인 화산용검 하불범이 서 있었다. 애잔한 눈으로 그는 자신의 딸을 한동안 지켜본 듯했다.

"아버님."

"세상의 어떤 일이든, 시간이 지나면 모든 것은 그 안에 묻혀 희석되어지기 마련이다. 이제 그만 잊거라!"

하수연은 이를 악물었다.

다시 한 번 그 수치스럽던 사건이 떠올랐다.

아랫도리가 다시 욱신거리면서 쓰려오는 기분이었다.

"아무리 시간이 지나 다른 사람이 제 일을 다 잊을 수 있어도, 저는 잊지 못할 겁니다. 반드시 그 자식을 찾아내어 찢어 죽이고 말겠어요. 그러기 전엔 전 세상을 살아도 살아 있는 것이 아닙니다."

하불범은 한동안 자신의 딸을 내려다보았다. 하긴 처녀가 그런 수치를 당하고 자살하지 않은 것만으로 대견스러울 정도였다.

"정말로 화가 난다면 그 힘을 다른 곳에 쏟아보면 어떻겠느냐?"

하수연은 아버지를 보았다.

"너를 끝까지 내가 데리고 있으려 했었지만, 이번 사건으로 생각을 바꾸었다. 이번 일도 잊을 겸, 무공에 정진을 해보면 어떻겠느냐? 네 자질은 누구보다도 뛰어나니 충분히 일가를 이룰 수 있을 것이라 생각한다만."

하수연의 눈에 새파란 독기가 어렸다.

"그 자식을 찢어 죽이고 뭘 해도 하겠어요."

"네가 무공을 배우는 동안 내가 반드시 찾아 보이겠다. 너는 그동안 고불산(高佛山)에 가서 무공에만 정진하거라!"

고불산이란 말에 하수연이 흠칫 놀란다.

하수연뿐만 아니라, 무림의 누가 이 자리에 있었다고 해도 고불산이라고 하면 놀랐을 것이다.

고불산은 그만큼 무림에 특별한 위치를 지니고 있었다.

불문의 삼대성지 중 한곳이자, 무림에서 가장 상대하기 어렵다는 대비단천(大禪斷天) 연옥심의 거처였다.

무림 최고의 고수라는 정사 십이대고수 중에서도 성격이 가장 괴팍하고 고집불통에 손속의 잔인함은 능히 야차보다 더하다고 알려진 여중 고수.

쌍괴 중 일인인 연옥심을 무림에서는 따로 불야차(佛野次)라고도 불렀다.

오래전 연옥심은 화산에 왔다가 하수연의 자질에 반해 자신의 제자로 달라 했었다.

하불범의 기쁨은 이루 말할 수 없었지만, 하수연은 죽어도 안 가겠다고 버티었었다.

그녀는 아쉬운 것이 없었다.

화산에서 적당히 무공을 배우다 누군가에게 시집을 가고, 자신의 남편은 화산을 물려받는다. 그럼 자신은 배후에서 남편을 움직이며 호의호식할 수 있고 얼마든지 행복하고 명예롭게 살 수 있는데, 뭐 하러 무림의 괴물이라는 불괴 연옥심 밑에 들어가 생고생을 하는가? 그게 하수연의 생각이었다.

그녀의 나이 당시 아홉 살이었으니, 그녀의 조숙함(?)은 가히 혀를 찰 만했다.

그녀는 잠시 생각에 잠겼다.

예전의 생각은 전혀 변함이 없었지만 지금은 사정이 좀 달랐다.

자신의 명예를 회복하기 위해서는 아무래도 좀 더 강한 무공도 필요하고 불괴 연옥심의 배후도 필요할 것 같았다.

무림에서 소림과 연화사(蓮花寺), 그리고 아미파를 일컬어 무림의 삼대성지라고 하지만, 실제 아미는 나머지 두 파에 비해서 그 세력이나 힘에서 현저하게 뒤처지고 있었다.

연화사의 힘과 명성은 소림에 뒤처지지 않았고, 무엇보다도 불괴 연옥심이 있었다. 그리고 그녀는 자신을 이렇게 추락시킨 세상의 남자들에게 복수하고 싶었다.

그러자면 힘이 필요했다.

자신을 손가락질하며 웃던 남자들의 모습이 떠오르자 그녀의 눈에 새파란 독기가 떠올랐다. 어차피 그녀가 자신의 잘못에 대해서 조금이라도 반성할 사람은 아니었다.

"가겠습니다."

하불범의 굳어진 얼굴이 펴졌다.

근심 하나를 내려놓은 듯한 느낌이었다.

"내가 관표라는 작자를 찾으면 연락하마. 그땐 네 힘으로 복수하거라!"

"그렇게 할 겁니다. 반드시."

하수연이 입술을 꼬옥 깨문다.

관표는 천천히 숨결을 토해내었다.

건곤태극신공(乾坤太極神功)을 연성하기 시작해서 벌써 이 년이란 시간이 흘렀다.

건곤태극신공을 처음 수련하기 시작해서 한 달이 지나자 따듯한 기운이 단전에 모여들기 시작했다. 보통 삼 년은 연성해야 가능한 일이었으나 공령석수의 효능은 그것을 한 달 만에 가능하게 하였다.

건(乾)이란 하늘이고, 곤(坤)이란 땅을 말한다. 이는 곧 음양의 이치고 천지만물을 말한다.

건곤태극신공에서 말하는 건곤이란 의미는 바로 이 천지만물에 가득한 음양이기(陰陽二氣)를 말함이었다. 이렇듯 기(氣)란 세상의 어디에도 있으며, 인간 역시 선천적으로 기(氣)를 지니고 태어난다.

그럼 태극이란 무엇을 의미하는가? 도가에서 태극이 가지는 의미는 특별했다. 하지만 건곤태극신공에서 말하는 태극은 그 의미가 조금 달랐다.

인간은 태어날 때부터 기를 지니고 있는데, 이를 선천지기라고 했다. 이때 전혀 가공하지 않은 상태, 태어날 때 가진 그대로의 선천지기 그 자체를 무극이라 하고, 그 선천지기에 후천지기를 불어넣어 다시 선천지기를 키우는 상태를 태극이라 하였다. 이는 도가에서 말하는 무극에서 태극이 나온다는 이치와 같았다.

즉, 건곤태극신공이란 건곤(천지만물)에서 기를 흡입하여, 선천지기를 키우는 방식과 그 기(氣)를 운용하여 심(心), 신(身), 정(精), 신(神), 염(念)을 강하게 하고, 이를 다스리는 방법이었다.

건곤태극신공에서 자연의 기(氣)를 축기(蓄氣)하는 방식은 여러 가지 단계가 있었다. 그러나 처음은 가장 근본적이고 원시적인 방식으로 시작한다.

즉 입으로 기를 흡입하여 단전에 넣고, 뱃속의 탁한 기는 뱉어낸다. 이를 반복하여 단전이 따뜻해지고, 어느 정도 기초가 쌓이면 인체의 네 곳에 존재하는 구멍(사구:입, 코, 항문, 생식기)을 열어 기(氣)를 축기한

다. 이제 어느 정도 기가 쌓이면 신(神)을 돌이켜 기(氣)를 기르고, 기를 돌이켜 신을 밝히며, 신체의 모공을 통해 기를 채우고 버린다.

이때부터 기를 키우고 신을 열고 닫으며 정(精)을 다스리고 혈을 열어 기를 운행하는 일련의 순서를 건곤태극신공의 원리와 방법대로 꾸준히 수련하면 된다.

관표는 충실하게 건곤태극신공을 연성하기 시작했다. 그러나 그 후 그 따뜻한 기운은 늘지도 줄지도 않고, 그저 그만큼만을 유지하며 관표의 단전을 맴돌았다.

관표는 조금도 실망하지 않고 줄기차게 이 년간 건곤태극신공만을 연성해 왔다. 하루 중 자시부터 축시까지 두 시진과 낮 오시부터 미시까지의 두 시진, 합 네 시진을 꼬박 운기좌공으로 보내야만 했다.

이 년, 그 기간 동안 두 노인은 관표에게 오로지 건곤태극신공만을 익히게 하였고, 다른 무공은 일체 가르치지 않았다. 일단 운기가 끝나면 자는 시간 이외에는 오로지 산을 뛰어다니며 사냥을 하게 함으로써 근육을 풀어주는 정도였다.

그들은 태극신공이 어느 정도 경지에 다다르면 관표의 신체가 내공이나 외공을 배우기에 더없이 좋은 체질로 변한다는 사실을 잘 알고 있기에 그때를 기다리며 다른 것은 일절 가르치지 않은 것이다.

건곤태극신공은 아주 간단하게 나누어져 있었고, 태극신공을 운용하는 방법도 단 몇 가지로 간단하게 되어 있었다. 그러나 그 신공을 이루는 자결은 깨알 같은 글씨로 무려 수만 자에 달하는 방대한 양이었다.

보통 겉 표지나 태극신공의 설명에 대한 글씨는 제법 컸는데 나중에 구결로 들어가서는 내공이 일 갑자에 달한 경중쌍괴가 겨우 알아볼 수 있을 정도로 작았다.

건곤태극신공은 모두 칠단공으로 나뉘어 있었다. 그러나 그중에 가장 어려운 것은 칠단공이었고, 그 다음은 육단공과 일단공이었다. 그러나 실제로 가장 어려운 것은 일단공이라 할 수 있었다.

누가 일단공 하나를 터득하기 위해 육십 년간 한 푼의 내공만으로 고행을 한단 말인가? 이 일단공을 배우기 위해서는 무조건 육십 년의 세월이 필요했다.

단 한 가지 속성의 방법이라면 바로 공청석유나 공령석수를 복용하는 방법이었으니, 관표가 바로 이에 속한다고 하겠다.

"태극은 음양을 말하며 건곤이란 곧 하늘과 땅을 말함이니, 인을 중에 두어 하늘과 땅의 기를 가슴에 담아 정(精)을 단련하고, 정을 단련하여 신(身)을 보하여 활성화하고 신(神)을 신(身)과 합일하여 기를 돋우니, 그 안에 세상을 가두어 도에 이르고, 도는 다시 허로 돌아가……."

구결을 작게 중얼거리며 기를 운용하던 관표의 단전에 갑자기 따뜻한 기운이 늘어나더니 그의 혈도를 돌기 시작했다.

관표는 그 기운을 다스리려고 했지만, 마치 폭포처럼 몰아치는 기의 세기는 그의 뜻을 따르지 않는다.

태극신공의 운용 혈도를 따라 제 마음대로 돌던 기운은 갑자기 그 혈도를 이탈하여 임맥과 독맥을 향해 달려갔다.

관표로서는 도저히 막을 수 없는 세찬 힘이었다.

퍽 하는 충돌의 느낌이 들더니 기분이 상쾌해지며 하늘로 올라가는 기분을 느꼈다.

너무 간단하게 임독양맥이 뚫린 것이다.

또한 임맥과 독맥을 뚫은 기운은 아직도 힘을 잃지 않고 관표의 몸을 마음대로 폭주하며 돌아다니기 시작하였다.

건곤태극신공이 다른 신공과 다른 것 중 하나가 바로 이 부분인데, 다른 심법이나 신공으로 임독양맥을 뚫으려면 상당한 고통과 자칫하면 주화입마란 위험을 수반하지만, 태극신공은 고통이 아니라 상쾌함과 시원함이 뒤따른다.

어렴풋이 부모님과 동생들의 모습이 떠오른다.

관표는 그대로 잠에 빠져들었고 그 후, 그의 몸은 제멋대로 이완되고 뒤틀리기 시작했다.

얼마나 시간이 지났을까? 관표가 두 눈을 뜨자 그의 앞에는 두 노인이 걱정스런 모습으로 지켜보고 있었다.

"이제 정신이 드느냐?"

관표가 놀라서 벌떡 일어서며 물었다.

"어떻게 된 것입니까?"

두 노인은 언제 걱정스런 얼굴을 했나 하는 모습으로 웃었다.

"너는 이제 건곤태극신공의 일단공을 완성했다. 이제 일어나서 몸을 움직여 보거라."

관표는 놀랍고 기쁜 마음으로 자리에서 일어났다. 마치 자신의 몸이 구름 속에 있는 것처럼 가벼웠다.

전신을 움직여 보자 근육의 세밀한 부분까지 부드럽게 이완한다.

허리를 뒤로 젖히자, 그의 머리가 땅에 닿을 정도로 유연해져 있었으며 상쾌한 기분은 어떻게 표현할 수 없을 정도였다.

두 노인의 얼굴도 환하게 변했다.

규동이 관표의 근육을 만져 보면서 만족한 목소리로 말했다.

"이제부터 시작이다. 지금까지는 겨우 준비 단계에 불과했다."

운적 역시 흐뭇한 표정으로 자신의 산 같은 덩치를 움직여 다가왔다.

"넌 오늘부터 새로운 무공을 익혀라. 하루를 넷으로 쪼개어 오전엔 태극신공을 꾸준히 수련하고, 정오엔 대력철마신공을, 오후엔 운룡천중기를 익혀라. 그리고 저녁밥을 먹은 후에는 운룡부운신공을 수련하기로 하겠다."

"제자, 열심히 하겠습니다."

경중쌍괴의 얼굴은 큰 희망에 부풀어 있었다. 아무리 공령석수를 마셨다고 하더라도 최소 오 년은 걸릴 것이라 생각했는데, 이 년 만에 소성을 달성했으니 기꺼울 수밖에 없었다.

금동이 흐뭇한 미소를 지으며 말했다.

"네가 부모님과 동생들, 그리고 네 고향 사람들을 걱정하고 있는 것은 알고 있다. 그러나 지금은 그 모든 것을 잊어라! 네가 힘이 있고 잘돼야 그들을 돌볼 수 있는 것이다."

"어차피 고향을 떠날 때 오 년 이상은 생각하고 있었습니다."

경중쌍괴는 따뜻한 시선으로 자신들의 제자를 바라보았다. 제자의 마음을 헤아린다는 표정들이다.

"네가 무공을 익히는 동안 우리는 이 음양접에 대해서 연구를 해야겠다. 여러모로 쓸모가 많은 약이다."

관표는 금동이 들고 있는 청옥병을 보면서 역시 같은 생각을 했다. 금동이 웃으며 다시 한 번 설명을 하였다.

"이 청옥병의 표면은 일종의 인쇄판이라 할 수 있다. 청옥석이 종이에 글을 새기는 것이다. 그러면서 병은 한 꺼풀을 벗게 되고 다시 종이로 말면 또 한 장의 인쇄물이 나타나게 되는 것이지. 아주 교묘한 방법으로 음양접을 만드는 법이나 정확한 사용법에 대해서 숨겨놓았었다. 이것을 만든 사람이 누구인지는 모르지만 자신의 작품이 사라지는 것은 싫었던 모양이다. 우리는 이것을 연구해서 너에게 그 방법을 알려주마. 잘하면 아주 멋진 암기도 만들 수 있을 것 같다."

"사부님……."

"그냥 듣기만 하거라! 지금 네가 익히는 무공들은 모두 내공에 관한 것들이라, 초식에서는 너무도 부족하다. 그 부분은 지금 당장 우리가 어떻게 할 도리가 없다. 이 물건은 부족한 너에게 큰 힘이 될 것 같으니 결코 소홀히 할 수 없다. 뿐만 아니라 이 약은 알면 알수록 정말 대단한 물건이란 생각이 드는구나."

관표는 자신의 작은 것에까지 신경을 써주는 두 사부가 고맙기만 했다.

"제자는 그저 시키는 대로 하겠습니다."

경중쌍괴는 관표가 한없이 듬직했다. 이제 육십 년의 한이 한꺼번에 보상받는 느낌이었다. 또한 자신의 사문인 곤륜이나 자신들을 거두어준 곤륜쌍괴 사부님들께도 무엇인가 떳떳한 일을 한 것 같아 더욱 어깨에 힘이 들어갔다.

관표의 모습은 강인하게 변해 있었다.

수염을 깎지 않고 머리를 길러 그 모습은 산사람 그대로였고, 두 눈은 맹수의 눈처럼 야성으로 빛나고 있었다.

허리는 가늘고 상체는 우람한데다 손발이 길어 마치 길들이지 않은 야생마를 여상케 하였다.

건곤태극신공 일단계를 익히고 어언 이 년이 흘렀다.

그동안 세 가지 신공의 기초를 익히고 있는 관표는 어느 정도 작은 성취를 이루고 있었다. 우선 태극신공 칠단공 중에 이단공을 완성했고, 삼단공을 익히는 중이며, 대력철마신공은 어느덧 육성 가까이 익히고 있었다.

관표는 그 정도만으로 대력철마신공을 운용하는 기본적인 네 개의 운용 자결 중에 한 가지만 빼고 어느 정도 자유롭게 운용할 수 있게 되었는데, 그 사(四) 자결(字訣)은 다음과 같았다.

금자결(金字訣)은 철갑경(鐵鉀勁)이라는 다른 말도 지니고 있는데, 말 그대로 자신의 신체 일부분을 쇠처럼 단단하게 만드는 것으로, 이 금자결이 다른 외공공부와 다른 점이 있다면 대력철마신공을 익힌 자가 금자결을 운용하는 순간 신체의 일부분에 철강기가 갑옷처럼 둘러지고, 그 부분 신체도 강철처럼 변해서 내적으로나 외적으로나 금강석보다 더 단단하게 된다는 것이다. 예로 팔목에 금자결을 운용하면 어떤 보검으로도 금자결이 운용된 팔목을 자를 수 없을 것이며, 주먹에 금자결을 운용하면 그 주먹은 곧 철로 만든 쇠주먹이 된다고 보면 된다.

두 번째 신자결(神字訣)은 신력을 말하는 것으로 남자는 힘이다라고 말했던 바로 그 부분과 직결되는 운용결이었다. 달리 대력신기(大力神氣)라고도 하는데, 이는 대력철마신공을 이용해서 괴력의 힘을 발휘할 수 있는 방법이었다.

세 번째인 탄자결(彈字訣)은 말 그대로 퉁겨낸다는 의미가 있었다. 탄자결은 호신공부의 최고봉 중 하나라고 할 만했다.

또한 이것은 일종의 공격법으로 탄자결은 어떻게 운용하느냐에 따라 많은 의미를 지니게 된다. 특히 공격해 온 상대의 공격을 퉁겨내는 것은 가장 기본적인 방법이었고, 철강기의 공부가 더해질수록 그 운용의 폭은 상당히 넓었다. 특히 철강기의 강기를 운용한 탄자결은 그중 백미였다. 하지만 그 정도가 되려면 최소 철강기의 수준이 구성의 단계는 되어야 한다.

다른 말로 무적철강탄기(無敵鐵罡彈氣)라고도 했다.

네 번째 진자결(眞字訣)은 철강기를 응용한 공격법이었다.

진이란 벼락을 말하는 것으로 대력철마신공을 벼락처럼 쳐내어 상대를 부수는 방법이었다. 하지만 이 진자결은 위력이 천하무쌍인 대신에 내공의 소실도 그만큼 많은 공격 방법이었다.

진천무적강기(震天無敵罡氣)라는 다른 이름을 가지고 있었다.

대력철마신공이 단 사 자결로 되어 있다면, 건곤태극신공은 모두 팔 자결로 되어 있는데, 그중에서 공격적인 운용결은 단 한 가지도 없다는 것이 특징이었다.

주로 정신과 신체를 강하게 단련하고 몸이 늙고 퇴화하는 것을 막으며, 외부의 공격으로부터 신체와 혼을 지키고 방어하는 것에 중점을 둔 신공이었다.

태극신공의 육단계 이상을 터득하면 불로불사의 경지에 달하게 되고 나이를 먹지 않으며 반로환동하여 최상의 육체 상태를 지니게 된다.

대력철마신공 또한 십일성에 달하면 이와 비슷한 경지에 도달하게 된다.

두 신공을 비교하자면 육체를 단련하고 상대를 공격하는 면에서는 대력철마신공이 월등하게 나은 편이었다. 특히 공격력에서는 비교할 수 없을 정도로 강한 무공이었다. 반대로 태극신공은 인간의 혼을 지켜주고, 어떤 상황에서도 흔들리지 않는 정심을 만들어준다. 그래서 태극신공이 일정 수준에 달하면 사기가 침범하지 못하고 섭혼공이나 환술로 현혹하지 못한다.

또한 지혜로워지고 흔들리지 않는 부동심을 지니게 되며, 다른 사람의 마음을 꿰뚫어 볼 수 있는 단계에 달하는데 이는 불가에서 말하는 타심통과는 또 다른 경지였다.

또한 태극신공은 육체를 무공이 익히기 가장 좋은 체질로 만들어줄 뿐만 아니라, 초감각을 지니게 만들어주고, 천안통, 천이통을 비롯한 불문의 육천통과 비슷한 능력을 지니게 해준다.

태극신공의 여덟 가지 운용 자결을 일컬어 태극팔운결, 또는 태극팔법진기(太極八法眞氣)라고도 불렀다.

이 팔(八) 자결(字訣)을 살펴보면 다음과 같았다.

혜자결(慧字訣)은 정신의 집중력과 판단력을 높여주고, 각종 사악한 기운이나 섭혼술로부터 정신과 혼을 지켜준다. 혜자결은 간단하게 정신을 다스리는 운기공이었다.

두 번째로 초자결(超字訣)은 인간이 지닌 육체적인 초감각을 인간의 혼과 영합시켜 그 능력을 최고조로 발휘하게 해주며, 육천통의 능력을 지니게 해준다. 주로 육체를 다스리는 운용 자결이었다.

흡자결(吸字訣)은 손에 내가진기를 운용해서 멀리 있는 것을 잡아당기거나 손이나 몸에 어떤 물체를 흡착시킬 수 있는 능력이었고, 발자결(發字訣)은 누군가가 잡았을 때 가볍게 밀어낼 수 있으며 몸의 탁기를 밖으로 몰아낼 수 있는 운용 자결이었다.

다섯 번째 해자결(海字訣)은 사람의 몸과 단전을 바다와 같이 만들어준다. 그 안에서 세상의 모든 기운을 충돌없이 받아들이고, 그것들과 함께 공존하며, 받아들인 기운들을 더욱 정심하고 강하게 정화시켜 준다. 이 해자결로 인해 관표는 서로 다른 무공을 익힐 수 있을 뿐 아니라 오히려 큰 도움을 받는다.

여섯 번째 이자결(移字訣)은 자신의 혈을 움직이고 폐쇄할 수도 있는 방법이다. 마음으로 자신의 혈을 점혈하여 사파의 귀식대법과 같은 효과를 낼 수도 있다.

이자결로 인해 태극신공을 익힌 사람은 아무리 혈을 짚어도 소용이 없게 된다. 또한 어떤 전문 수법으로 혈도를 눌러도 이자결은 이를 쉽게 해혈하고 만다.

일곱 번째 정자결(頂字訣)은 태극개정대법(太極開頂大法)이라고도 했다. 이는 자신보다도 타인을 위해 사용할 때 더욱 막강한 위력을 발하는 기술로, 불문의 개정대법과 비슷하지만 더욱 효과가 탁월했다.

정자결로 개정대법을 받은 상대는 그 무공 수준에 따라 신체가 바뀌고 막힌 혈이 뚫리며, 일순간에 내가의 고수가 될 수도 있었다.

단, 정자결은 내공 소모가 심하고 한번 펼친 후 다시 본원진기를 되찾는 데 많은 시간이 걸리며 태극신공이 최소 육단계의 경지에 달해야 사용할 수 있었다.

마지막 신기결(神氣訣)은 외부의 공격으로부터 내외신(內外身)을 보호하는 부드러운 선천강기를 의미했다.

이 신기결은 육체에 가해지는 충격을 흡수하여 풀어주고, 혈을 보호하며, 내장을 완벽하게 보호해 주는 역할을 하였다.

태극신공은 이렇게 단 팔 자결에 불과했으나, 그 안에 포함한 무리와 이치는 관표를 새로운 세계로 이끌기에 충분했다.

두 가지 신공에 비해 운룡천중기나 운룡부운신공은 그 운용 방법이 아주 간단했다. 우선 운룡천중기의 경우는 자신과 모든 것을 무겁게 만든다는 중자결(重字訣)이 전부였으며, 운룡부운신공의 경우도 자신을 포함해 모든 것을 구름처럼 가볍게 할 수 있다는 운자결(雲字訣)이 전부였다.

문제는 그 무겁고 가벼움이 어느 정도까지 가능한가였는데, 금동이 자신의 세 배가 넘는 바위 위에 올라가 중자결을 운용하자 일 다경 만에 그 바위가 오 척 단구인 금동의 무게를 이기지 못하고 부서져 내리는 것을 본 관표는 입을 다물지 못했었다.

또한 산만한 덩치의 운적은 삼십 장 벼랑 위에 올라가 몸을 날렸는데, 마치 낙엽처럼 떨어져 내려 그를 다시 한 번 놀라게 하였다.

이렇게 관표가 익힌 네 가지의 무공을 간단하게 말한다면.

무겁고 가볍다.

부드럽고 단단하다.

그리고 역발산기개세.

이것이 전부였다.

그중 운룡천중기나 운룡부운신공은 똑같이 십단계로 나누어 연성하게 되어 있었는데, 현재 관표는 이 두 가지 신공을 각각 육단계까지 연성한 상황이었다.

전혀 반대의 용법을 가진 이 두 신공은 의외로 비슷한 점이 많고 내공의 운용에서도 마찬가지였다.

두 신공이 한 뿌리에서 갈라져 나와 서로 반대 방향으로 줄기를 뻗고, 그 열매를 맺었다는 사실을 알고 보면 별로 이상할 것도 없었다.

第九章
인연, 나에게도 너만한 동생이 있다

두 발로 땅을 디디고 당당하게 서 있는 한 마리의 곰은 그 키가 무려 일 장이나 될 것 같았다.

온몸이 회색 털로 뒤덮여 있었고, 날카로운 이빨은 능히 쇠라도 물어뜯을 것 같았다.

산중의 왕이라는 맹호도 한 번에 찢어 죽인 적이 있는 회색곰은 조금 어이없는 눈으로 자신의 앞에 당당하게 버티고 있는 인간을 쳐다보았다.

비록 당당한 체구지만 그것은 어디까지나 인간으로 보았을 때다. 산 왕이라 자부하는 회색곰의 입장에서 본다면 정말 별거 아닌 덩치였다. 그런데 그런 인간이 지금 금방이라도 자신에게 돌진해 올 것 같은 채비를 하고 있었다.

이게 가당키나 한 일인가?

한데 저 인간은 뭘 믿고 저렇게 당당할 수 있단 말인가? 곰은 자신을 무시하는 인간에게 분노했고, 그 분노는 '쿠허헝' 하는 고함으로 대변하였다.

곰의 앞, 삼 장 거리에는 관표가 눈에 잔뜩 힘을 주고 서 있었는데, 어깨를 앞으로 내민 그의 모습은 당장이라도 곰에게 달려들 기세였다. 이 가소로운 인간을 더 이상 봐줄 수 없다고 생각한 곰이 성큼거리며 앞으로 다가설 때, 관표의 몸이 화살처럼 앞으로 돌진해 왔다.

무기조차 들지 않고 자신에게 정면으로 충돌해 오는 이 어처구니없고, 한심한 인간은 분명히 미쳐 있었다. 아니면 자신을 곰이 아니라 너구리로 보았던가.

분노한 곰의 앞발은 달려드는 관표의 몸을 후려쳤다.

퍽 하는 소리와 함께 비웃음으로 가득했던 곰의 눈은 도저히 믿을 수 없다는 표정으로 변했다.

곰의 발을 정통으로 맞은 인간은 어딘가로 날아가 처박혀야 원칙이건만, 어찌 된 것인지 백수의 왕 호랑이도 무서워하던 그의 앞발이 철벽을 친 것처럼 튕겨져 나왔고, 달려드는 인간은 속도의 저하가 조금도 없이 곰의 품으로 뛰어들며 어깨로 곰의 가슴을 공격하였다.

몸통 박치기.

그렇게밖에 표현할 수 없는 아주 단순 무식한 인간의 공격이었다. 당연히 고양이가 맹호랑 박치기한 것처럼 가소로운 일이었다.

그런데, 이건 또 뭐가 잘못되었다.

쿵 하는 소리와 함께 관표의 세 배는 됨직한 곰의 몸은 무려 삼 장이나 날아가 땅바닥에 처박혔고, 늑골이 부러지고 가슴은 함몰했으며, 심장마저 터진 채 그 자리에서 즉사하고 말았다.

죽은 곰을 살펴본 관표는 고개를 갸웃거리며 중얼거렸다.

"힘을 너무 끌어 모았나?"

죽은 곰이 들었으면 혼이 놀라서 죽지도 못했으리라.

대력철마신공과 운룡천중기를 함께 운용한 결과는 생각보다 위력적이었다.

이제 그의 사대신공에 대한 운용력은 두 가지 무공을 조금씩 섞어 쓸 수 있을 정도에 다다라 있었다.

후욱 하고 심호흡을 한 관표는 산허리를 내려다보았다.

첩첩으로 둘러싼 산과 산 사이엔 사람이 다닐 수 있는 길은 전혀 없었다.

'내가 너무 멀리 왔구나.'

사냥은 관표에게 있어서 수련의 한 과정이었다.

산을 타고 달리면 체력과 외공 훈련이요, 짐승의 기운을 느끼는 감각 수련까지, 그리고 지금처럼 맹수를 만나면 결투까지도, 하나하나가 관표에겐 필요한 수련이었다.

실전이 턱없이 부족한 관표에게 있어서 맹수들과의 대련은 아주 중요한 수련 과정 중 하나라고 할 수 있었다. 처음 사냥을 나와 곰을 만났을 때는 두려움 때문에 먼저 움직일 생각조차 하지 못했었다. 그러나 이젠 곰을 비롯한 맹수들은 너무 시시한 상대가 되고 말았다. 그리고 어느새 가까운 주변의 산엔 맹수들의 씨가 말라 버렸다.

모두 관표의 무공 수련 상대가 되어 호되게 당하곤 멀리 도망을 갔거나 죽어갔다.

그러다 보니 새로운 맹수들을 찾아 생각보다 멀리까지 나오는 경우가 있었다. 하지만 이번의 경우는 너무 멀리 왔다는 생각이 들었다.

'벌써 오 일이 지났구나. 사부님들이 걱정하시겠다.'

관표는 세상의 누구보다도 자신을 위해 노력하는 경중쌍괴를 생각하자 가슴이 훈훈해졌다. 빨리 돌아가서 사부님들을 보고 싶다는 생각이 들었다.

사냥용 작은 칼을 꺼내 든 관표는 능숙하게 곰의 가죽을 벗기어낸 후 들고 가기 좋게 가죽을 정리하였다.

곰 가죽을 등에 메고 첩첩으로 둘러싸인 산과 산 사이를 교묘하게 달려가던 관표는 갑자기 걸음을 멈추었다. 제법 높은 산이 그의 앞을 가로막고 있었는데, 그 산허리를 오른쪽으로 돌아서 가야 자신이 무공을 수련하는 곳으로 갈 수 있었다. 그러나 그의 시선은 산의 왼쪽을 보고 있었다.

그의 시선은 아련한 그리움 같은 것으로 빛나고 있었다.

'두 시진이면 되는데.'

관표의 눈앞에 있는 산은 백운산이었다. 이 백운산의 왼쪽으로 돌아서 두 시진만 더 가면 섬서성의 성도인 장안에서 감숙성으로 가는 작은 관도가 있었다.

관표는 사람이 그리웠다.

몇 년간 산에서만 살았기에 누군가 낯선 사람을 보고 싶다는 생각이 불현듯 들었던 것이다.

가끔 사람이 그리우면 관도의 나무 위에서 지나는 사람을 지켜보곤 했었다.

'가볼까?'

망설여진다.

문득 수유촌의 부모님 생각이 났다. 그리고 자신을 기다리고 있을 동생들 생각도 간절해진다. 그리고 자신 때문에 집을 나간 바로 아래 동생 관이가 생각났다.

마치 고리로 연결되어 있던 것처럼 하나씩 떠오른다.

지금까지는 절대로 생각하려 하지 않았다. 무의식적으로 집 생각을 하지 않았다. 생각만큼 무공의 경지가 올라간 다음 생각하려 했었다. 그때까지는 세상의 모든 은원을 생각하고 싶지 않았었다.

처음 부모님과 동생이 보고 싶을 땐 미친 듯이 무공에 몰두함으로 잊을 수 있었다. 그렇게 마음의 수양이 쌓이고 어느 정도 자신의 감정을 가슴 깊이 숨겨놓을 수 있었던 것은 태극신공의 혜자결 덕분이었다.

한데 지금 그 부동심이 흔들리고 있었다.

혜자결로 자신의 마음을 다스리려 했던 관표는 천천히 태극신공의 진기를 풀어놓았다.

'인간으로서 감정은 당연히 지녀야 할 몫이다. 무조건 억누르기만 한다면 그것은 조금씩 화(禍)로 쌓이고, 화가 모이면 담(痰)이 되어 정신과 건강을 해치게 된다. 또한 이는 공(功)을 대성하는 데 방해가 된다.'

태극신공의 구결 중 한 부분이었다.

'억누르는 것만이 능사는 아니다. 그렇다고 지금 내가 수유촌에 갔다 올 수도 없다. 잘못해서 화산파의 고수라도 만난다면 살아남을 수 없을 것이다. 하지만 사람은 보고 싶다.'

관표는 부모님과 동생들에 대한 그리움을 어떤 방식으로든 달래고 싶었다. 그리고 사람이 그리웠다.

관표는 관도가 있는 쪽으로 걸음을 옮겼다.

비단길.

강호의 대부호인 황대호는 이 길을 일컬어 '돈이 흐르는 길'이라고 했었다.

무인들에게도 돈은 반드시 필요하다. 그래서 섬서성은 무인들에게도 아주 중요한 요충지 중의 하나였고 상단이 많기로도 유명했으며, 또한 유난히 녹림채가 많은 성 중의 한곳이었다.

그 비단길로 이어지는 관도는 넓지는 않았지만, 하루에 두세 번 정도는 상인들이 오고 가는 곳이었고, 군사적으로도 상당히 중요한 도로였다.

관표는 길가의 큰 나무 위에 올라가 앉아 아래를 내려다보았다. 그렇게 반 시진 정도 지났을까? 소규모 상단이 길 저쪽에서 천천히 다가왔다. 드디어 관표가 숨어 있는 나무 밑을 지날 때, 그는 그들 중 한 노인의 모습을 보았다. 그리고 혼자 중얼거렸다.

"저 나이 드신 분의 주름은 아버님과 닮았군."

나이 드신 분 중에 주름 없는 사람 있을까? 그것은 아무래도 좋았다. 중요한 것은 노인의 주름을 통해 아버지의 모습을 볼 수 있다는 점이었다.

섬서성을 향해 가는 상단의 짐꾼에 불과했지만, 그래서 더욱 아버지와 닮아 보였는지 모른다.

'저분도 집에 가면 나와 같은 자식이 있을까? 그래서 노구에도 저렇게 열심히 일을 하고 있겠지.'

관표는 땀이 흐르는 노인의 얼굴을 보면서 콧날이 시큰해지는 것을 느꼈다. 따뜻한 물을 담은 그릇을 든 채, 일을 하고 돌아오시는 아버지를 기다리시던 어머니 모습이 뒤이어 떠오른다.

'어머니.'

그리운 이름이었다.

아버지와는 또 다른 다정다감한 사랑을 주신 분.

겨우 이십여 명에 이르는 소규모 상단의 모습이 아스라이 사라질 때까지 관표의 시선은 움직이지 않았다.

한동안 격해졌던 감정의 소용돌이가 가라앉고 나자 천천히 마음이 진정된다. 실컷 울고 나면 풀어지는 감정의 우울함처럼 그렇게 풀어지고 진정되어 갔다.

'늦었다. 사부님들이 걱정하시겠다.'

관표는 자신의 감정이 차분하게 가라앉자 돌아가려고 몸을 일으키다 갑자기 멈추었다.

멀리서 하나의 그림자가 나타났다. 굉장히 빠른 속도로 날아오는 그림자는 하나가 아니라 둘이었고, 모두 여자였다.

온몸에 피칠을 한 여자가 또 한 명의 여자를 등에 업고 있었다. 관표는 두 여자를 자세히 살펴보았다.

온몸에 피칠을 한 여자의 나이는 삼십대 초반으로 보였는데 날카로운 눈매, 그리고 냉혹해 보이는 얼굴을 하고 있었지만 상당한 미인이었다. 중년 여자의 얼굴을 거쳐 그녀의 등에 업힌 여자의 얼굴에 시선이 닿은 관표의 표정이 그대로 굳어졌다.

'아름답다.'

지금 생각나는 것은 그 한마디였다.

중년 여자의 등에 업힌 또 한 명의 여자는 나이가 이제 십칠팔 세 정도 되어 보이는 소녀였다. 여자라고 하기엔 조금 어린 소녀. 그러나 그 모든 것을 다 떠나서 그녀는 아름다웠다.

비록 산골 출신이라 세상의 많은 여자를 본 적이 없는 관표였지만, 중원에서 가장 아름다운 여자 중 한 명이라는 하수연의 얼굴을 뚜렷하게 기억하고 있었다.

그녀의 미모가 절세적이라고는 하지만, 지금 중년의 여자 등에 업힌 소녀의 미모에 비하면 난초와 할미꽃을 비교하는 것과 같다는 생각이 들 정도였다.

눈보다 더 흰 피부와 큰 눈, 그리고 시원하면서도 오밀조밀한 이목구비가 관표의 시선을 꽉 채운다. 그러나 관표가 그녀를 본 것은 잠깐이었다. 다시 시선을 거둔다.

더 이상 그녀에게 관심을 두고 싶지 않았다.

하수연으로 인해 아름다운 여자에 대해서 별로 인식이 좋지 않은 관표였다. 그리고 고향에서부터 깨우친 진리가 그로 하여금 시선을 돌리게 만들었다.

'독버섯은 아름답다.'

중년의 여인, 헌원소보는 몹시 지쳐 있었고 큰 부상을 입은 듯 입가에는 피가 흐르고 있었다.

그녀는 관표가 숨어 있는 큰 나무 밑에 오더니 멈추었다.

"아가씨, 잠깐 등에서 내리셔야겠습니다."

"소보, 저를 놔두고 그냥 가세요. 소보라도 사셔야 합니다."

소녀의 목소리를 들은 관표는 그녀의 목소리도 얼굴만큼 아름답다는 것을 깨달았다.

소녀의 말을 들은 소보는 소녀를 등에서 내리며 단호한 목소리로 말했다.

"아가씨, 그런 말씀 마세요. 다시 그런 말을 한다면 이젠 정말 아가씨를 보지 않겠습니다."

"소보, 하지만 나도 이젠 너무 지쳤습니다. 그리고 소보의 부상도 너무 심합니다."

소녀의 눈엔 눈물이 가득했다.

관표는 문득 소녀가 안됐다는 생각이 들었지만 애써 모른 척하였다.

"제 부상은 제가 알아서 합니다. 지금부터 제 말을 들으세요. 무슨 일이 있어도 아가씨는 살아 돌아가셔야 합니다. 이제 제 부상이 심해서 더 이상 아가씨를 모시기 힘듭니다. 지금부터 저 혼자 그들을 유인할 테니 아가씨는 저 숲에 숨어 있어야 합니다. 조 호법이 올 때까지 절대 움직이면 안 됩니다. 그리고 조 호법 이외에는 아무도 믿지 마십시오. 아가씨가 움직인 것은 세가에서도 절대 비밀이었습니다."

"간자가 있다는 말이군요."

소보는 고개를 끄덕이며 웃었다.

자기가 괜한 말을 했다 싶었다. 원래부터 총명하기로 소문난 그녀였다. 이미 말하지 않아도 알고 있었을 것이다.

어쩌면 그녀는 간자가 누구인지도 짐작하고 있을지 모른다.

소녀는 안타까운 눈으로 소보를 보면서 말했다.

"내가 아프지만 않으면……."

"아가씨, 그런 말씀 하지 마십시오. 그리고 우리에겐 긴 시간이 없습니다."

헌원소보는 소녀를 안고 나무 뒤쪽에 있는 숲으로 들어간 다음 바위틈 안으로 그녀를 밀어 넣었다.

소녀는 포기한 듯 그녀가 시키는 대로 바위틈에 몸을 숨긴다.

소보는 빠르게 흔적을 지우고 관도를 따라 신법을 펼쳐 사라져 갔다. 관도에는 그녀가 흘린 피가 조금씩 떨어져 있었다.

"소보, 조심하세요."

아주 작은 목소리였지만, 관표는 그 말을 또렷하게 들을 수가 있었다.

안타까움, 슬픔, 비애, 두려움.

말 한마디에 그렇게 많은 감정이 실릴 수도 있다는 사실을 관표는 오늘 처음 알았다.

'나하고는 상관없는 일이다.'

애써 무시한 관표는 문득 여동생 관소의 얼굴이 떠올랐다. 그러고 보니 관소의 나이도 지금 바위틈에 숨어 있는 그녀와 비슷하지 않은가?

'지금쯤 뭘 하고 있을까?'

불현듯이 여동생이 보고 싶었다. 야무지고 똑똑했던 녀석이었다. 잠시 여동생을 생각하던 관표는 긴장한 표정으로 여자와 소녀가 왔던 길 쪽을 바라보았다.

다섯 명의 인물이 바람처럼 날아온다.

옷깃 스치는 소리조차 들리지 않아 마치 유령이 움직이는 것 같은 몸놀림들이었다.

관표는 태극신공을 운용하여 자신의 기를 감추었다.

숨을 죽이고 초자결을 펼쳐 모공으로 호흡을 하기 시작했다.

태극신공의 팔 자결 중에 하나인 초자결은 육체를 다스리는 운기공으로, 초인적인 육감을 발달시켜 주며 모공으로 호흡을 할 수 있는 기공이기도 했다.

그 묘용은 어떤 면에서 귀식대법의 대용으로 사용할 수도 있었다.

태극신공을 일정 이상 터득하게 된다면 혜자결과 초자결은 저절로 운용되고, 항상 시전자의 정신과 육체를 보호해 주며 감각을 최고조로 느끼게 해준다.

'모두 고수들이다. 그리고 두 명은 초절정고수다.'

관표는 빠르게 나타난 인물들을 파악해 놓았다.

다섯 명은 모두 복면을 하고 각자 무기를 들고 있었는데, 그중 당당한 체격에 대도를 등에 멘 복면인과 약간 왜소해 보이면서 허리에 단봉을 찬 복면인의 무공이 가장 높아 보였다. 그러나 아직 자신의 실력을 제대로 모르는 관표의 입장에서 이들의 무공이 얼마나 강한지 확실하게 알 순 없었다.

단지 강하다는 것만 짐작할 뿐이었다. 그나마 태극신공이 있었기에 그것도 판단할 수 있었을 뿐이다. 그리고 그 외 세 명의 복면인은 허리에 장검을 차고 있었다.

대도를 등에 멘 복면인이 관표가 숨은 나무 근처에 와서 잠시 살펴본 후 단봉을 허리엔 찬 왜소한 복면인에게 다가와 말했다.

"여기서 잠시 쉬었다가 간 것 같습니다. 떠난 지는 반 각 이상을 넘지 않았을 것 같습니다."

사십대쯤 나이가 들어 보이는 목소리였다.

보고를 들은 왜소한 체격의 복면인은 고개를 흔들었다. 그의 시선은 관도에 떨어진 핏자국을 보고 있었다.

"저 피를 보건대 우리가 오기 바로 전에 떠난 것 같습니다."

나이가 이제 이십대쯤으로 들리는 목소리였다. 대도의 복면인이 보고를 하기에 그 상관인 것 같았는데, 말투를 보아서는 서로 존중하는 입장인 것 같았다.

"그렇다면 지금 바로 출발하면 일각 안에 따라잡을 수 있겠군요."

대도의 복면인이 말하자 왜소한 체격의 복면인은 핏자국이 있는 곳으로 천천히 걸어가 손가락으로 핏물을 찍어서 살펴본 후 말했다.

"그럴 필요가 없을 것 같습니다."

복면인들의 시선이 그에게 모아진다.

"피의 색으로 보아 내상이 아주 심한 것 같습니다. 아무리 가벼운 소녀라도 그녀를 업고 더 이상 도주하기엔 무리일 것 같습니다. 그리고 핏자국을 보니 관도를 따라 도주를 하였군요. 마치 쫓아오길 바라는 것처럼."

대도를 멘 복면인은 왜소한 체격의 복면인이 하는 말을 알아들었다.

"그렇다면……."

"아무래도 이 근처 어딘가에 그녀를 숨겨놓고 우리를 유인하려 한 것 같습니다."

관표는 복면인의 날카로운 추리에 놀라움을 금치 못했다.

'앞으로 강호에 나가서 머리를 쓸 땐 정말 신중해야 하겠구나.'

마치 큰 가르침을 하나 받은 것 같은 기분이었다. 한데 깨우침과 동시에 관표에겐 또 다른 고민거리가 생겼다.

'이거 어떻게 해야 하나?'

상황을 보아 복면인들은 이미 소녀가 숨어 있는 곳을 알아낸 것 같았다. 비록 대낮이고 소녀가 숨어 있는 곳이 숲의 안쪽 으슥한 곳이지만, 고수들이 집중하면 그녀의 숨소리는 천둥 소리처럼 들릴 것이다. 이미 그녀도 이들이 하는 소리를 들었으리라.

"제가 갔다 오겠습니다."

"아직은 죽이지 말고 사로잡아 오십시오."

"그렇게 하겠습니다."

잠시 내공을 끌어올린 후, 주위를 살피던 대도의 복면인이 숲 안으로 들어갔다.

관표는 망설였다.

지금 자신의 실력으로 과연 이들을 이길 수 있을지 미지수였다. 솔직히 아직은 큰 자신이 없었다. 그러나 그냥 두고 보자니 여동생들의 얼굴이 아른거린다. 그리고 눈물이 가득했던 소녀의 큰 눈동자도.

관표가 망설이고 있을 때, 등에 대도를 멘 복면인이 소녀를 끌고 나왔다. 소녀는 이미 체념한 표정이었다. 그러나 놀랍게도 그녀의 표정은 침착했다.

소녀를 본 복면인들은 일순 넋이 나간 듯한 표정이었다.

왜소한 체격의 복면인이 말했다.

"과연 듣던 대로 신녀(神女)의 용모는 서시와 달기보다 더하구나."

복면인의 말을 들은 소녀는 냉막한 표정으로 말했다.

"나를 알고도 습격하다니 정말 대단한 배짱이군요."

신녀가 무슨 말을 하든 왜소한 복면인의 눈은 음흉하게 빛나고 있었다.

"너무 나를 나무라지 마시오. 그리고 이왕 죽을 거, 나에게 좋은 일이나 하고 죽으시구려."

소녀의 표정이 더욱 냉막해졌다.

'두려워하고 있다. 아주 많이.'

관표는 감각적으로 소녀가 두려워하고 있다는 사실을 알았다. 단지 억지로 아닌 척하고 있을 뿐이었다. 그녀의 나이를 생각하면 정말 대단히 침착한 모습이라고 할 수 있었다. 그러나 아무리 그래도 그녀는 이제 십대의 어린 소녀였다.

불쌍해진다. 그리고 대견스러웠다.

그래도 망설여진다.

누가 뭐래도 자신의 목숨은 중요했다.

소녀는 파르르 몸을 떨며 말했다.

"내가 지금 아프지만 않으면 당신들을 용서하지 않았을 것이에요. 그리고 죽어서도 절대 용서하지 않겠어요."

"어딜."

소녀의 말이 끝나기가 무섭게 대도의 복면인이 손가락으로 그녀의 아혈을 점했다.

그녀의 입에서 피가 흘러나온다. 다행히 신속히 혈을 점하여 피는 많이 흘러나오지 않았다. 소녀는 자신의 의도가 실패하자 절망적인 표정을 지었다.

왜소한 체격의 복면인은 소녀가 혀를 물고 자살하려 했다는 사실을 알고 질린 표정으로 말했다.

"이런 지독한 계집애. 내가 지금 당장……."

말을 하던 왜소한 복면인이 말을 멈추고 말았다. 갑자기 하늘에서 하나의 그림자가 떨어져 내리며 세 명의 복면인을 덮쳤다.

"피해랏!"

고함을 질렀지만 늦었다.

너무 급작스러웠고, 경고가 너무 늦었다.

픽! 하는 소리가 들리며 하늘에서 떨어진 무엇인가가 나란히 모여서 있던 복면인 세 명이랑 충돌하였다.

그리고 그 결과는.

두 명의 복면인이나 소녀의 눈이 더없이 커졌다.

하늘에서 떨어진 것은 인간이었다. 그리고 그 인간은 교묘하게 세 명의 복면인을 덮쳤는데 그 방법이 기발했다. 우선 배로 가운데 복면인 머리를 깔아뭉개며, 양손으로 가장 왼쪽에 있던 복면인의 목을 잡았고, 발로 가장 오른쪽에 있던 복면인의 머리를 조르며 땅바닥에 떨어졌다.

정확하게 설명하면 일자로 떨어지면서 자신의 배가 가운데 복면인의 머리를 공격하는 순간, 손과 발로 나머지 두 명의 목과 머리를 감싸며 잡았다고 할 수 있었다. 그리고 배에 깔린 복면인이나 양쪽에 서 있던 복면인은 마치 바위에 깔린 것처럼 깔아뭉개져 죽어버렸다. 그래도 양쪽에 있던 복면인들은 목이 부러지고 머리가 찌부러진 채, 꺾어진 것 말고는 좀 나은 편이었다.

가운데 복면인의 경우는 완전히 오장육부가 터져 버렸고, 위에서부터 아래로 오징어처럼 납작해졌다.

운룡천중기의 중자결을 과도하게 쓴 결과였다. 그 무거움에 나무 위에서 떨어지는 가속도가 붙어 나온 결과였다. 물론 거기에는 대력철마신공의 금자결을 배에 운용하여 가미했었다.

아직 미숙한 금자결로 인해 배가 얼얼한 것은 두 번째였다.

놀라기는 관표도 마찬가지였다. 설마 상대방이 이렇게 쉽게 당하리라 생각이나 했겠는가?

멈칫하다가 빠르게 일어선 관표는 처참하게 죽어 있는 세 사람을 보고 얼이 빠져 버렸다.

처음으로 사람을 죽였다.

아무리 사람을 구하기 위해서라 하지만 첫 살인의 충격은 관표에게 있어서 너무도 컸다. 어떻게 해야 할지 선뜻 판단이 서지 않았다.

우선 겁이 더럭 났다.

날벼락도 아니고 인간 벼락에 죽은 세 사람은 설마 하늘에서 갑자기 인간이 떨어질 줄은 생각도 하지 못했고, 소녀에게 신경이 집중되어 있던 참이라 너무 쉽게 죽고 말았다.

그들의 명성에 비해서 너무 어이없는 죽음이었다.

두 복면인도 얼떨떨하긴 마찬가지였다. 일단 그들은 관표가 절대강자라고 생각했다.

우선 두 사람은 관표가 나무 위에 있었는지 전혀 알아채지 못하고 있었다. 그렇다면 상대는 자신들의 이목을 쉽게 속일 수 있는 실력자란 이야기였다.

태극신공의 결과라곤 전혀 생각하지 못했다.

그리고 세 명의 고수를 단 일 수에 죽였다. 그것도 아주 간단하게. 그리고 어떤 수법으로 죽여야 저렇게 되는지 도저히 짐작할 수가 없었다.

나무 위에서 거대한 바위를 던져 눌러야 가능한 모습. 듣지도 보지도 못한 무식한 살초였다.

"당신은 누구요?"

왜소한 복면인이 놀란 표정을 지우지 못한 채 물었다. 그러나 관표는 그 말을 전혀 듣지 못하고 죽은 세 명을 보면서 몸을 벌벌 떨고 있었다.

첫 살인.

그 충격의 울타리 안에서 관표는 아직도 정신을 차리지 못한 것이다.

눈물이 난다.

관표가 죽은 세 사람을 보면서 눈물을 흘리자, 두 명의 복면인과 소녀는 또다시 어벙벙해지고 말았다.

'강호엔 괴이한 성격의 기인이사가 많다고 하더니 저치가 그런 것 같다.'

나름대로 똑똑하다고 생각하는 왜소한 복면인의 생각이었다. 그러나 소녀는 관표가 사람을 처음 죽이고 그걸로 충격에 빠져 있다는 사실을 알아챘다.

그리고 그가 자신을 돕기 위해서 뛰어들었다는 사실도.

그녀는 안타까운 눈으로 관표를 보았다. 마치 산적처럼 생긴 사내가 처참하게 죽은 세 사람을 바라보며 우는 모습은 그녀에게도 충격적인 모습이었다.

뭔가 어울리지 않을 것 같으면서도 오히려 더 인간적이라고 해야 할까?

그녀는 신분상 죽은 사람의 모습을 몇 번 보았었기에, 죽은 시체로 인해 받은 충격은 그리 크지 않았다. 그러나 관표의 모습을 보면서 가슴이 시려오는 것은 어쩔 수 없었다.

덩치 크고 힘있는 어린애를 보는 것 같은 느낌.

그리고 강한 모성애.

말만 할 수 있다면 어떤 말로든 위로해 주고 싶었다.

"당신은 누구요?"

이번엔 대도를 등에 멘 복면인이 제법 큰 목소리로 물었다.

관표는 후다닥 정신이 든다. 그리고 상황을 판단하였고, 얼결에 내뱉은 말은 바로 그의 직업상 말이었다.

"나… 나는 산적이다. 가진 거 다 놓고 꺼져라!"

큰 목소리였다.

귀가 다 멍할 정도다. 하지만 그 말에 그만 두 복면인은 멍한 표정이 되고 말았다. 관표는 말해 놓고 정신을 차리자, 자신이 생각해도 한심한 말이라고 생각했다. 그러나 이미 날아간 화살이었다.

소녀는 관표의 고함을 듣고 아혈이 점해지지 않았다면 자신의 처지도 잊고 웃을 뻔하였다.

괴팍한 성격의 기인은 산적이었다.

오판했던 왜소한 복면인은 그만 기가 막혔다.

이제 대충 사정을 알 만했다.

"그러니까 너는 산적이란 말이지?"

등에서 대도를 뽑아 들면서 당당한 덩치의 복면인이 물었다. 그의 눈에서는 새파란 살기가 뿜어져 관표를 노려보았다.

관표는 어차피 이렇게 된 것, 이제는 될 대로 되라는 심정이었다. 그래도 나름대로 배짱 하나는 타고난 관표였다.

관표는 천천히 태극신공의 혜자결을 끌어올렸다.

정신을 다스리는 운기결. 마음이 차분해진다. 그리고 대도의 복면인이 보낸 살기가 전혀 두렵지 않았다.

"그렇다. 그러니까 너희들이 가진 것만 모두 놔두고 여기서 꺼져라! 목숨은 살려주겠다!"

관표의 목소리가 당당해졌다. 그리고 당황했던 모습은 그 어디에도 찾아볼 수 없었다.

달라진 관표의 기도에 두 복면인은 다시 놀랐지만, 그래도 상대는 겨우 산적이었다.

대도의 복면인이 말했다.

"이놈, 그래도 산적치곤 제법 뼈대가 있구나."

복면인의 말에 관표가 얼굴을 굳히고 말했다.

"산적이 아니라 푸른 숲의 의적이다. 확실히 알아두어라!"

"푸른 숲의 의적, 녹림협객이란 말이지?"

관표는 만족한 표정으로 고개를 끄덕였다.

무의적으로 그의 시선은 죽은 세 명의 시체를 외면하고 있었다. 그리고 첫 살인의 추억을 빨리 잊기 위해서도 나머지 두 복면인에게 자신의 정신을 집중하고 있었다.

"그래, 협객이든 산적이든 내 오늘 반드시 네놈을 죽이고 말겠다."

대도의 복면인은 말을 하면서 천천히 관표에게 다가왔다. 관표의 표정은 태연했지만, 속으론 당황스러웠다. 우선 그가 아는 초식이 전혀 없었다.

'어떻게 상대를 해야 하지?'

상대가 도를 휘두르면 팔에 대력철마신공의 금자결을 펼치고 막을까 생각해 보았다. 그러나 완전하지 않은 금자결이라면 팔목이 잘리고 말 것 같았다. 그렇다면 상대가 공격하면 우선 막을 방법이 없었다. 그럼 피해야 한다. 하지만 초식이 없으니 움직임도 단순해 그것도 쉽지 않을 것 같았다.

그리고 상대는 점점 가까이 다가서고 있었다. 일단 자신의 수하 복면인 세 명을 단 일 격에 죽여서인가? 복면인이 신중한 것은 그나마 다행이었다.

'잡을 수만 있다면.'

관표는 상대를 잡을 수만 있다면 방법이 있을 것만 같았다. 하지만 그가 상대를 잡게 놔두겠는가? 그리고 다가서기엔 복면인이 들고 있는 도가 부담스럽다.

'도, 저 도만 없다면.'

관표의 생각을 읽기라도 했는가? 대도를 들고 다가서던 복면인은 자신이 공격할 수 있는 곳까지 다가섰음에도 관표가 무기를 꺼내지 않자, 무엇인가 꺼림칙했다.

"놈, 무기를 들어라!"

"난 무기 따위는 쓰지 않는다. 네놈이나 실컷 써라!"

관표의 말에 복면인의 눈매가 파르르 떨리더니 대도를 집어 던졌다.

"네놈, 그 말을 후회하게 될 거다."

관표는 복면인이 도를 내던지자 쾌재를 불렀다. 한데 덩치의 복면인이 도를 집어 던지고 빈손으로 자세를 취하자 더욱 강한 기도가 뿜어지는 게 아닌가? 그것을 본 관표와 소녀의 표정이 더욱 굳어졌다.

복면인의 장기는 도가 아니라 권이었던 것이다.

단지 도는 신분을 숨기기 위해 들고 있었던 것에 불과했었다.

소녀는 당당한 체격의 복면인이 누구인지 아는 사람일지도 모른다는 생각이 들었다.

도를 집어 던진 복면인은 관표의 오 척 가까이까지 다가와서 두 손을 들어 올렸다. 관표도 두 손을 들어 올렸지만 엉성하다.

세상에 저런 엉성한 박투 자세는 본 적이 없었다.

복면인은 어이가 없었다. 자신을 끌어들이기 위한 속임수인가도 생각해 보았지만, 그러기엔 너무 엉성하다.

그럼 자신을 우습게 보고 놀리는 것이리라.

새파랗게 젊은 애송이에게 놀림을 당했다고 생각하자 화가 난다.

"이노옴!"

고함과 함께 복면인의 주먹이 관표의 턱을 향해 날아갔다. 마치 뱀처럼 팔을 꼬며 날아가는 그의 주먹은 사두경(蛇頭勁)이라는 초식의 투로를 따라가고 있었다.

빠르게 끊어 치는 주먹, 그 안에 담긴 경기가 마치 칼날처럼 관표의 태양혈을 향해 다가온다.

그러나 상대가 주먹을 칠 때 태극신공의 초자결은 벌써 그것을 감지하고 있었다. 결투 시 육체의 감각을 최고조로 올려주는 기공이 바로 초자결이었기에 관표는 지금 초자결을 운용하고 있던 참이었다.

관표의 머리가 옆으로 기울어지면서 복면인의 주먹을 피해낸다. 그러나 완벽하게 피하진 못하고 주먹에서 뿜어진 권경에 의해 그의 뺨이 찢어지는 상처를 입고 말았다. 아직 초감각을 쫓아갈 만한 내공과 무공도 모자랐고 초자결도 완벽한 수준이 아니었다.

참으로 엉성한 동작이었지만 그래도 치명타를 피하긴 피했다.

복면인은 단 한 번의 공격이 실패했지만 회심의 미소를 지었다. 그것은 왜소한 복면인 역시 마찬가지였다. 단 한 번의 공격으로 두 사람은 관표의 무공 수준을 짐작했던 것이다.

소녀는 안타까운 눈으로 관표를 보고만 있었다.

'병이 발발할 때만 아니었다면.'

그렇기만 하다면 소녀는 이들과의 싸움에 자신이 있었다. 그러나 지금은 전혀 도움이 안 되는 생각이었다.

"이놈, 이젠 죽어라!"

당당한 체구의 복면인은 사정없이 주먹을 휘두른다. 그가 펼치는 주먹질은 형가십팔권(邢家十八拳)이란 권법이었다. 형가십팔권은 한때 주먹으로 유명했던 형가의 비전절기였다.

관표는 두 손으로 얼굴을 가린 채 상대의 주먹이 얼굴을 가격하지 못하도록 필사적으로 막으며 피했지만, 지금 그의 실력에서 초자결도 한계가 있었다. 연타로 복부를 격타당하고 자신도 모르게 주먹을 내렸다. 그 다음에 이어지는 얼굴 강타.

얼결에 피했지만, 연이은 주먹은 관표의 턱에 격중하였다.

관표는 뒤로 주루룩 물러섰다. 그러나 쓰러지진 않는다.

복면인은 기가 막힌 표정으로 관표를 보았다.

보고 있던 왜소한 복면인이나 안타까움에 어쩔 줄 모르던 소녀나 모두 기가 막히긴 마찬가지였다.

그냥 권격이 아니라 내가권법에 무려 서너 차례나 격중당하고 쓰러지지 않은 인간을 설명할 수 있는 방법이 없었다. 당연히 죽어야 하는 것이 이치에 합당했다.

건곤태극신공과 대력철마신공의 힘으로 견디긴 했지만, 관표의 입가엔 피가 주르륵 흐르고 있었다. 두 팔은 힘없이 늘어져 있었고 다리는 후들거린다. 더 이상 반항할 힘은 전혀 없어 보인다. 쓰러지지 않은 것만으로도 일단 기적인 셈이니, 더 이상 무엇을 말하랴.

그 모습을 보던 당당한 체구의 복면인이 피식 웃으면서 말했다.

"어디서 외가기공이나 제법 괜찮은 무공을 터득한 모양이군. 하지만 이 주먹에도 살아난다면 나도 너를 더 이상 귀찮게 하지 않겠다."

복면인이 왼손을 들어 올려 주먹을 쥐며 관표에게 다가섰다. 그의 주먹에 닭 벼슬과 비슷한 모습의 강기가 서서히 나타난다. 그 모습을 본 소녀의 모습이 하얗게 질려갔다.

지금 복면인이 펼치려는 권법이 무엇인지 알 수 있었다. 그리고 그의 정체도.

'일계표(一鷄慓)'. 한 마리의 닭이 빠른 동작으로 벌레를 잡는 모습을 보고 만들었다는 권법. 그래서 닭 계 자와 빠를 표 자를 써서 일계표라고 했단다.

닭에게 잡힌 벌레는 먹이가 된다. 절대 살아남을 수 없다. 마찬가지로 일계표에 격중되고 살아남았다는 고수를 들은 기억이 없었다. 그러나 관표는 알아도 피할 힘이 없는 것 같았다.

복면인은 관표를 놀리듯 그의 코앞까지 다가왔다.

천천히 주먹을 들어 올린다. 우웅 하는 소리와 함께 그의 주먹이 울고 있었다.

"죽어라!"

고함과 함께 그의 주먹이 관표의 얼굴 한가운데를 향해 뻗어갔다. 그의 주먹에서 한 가닥의 강기가 뿜어진다. 그리고 그 순간이었다. 관표가 움직였다.

마치 기다렸다는 듯이 몸을 틀며 앞으로 확 다가선 관표는 쓰러지듯이 복면인의 품으로 파고들었다. 그리고 두 손으로 상대의 몸을 끌어안았다. 그 모습은 마치 힘이 다해 허우적거리며 상대를 끌어안는 모습과 별반 다르지 않았다.

방심하고 동작이 컸던 복면인의 주먹은 관표가 움직일 때 빗나가고 말았다.

복면인은 상대가 자신을 끌어안자 어이없이 웃고 말았다. 이는 지치고 힘이 없을 때 자신도 모르게 나오는 동작 중 하나가 아닌가? 그래도 그런 상태에서 자신의 주먹을 피했다고 생각하니 기특하기도 했다. 그러나 그의 웃음은 갑자기 멈추었다.

자신의 가슴을 끌어안은 상대의 두 팔이 무서운 힘으로 조여왔던 것
이다.

대력철마신공의 대력신기.

이는 역발산기개세의 힘을 만들어내는 기공이었고, 지금 관표는 바
로 그 힘으로 복면인의 가슴을 조르기 시작한 것이다.

내공의 문제가 아니었다.

엄청난 힘을 동반한 완벽한 조르기.

"끄어억!"

비명과 함께 '으드득' 하는 소리가 들리며 당당한 체구의 복면인은
가슴이 심장과 함께 부서진 채 뒤로 꺾여졌다.

마치 뼈가 없는 연체동물처럼 늘어진다.

순식간에 일어난 일이었다.

왜소한 복면인도 아혈을 점혈당한 소녀도 멍한 표정으로 관표를 보
았다. 어떻게 도와줄 사이도 없었고, 너무 뜻밖의 상황이라 어떻게 할
수도 없었다.

정신이 번쩍 들었다.

"이노옴!"

고함과 함께 허리에서 단봉을 뽑아 든 왜소한 체구의 복면인이 달려
들었다. 순간 관표는 빠르게 작은 돌을 집어 들고 왜소한 복면인에게
던졌다.

힘없이 날아오는 돌.

왜소한 체구의 복면인은 어이가 없었다.

암기도 아니고 돌을 던지다니. 그것도 그저 평범한 돌팔매질이었다.
단지 자신이 달려드는 가속도로 인해 거리가 가까울 뿐이었다.

코웃음을 치며 단봉으로 돌을 쳐내었다. 그러나 그것은 너무 큰 실수였다.

운룡천중기.

단지 무겁다. 그러나 무거움도 정도가 지나치면 무서운 실수가 된다.

관표가 던진 작은 돌멩이에는 바로 운룡천중기가 모아져 있었다.

땅! 하는 소리와 함께 왜소한 복면인의 손바닥이 찢어지며 단봉은 무려 삼 장 밖으로 날아가 버렸다. 그러고도 힘이 남은 돌은 복면인의 어깨를 치고 날아간다.

손이 찢어지고 어깨는 피투성이가 되어 혼비백산한 복면인은 그 힘에 뒤로 두어 걸음 물러선다. 그리고 정신을 차리기도 전에 전 힘을 다해 뛰어온 관표를 맞이해야만 했다.

관표는 마지막 남은 진기까지 전부 끌어 모아 운룡천중기를 운용한 채 몸통으로 복면인의 가슴을 들이박은 것이다.

어깨부터 들이밀고 들어온 관표의 육중한 몸이 운룡천중기의 힘으로 왜소한 복면인의 가슴을 들이박으며 퍽! 하는 소리가 들렸다. 마치 가랑잎처럼 오 장이나 날아가 땅바닥에 거꾸로 처박힌 왜소한 복면인은 그 자리에서 가슴이 함몰하고 심장이 터진 채 즉사하고 말았다. 마치 회색곰처럼. 실로 어이없는 일이었다.

실제 두 명의 복면인들이 지닌 무공은 관표보다 훨씬 높았지만, 자신들의 무공은 제대로 활용해 보지도 못하고 죽었다. 보고 있던 소녀도 그저 어안이 벙벙하다. 지금까지 수많은 강호의 결투에 대한 이야기를 직접 보기도 하고 들어도 보았다. 그러나 지금처럼 황당한 결투는 듣지도 보지도 못했었다.

대체 사람의 몸무게가 얼마나 나가야 깔아뭉갰다고 무림고수가 오징어처럼 납작해질 수 있을까? 얼마나 힘이 세야 초절정고수의 가슴을 힘으로 졸라서 부숴 죽일 수 있을까? 아무리 왜소한 체격이라고 해도 무림고수를 몸으로 공격해서 오 장이나 날려 버린 것도 이해하기 힘든 일이었다. 무엇인가 색다른 격투술 같기도 하고 아닌 것 같기도 하다.

사람을 죽였다.

관표는 소녀가 어떤 생각을 하든 신경 쓸 여유가 없었다. 결투로 인해 마지막 남았던 진기까지 전부 끌어 쓰고 탈진 상태에다가, 당당한 체구의 복면인에게 당한 공격으로 인해 내상도 상당했다. 그리고 살인에 대한 심적 고통으로 바닥에 쓰러진 채 한동안 운신을 하지 못했다.

그의 몸 상태를 안 듯 태극신공이 저절로 운기된다.

차츰 마음이 안정되자 관표는 일어나 앉아 본격적으로 태극신공을 운기하기 시작했다. 이각쯤 지나자 어느 정도 몸이 회복되어 일어선 관표는 소녀를 보고 깜짝 놀랐다.

안색이 창백한 소녀는 바로 그의 곁, 땅바닥에 주저앉아 있었는데 그녀의 손에는 왜소한 청년이 들고 있던 단봉이 쥐어져 있었다.

병색이 완연한 얼굴.

그 와중에도 걱정스런 얼굴로 자신을 본다.

관표의 시선이 소녀가 들고 있는 단봉으로 향했다.

'이 몸으로, 내가 운기하는 동안 나를 지키고 있었던가?'

갑자기 짜릿한 감정이 그의 가슴을 타고 올라온다.

관표는 그녀의 아혈을 풀어주었다.

푸후, 하는 숨소리와 함께 그녀는 몸을 파르르 떨었다. 처음부터 느끼고 있었지만 그녀의 몸은 분명 정상이 아니었다.

"건강하지도 못하면서 괜한 짓을 했군."

관표가 퉁명스럽게 말하자 그녀는 안간힘을 쓰면서 말했다.

"구해줘서 고맙습니다."

"별로 내키지 않았었다."

관표의 투박한 말에 소녀는 몸을 파르르 떨면서도 그의 얼굴에서 시선을 돌리지 않는다. 마치 그의 얼굴에 난 털 한 가닥까지도 전부 기억해 놓을 것 같은 표정이었다.

관표는 괜히 무안해진다.

소녀가 물었다.

"그런데 왜?"

목소리가 떨린다.

힘에 겨운 목소리였다.

"내게도 너만한 동생이 있다."

그 말을 들으며 소녀는 자신도 모르게 따뜻한 마음이 스며들었다. 자신이 아름다워서도 아니다. 그리고 자신의 배경 때문도 아니었다. 그녀도 바보가 아닌 이상 관표가 자신의 정체를 모르고 있다는 사실쯤은 알고 있었다.

단순한 협의심도 아니고, 단지 동생이 생각나서라는 말 한마디로 그녀는 관표의 성품을 알 수 있었다. 그래서 더욱 기분이 좋아진다. 그러나 그도 잠시 소녀는 점차 가사 상태로 들어가고 있었다.

그녀는 지병이 있는 데다 너무 무리를 했고, 쉬지도 못했다. 병은 이미 허약해진 그녀를 그냥 두지 않았다.

몸을 부르르 떤다. 놀란 관표는 얼떨결에 그녀를 안고 어쩔 줄을 모

른다. 처음 맡아보는 여자의 향기와 그녀에 대한 걱정으로 인해 당황
스럽다.

안고 있는 소녀의 몸은 마치 한겨울의 얼음처럼 차가웠고, 솜처럼
가벼웠다.

'어쩌지?'

그 순간에도 그녀는 점점 정신을 잃어가고 있었다. 하지만 그래도
그녀의 시선은 끝까지 관표를 보고 있었다.

'어쩌면?'

관표는 소녀를 잠시 내려놓고 사냥용 칼을 꺼내 들었다.

관표는 그 칼로 자신의 팔뚝을 그었다.

일단 태극신공으로 피가 나오지 않게 하고 소녀의 입에 대었지만,
소녀의 입은 이미 굳어 있었다. 단지 희미한 그녀의 눈동자만이 관표
를 아직도 보고 있다.

완전히 의식을 잃은 것 같진 않았지만, 그녀의 몸은 점점 뻣뻣하게
굳어갔고 점점 차가워지고 있었다.

관표는 망설이지 않고 자신의 팔뚝을 입으로 빨며 태극신공을 풀었
다. 입 안 가득 비릿한 냄새와 함께 자신의 피가 가득 고인다.

관표는 소녀의 턱을 누르면서 소녀의 입에 자신의 입을 대었다.

부드러운 느낌.

관표는 정신이 아찔해지는 느낌이었다. 하마터면 입 안의 피를 자신
이 삼킬 뻔했다.

혜자결을 끌어올렸다.

정신이 안정된다.

관표는 입 안의 피를 그녀의 입 안으로 흐르게 하면서 태극신공의

발자결로 피를 밀어내었다. 그녀의 목젖을 타고 피가 흘러들어 간다.

관표는 세 번이나 연속해서 피를 넣어주고 나서야 멈추었다.

'운 사부님이 말씀하시길, 아직 공령석수가 완전히 녹지 않았고, 그 중의 일부가 내 피에 섞여 있을지도 모른다고 하셨었다. 그 말이 맞기만 바란다.'

관표는 제발 하는 표정으로 소녀를 바라본다. 그리고 조금씩 화색이 돌고 있는 그녀를 보면서 조금 안심할 수 있었다. 그때 멀리서 누군가 다가오는 기척을 느꼈다.

초자결이 저절로 반응한 덕분이었다.

'둘이다. 그리고 한 명은 조금 전의 그녀 같다.'

관표는 직감적으로 다가오는 두 명의 기척 중 한 명이 소녀를 숨기고 떠났던 소보란 여인인 것을 느꼈다.

"안녕. 내가 해줄 수 있는 것은 여기까지다. 언제고 기회가 닿으면 강호에서 볼 수 있겠지."

혼잣말처럼 중얼거린 관표는 숲 속으로 사라졌고, 아직 움직일 수 없는 소녀의 눈동자만이 안타깝게 그의 뒤를 따른다.

잠시 후 나타난 소보는 한 명의 노인을 대동하고 있었다. 나이를 짐작하기 어려운 노인은 바로 조 호법이었다.

조 호법은 놀라서 소녀를 보았고, 소보는 기겁을 해서 소녀를 안았다. 다행히도 그녀는 크게 다친 곳도 없었고 점차 안색이 정상으로 돌아오고 있었다.

조금 안심한 그녀는 사방을 돌아보고 다시 한 번 경악하였다. 사방에 널린 다섯 구의 시체는 그야말로 처참했다.

시체를 대충 돌아본 조 호법은 기가 막힌 표정으로 말했다.

"대체… 이들이 어떻게, 무슨 초식에 죽었는지 이해를 할 수 없군. 무슨 일이 있었던 거지? 괴물이라도 나타났었나?"

"그게 중요한 것이 아닙니다. 아직 안심할 수 없어요. 어서 이 자리를 떠야 합니다."

그녀는 힘겹게 말했다. 그녀는 아직도 상처가 심했다. 도망가다가 운 좋게 조 호법을 만났지만, 자신을 쫓아와야 할 자들이 나타나지 않자 혹시나 해서 달려온 것이다.

조 호법이 준 내상약을 먹기는 했지만 제대로 운기조차 못했다.

"빨리 떠나기로 하지. 하지만 이들이 누구인지는 알아야겠지?"

조 호법은 죽은 시체들의 복면을 전부 벗겨보았다. 그러나 그중에 아는 사람은 단 한 명도 없었다. 실망한 표정이었다.

"실망할 거 없어요. 여기 문제는 나중에 아가씨께 물어보기로 하고 어서 떠나야 합니다."

두 사람은 서둘러 떠났다. 그러나 그들은 소녀의 안타까운 시선은 전혀 느끼지 못하고 있었다.

그들이 떠난 후 그 자리에 관표가 나타났다.

잠시 손으로 자신의 입을 만져 보았다. 아직도 차지만 부드러웠던 느낌이 남아 있는 기분이었다.

가슴이 두근거린다.

막상 당시에는 느끼지 못했다가 뒤늦게 그 여운이 남아 관표를 자극한 것이다. 다시 한 번 그 소녀가 보고 싶었다. 그러나 그녀는 이미 사라졌다.

그러고 보니 상대는 명문세가의 자녀 같았다. 자신과는 비교할 수 없는 가문일 것이다. 그리고 그런 쪽의 여자라면 이미 태중 혼약한 사람이 있을지도 모른다.

관표는 돌아섰다.

그러나 그의 그림자가 유난히 쓸쓸해 보인다.

숲에 감추어놓았다가 등에 짊어진 곰 가죽이 축 늘어져 보인다.

第十章
출(出), 녹림왕이 산적을 만나다

　금동과 운적은 관표에게 무공과 겸해서 학문을 익히게 하였다. 뛰어난 학자가 될 필요는 없지만, 강호에서 기본적으로 필요한 지식은 반드시 알고 있을 필요가 있었다.

　사 년 동안 그 부분에 대해서 어느 정도는 배우고 있었지만 많이 부족하다고 느낀 두 사부는 그 부분에 대해서 조금 더 깊이 가르치기 시작했다.

　지금 배우는 강호에 대한 보편적인 지식과 여러 가지 기본적인 지식은 관표가 무림에서 활동할 때 꼭 필요한 것들이었다. 특히 두 사람은 진법에 대해서도 집중적으로 가르쳤다.

　이는 모두 곤륜으로부터 전해진 학문이었고, 그 외에 지금 무림에 걸맞는 지식을 얻기 위해 두 사람은 번갈아 산을 내려가 스스로 배워 온 다음 관표에게 가르쳤다.

두 사부의 열성을 안 관표는 더욱 열심히 배웠다.

그리고 단 한 번의 경험이었지만 강호란 것이 얼마나 흉험한지 깨우친 관표였다. 그날의 일은 사부님들에겐 말하지 않았다. 그러나 가끔 떠오르는 소녀의 모습은 관표를 괴롭혔다.

관표는 그럴 적마다 태극신공을 운기하였지만 그 잔상은 점점 깊어가고 있었다.

학문과 무공을 병행하면서 틈틈이 음양접과 빙한수의 응용에 대해서 배우는 것도 게을리 하지 않았다.

두 가지의 약물은 알면 알수록, 연구하면 연구할수록 그 응용 범위와 활용 폭은 아주 컸기에 결코 소홀히 할 수 없었다. 그러나 관표는 특별한 경우가 아니면 약물의 힘을 빌리지 않을 것이라고 다짐하였다.

"표야, 오늘부터는 더욱 무공에 정진해야 한다. 특히 내공이 아닌 외공에 신경을 써야 하며 사대신공의 응용에 많은 연구를 해야 한다. 그래서 조금 특별한 방법으로 너의 공부를 돕기로 하였다."

"사부님의 지시에 따르겠습니다."

복면인들과의 결투 이후 사대신공의 응용에 대해서 많은 생각을 하게 된 관표였기에 그 말은 더욱 가슴에 와 닿았다. 혼자서도 항상 연구하던 과제이기도 했다.

항상 충후한 모습의 관표였다.

금동과 운적은 관표의 눈을 바라보았다.

강직하면서도 지혜로워 보이는 눈이었다.

태극신공이 단계를 거치면서 그의 정신력도 점점 더 강인해지고 있었다.

운적은 잠시 자신들이 강호에서 지냈던 일들을 생각해 보았다. 비록 경중쌍괴란 별호를 얻었지만, 그들이 강호에서 차지한 위치는 미미했었다. 이름이 약한 만큼 무시도 많이 당했다. 어떻게 보면 당진진과 원한 관계를 맺은 것도 그것들이 쌓였다가 폭발한 때문이라고 할 수 있었다.

자신들의 제자만큼은 그 부분을 대물림하고 싶지 않았다.

"이것을 몸에 걸치거라!"

금동이 몸에 걸칠 수 있는 조끼 하나를 들고 와 관표의 앞에 던져 놓았다.

'쿵' 하는 소리와 함께 땅에 떨어진 조끼를 내려다본 관표의 표정이 놀라움으로 굳어졌다.

바닥에 있는 조끼는 쇠로 만들어진 쇠 조끼였는데, 그 무게가 얼마나 가는지 바닥이 푹 파여 있었던 것이다.

"놀랄 것 없다. 겨우 백이십 근밖에 되지 않는다. 너는 오늘부터 이 조끼를 입고 네 무공이 완성되기 전까지는 절대 벗지 말아야 한다."

금동의 말에 관표는 조끼를 몸에 껴입었다.

다행히도 조끼는 관표의 몸에 잘 맞았다.

관표가 쇠 조끼를 걸치고 나자 금동과 운적은 만족한 듯 표정을 지었다.

"아주 귀한 쇠로 만든 물건이다. 소중하게 간직하도록 해라! 그리고 오늘부터 그 조끼를 입고 수련에 들어간다."

운적이 말했다.

다시 이 년이 지나 관표의 나이 스물넷이 되었다. 세 사람이 함께 지낸 지도 벌써 육 년이 흘렀다. 처음엔 무겁고 불편하던 쇠 조끼도 몇 개월이 지나면서 관표와 한 몸이 된 것처럼 자연스러워졌다. 그리고 이 년이 지난 지금은 입고 있는지조차 잘 느끼지 못할 정도가 되었다.

그리고 드디어 봄이 한창일 때 금동과 운적은 관표를 불렀다.

관표를 바라보는 운적과 금동의 눈엔 자부심이 가득했다.

그들은 비록 자신의 대에서는 모르지만 그 후대에 이르러서는 천하에 명성을 날릴 수 있는 제자를 만들어놓았다.

보기만 해도 뿌듯하고 믿음직하다.

관표는 두 사람에게 있어서 인생의 전부라고 해도 좋았다. 그에게 무공을 가르치는 육 년의 세월은 그들이 살아온 그 어느 때보다도 행복하고 만족스러웠으며, 보람을 느낀 시간이었다.

두 사람에게 관표는 제자 그 이상이었다.

먼저 입을 연 것은 금동이었다.

"이제 네가 세상으로 나가야 할 때가 되었다."

"사부님."

"우선 듣거라! 지금 여기서 더 어물거리다간 때를 놓치고 만다. 고향에도 한 번 가봐야 하지 않겠느냐? 부모 형제가 기다리고 있음을 잊었느냐? 그리고 너에게 지금 필요한 것은 실전이다. 나와 운 늙은이가 산에만 틀어박혀 무공에만 정진했더니 늘어난 것은 내공뿐이었다. 전에 나와 운 늙은이가 그렇게 맥없이 진 이유를 곰곰이 생각해 보았다. 그리고 깨우친 것인데, 당시 우리는 실전이 절대 부족했었다. 너는 나가서 몸으로 부딪치며 지금의 사대신공을 어떻게 사용할 것인지 더욱 연구해 보거라! 난 네가 그 사대신공을 잘만 응용하면 능히 천하제일이 될 것을 의심치 않는다. 네가 나가서 성공한 다음, 우리를 불러라! 늘그막에 제자 덕 보며 호의호식하고 싶다."

마지막에 금동은 미소를 머금고 말했다.

관표는 두 사부가 하는 말을 알아들었다. 그리고 그 또한 그 부분에 대해서 나름대로 절감하던 참이었다. 이미 이 년 전부터 그의 무공은 좀처럼 늘지 않고 있었다. 그러나 응용 면에서는 상당히 많은 진척을 이루었다.

"두 분 사부님의 말씀을 따르겠습니다. 부디 몸 보중하시고 제자를 기다려 주십시오. 꼭 성공해서 돌아오겠습니다. 그리고 독종 당진진은 제자가 대신 처리하겠습니다."

"오냐, 그 계집의 일은 너에게 맡기겠다."

운적이 분한 표정으로 대답했다.

"걱정 마십시오, 사부님."

"그리고 네가 비록 정식으로 곤륜의 제자는 아니지만 너의 뿌리 중 일부가 곤륜임을 잊지 말아야 할 것이다. 언제고 그들을 만나면 네가 한발 양보하고, 같은 사문의 사형제처럼 대해주거라! 후에 네가 잘되면 그들을 배려하는 것도 잊지 않았으면 한다. 이 사부들은 곤륜의 제자임에도 불구하고 사문에 해준 것이 없구나."

"걱정 마십시오, 사부님."

관표의 대답에 두 노인은 흡족한 웃음을 지었다. 잠시 관표를 보던 금동이 단호하게 말했다.

"표야, 잊지 말거라! 상대에게 손을 쓸 때는 신중하게 결정을 내려야 하지만 일단 결정을 내리고 나면 절대로 손속에 사정을 두지 말거라! 다시는 네 앞에서 고개를 들지 못할 정도로 완벽하게 눌러놓든지, 후환이 있을 것 같은 자들이라면 절대로 살려두지 말아야 한다. 그리고 힘이 있다면 그에 따르는 책임도 있어야 한다는 것을 명심해라!"

"명심하겠습니다."

"가슴으로 이해는 하겠지만, 실제로 닥치면 절대로 쉽지 않은 일이다. 함부로 살수를 써선 안 되겠지만, 이왕 쓸 거라면 단호하게 해야한다. 네가 독해야 네 주변의 사람들이 너로 인해 변을 당하지 않는다. 괜한 자비심은 나중에 자신을 위험하게 만든다는 사실을 꼭 명심해라! 그리고 그 위험은 너뿐만 아니라 너의 주변에 있는 사람들에게도 큰 영향을 준다는 사실을 잊어선 안 된다."

금동은 말을 하면서 눈물을 흘리고 있었다.

자신 때문에 죽은 부모 형제를 생각하는 것 같았다.

운적이 금동의 어깨를 감싸면서 부드럽게 말했다.

"어설프게 강하면 업신여김을 받게 된다. 너는 그 점을 명심하거라! 세상에 나가서도 무공 수련을 게을리 하지 말거라! 비록 너 홀로 무공 수련을 하는 것이지만, 세상이 모두 너의 스승임을 잊어서는 안 된다. 어떻게 하면 더욱 강해질까만 생각하거라!"

"단 한시도 잊지 않고 무공 수련에 힘을 다하겠습니다."

운적과 금동이 고개를 끄덕이며 만족한 표정을 지었다.

"시간 끌 것 없다. 지금 당장 떠나거라!"

금동이 물기 어린 눈으로 관표를 보면서 단호하게 말했다.

"사부님."

"더 있어보았자, 말만 길어질 뿐이다. 어서 떠나거라! 세상에 나가서 무엇이든 보고 배우고 네 것으로 만들거라! 하다못해 아주 사소한 것도 배워놓으면 나중에 반드시 너에게 도움이 될 것이다."

"제자 명심하겠습니다."

"그리고."

이번엔 운적이 말했다.

"매사에 자신감을 가져야 함은 물론이고, 네 심장에 지금 당장 칼이 들어가 꽂혀도 침착해야 한다. 아무리 어려운 일이 있어도 길은 반드시 있다고 했다. 네가 당황하면 그 길을 찾지 못할 것이다."

"명심하겠습니다. 반드시 그렇게 하겠습니다."

지금 금동과 운적이 마지막으로 한 말은 관표의 가슴속에 평생 동안 살아 있을 것이다.

"네가 무엇이 부족하고 무엇을 보완해야 하는지는 누차 말했으니 더 이상 말하진 않겠다. 이제 떠나거라! 그리고 떠나기 전에 두 개의 무공기서는 불에 태워라. 그것은 가지고 다니기엔 위험한 물건이고 이미 네가 다 외우고 있으니 더 이상 필요없음이다."

금동의 단호한 말에 관표는 일어서서 절을 하기 시작했다.

산을 내려가는 관표의 짐은 의외로 많은 편이었다.

그중 구 할 이상이 돈으로 바꾸어 노자로 쓰라고 두 사부가 준 짐승의 가죽이었다. 사실, 이 가죽들은 관표가 무공 연습을 빙자해 사냥한 맹수들의 가죽을 간직했다가 준 것들이었다.

그중엔 호랑이 가죽도 두 개나 있어 돈으로 따진다면 결코 적지 않은 양이었다. 또한 두 사부가 연구를 거듭한 음양접과 빙한수를 응용한 몇 가지의 소품도 품 안에 간직하고 있었다. 그 외에는 식량인 마른 육포가 전부였다.

곰 가죽으로 옷을 만들어 입은 관표는 여전히 백이십 근의 쇠 조끼를 그 안에 걸치고 있었다. 쇠 조끼와 관표는 이미 한 몸이 되어 있었다.

산을 내려간 관표는 부지런히 섬서성의 성도인 장안을 향해 가고 있었다. 일단 장안에 가서 가죽을 팔아 돈이 어느 정도 마련되면 바로 수유촌에 들러 그리운 부모님과 동생들을 만나볼 작정이다. 너무 오래되었다. 오 년의 시간이 늘어 육 년이 되었다.

'많이들 컸겠지?'

동생들의 모습이 선하다.

관표가 무술을 배우고 익힌 태백산에서 성도인 장안까지는 제법 먼 거리였다.

신법을 배우지 못한 관표지만 운룡부운신공으로 몸을 가볍게 해서 발로 땅을 차면, 한 번에 무려 십여 장씩 날아갔다.

잘해서 바람이 순방향으로 불라 치면 마치 낙엽처럼 바람을 타고 날아갔다. 한데 반대로 바람이 역방향이면 가던 그의 몸이 거꾸로 날아가는 것이 아닌가. 그럴 땐 다시 운룡천중기를 이용해 몸을 무겁게 만들어서 땅에 착지하고 걸어가야만 했다.

두 신공을 이렇게 잘만 사용하면 이 방법도 아주 재미있었다. 또한 나름대로 무공 연습도 되었고.

이렇게 무료함을 달래며 삼 일째 산길을 걷던 관표는 섬서성과 감숙성을 이어주는 작은 관도로 들어섰다.

이 길을 따라 끝까지 가면 장안에 다다를 것이다.

마침 바람도 역방향이라 봄의 정취를 만끽하며 천천히 걸어가던 관표는 갑자기 우뚝 멈추어 섰다.

멈출 수밖에 없는 상황이었다.

관표의 앞과 뒤로 십여 명의 인물들이 우르르 몰려나와 그를 둘러싸고 제법 흉흉한 눈초리로 무언의 압력을 행사한다. 그러나 관표의 얼굴은 그저 시큰둥했다.

사대신공으로 인해 오감과 거기에 더해 육감까지 극에 이른 관표는 이미 이들이 숨어 있던 것을 알고 있었다.

무리 중에 한 명의 인물이 걸어나왔다.

뺨에 길게 난 칼자국과 두툼한 입술, 이마 위까지 찢어진 것 같은 눈매, 좋게 말해서 보는 사람으로 하여금 오한이 들게 하는 인상이었고, 나쁘게 말하면 '나 도둑놈이오' 하고 써 있는 얼굴이었다.

사내는 일단 심호흡을 하고 자신의 강력한 무기인 얼굴과 눈에 잔뜩 힘을 주었다. 얼마나 힘을 주었는지 하마터면 먹은 게 밑으로 쏟아질 뻔했다.

이제 이 정도면 준비는 완벽하다고 생각한 사내는 관표를 쏘아보며 말했다.

"네놈이 누구인지는 묻지 않겠다. 단지 네가 지금 등에 메고 있는 것만 내려놓고 간다면 죽이진 않으마."

말한 자신이 생각해도 멋진 직설화법이었다. 그는 아주 만족했다. 이 정도면 어느 누구라도 겁먹기에 충분했고, 자신의 직업을 확실하게 보여주었으리라.

그런데…….

"싫은데."

당당하게 큰소리치던 사내의 눈이 쑥 들어가고 말았다. 당연히 살려달라고 손이 발이 되도록 빌어도 모자란 판에 싫다니.

이건 그가 기다리던 대답이 아니었다.

"뭐라고? 이런 멍청한 자식이 살려주려 했더니 박박 기어오르네. 너

죽고 싶냐?"

"그것도 싫은데."

인상 험하기로 산적들 사이에서 가장 유명한 장칠고(張七高)는 그만 기가 찬 표정으로 관표를 보았다.

'뭐 이런 자식이 다 있냐' 하는 표정이었다.

잠시 생각하던 장칠고는 관표를 자세히 보았다.

하체가 단단하게 중심이 잡혀 있었다.

손발이 길어서 무공을 배우기에도 적합해 보였고, 잘록한 허리와 근육으로 다져진 듯한 상체, 우람한 덩치였지만, 전혀 둔해 보이지 않는 모습이었다.

얼굴을 보니 눈은 맹호의 눈이요, 입술은 두툼하고, 못생긴 얼굴은 아니지만 볼수록 제법 험하게 생긴 모습이었다. 뭔가 자신과 비슷한 냄새가 난다.

아무래도 같은 직종의 인간 같았다. 그리고 다시 보고 나니 상대가 결코 만만해 보이지 않았다.

그렇다면 작전을 바꾸어야 한다.

괜히 싸워서 누군가 다치기라도 한다면 손해다.

중요한 것은 싸우지 않고 상대의 물건을 빼앗아야 산적의 도라고 할 수 있으며, 이는 또한 자신 같은 녹림의 개척자가 할 일이었다.

"험. 자네 말일세, 아직 상황 판단이 안 되는 모양인데."

일단 여기까지 말한 장칠고는 뒤를 돌아보며 한 사내를 보았다.

장비의 수염에 우람한 덩치를 가진 사내는 언뜻 보아도 키가 육 척 이상 가는 큰 키였으며, 손에 무식하게 생긴 도끼 한 자루를 들고 있었다.

장칠고는 그를 슬쩍 가리키며 말했다.

"저분이 어떤 분이신 줄 아는가?"

관표는 사내를 자세히 살펴보았다.

당연히 그가 누구인지 알 턱이 없다.

"저분은 말일세, 바로 녹림왕 관표님일세. 이제 알아듣겠나? 괜히 까불지 말고, 살아 있을 때 고분고분하게 메고 있는 물건 내려놓고 얼른 여길 떠나게. 저분이 화나면 자네의 거시기 털을 몽땅 뽑아서 하수연이처럼 만들고, 입은 붙여서 평생 밥을 못 먹게 한 다음, 저 무자비한 도끼로 자네를 토막 칠지도 모른다네."

완벽한 협박이었다.

"이번에는……."

하고, 어깨에 힘을 준 채 관표를 살핀 장칠고의 표정이 조금 이상해졌다.

녹림왕 관표라고 자신의 두목을 소개하면, 당연히 같은 녹림의 인물이라면 무릎을 꿇고 절을 할 것이요. 평인이라면 '나 살려' 하고 도망칠 것이다.

물론 물건은 그냥 두고서 말이다.

장칠고의 지금까지 경험에 의하면 그것은 아주 지극히 당연한 일이었다. 한데 눈앞의 인간은 무엇인가 달랐다.

반응이 있긴 있는데 전혀 엉뚱하다.

장칠고가 본 그의 얼굴엔 아주 황당하다는 표정이 떠올라 있었다.

'뭐, 이래…….'

오히려 당황한 장칠고가 장비 비슷하게 생긴 자신의 두목 관표(?)를 돌아보았다.

두목인 관표는 큰 눈을 부라리며 손님인 관표에게 다가왔다.

그는 당장이라도 도끼로 관표의 머리를 내려칠 기세였다.

"네 이놈, 이 관표 어른의 이름도 들어보지 못했는가? 내가 바로 녹림왕 관표니라! 머리를 쪼개놓기 전에 어서 물건을 내려놓고 사라져라!"

큰 소리로 외친 것은 아니지만, 목소리에 은근히 힘이 실려 있었다. 보아하니 상당히 여러 번 해본 솜씨다.

그러나 관표는 표정에 조금도 변화를 주지 않고 자칭 관표인 장비 닮은 산적을 보고 있을 뿐이었다.

"이놈! 듣지 못했느냐?"

장칠고가 다시 한 번 고함을 치자, 관표가 멀뚱한 표정으로 말했다.

"네가."

드디어 말을 했다.

모든 시선이 관표의 얼굴에 쏠렸다.

"내놔라!"

"뭐, 뭐라고?"

자칭 관표와 장칠고는 뚜렷하게 들었지만, 잠시 잠깐 그 뜻을 알아듣지 못했다.

산적에게 내놓으라니 뭘 내놓으란 말인가?

"네놈들이 들고 있는 것을 몽땅 내놓으란 말이다."

이번에는 알아들었다.

장칠고는 너무 기가 막혀 말까지 더듬거린다.

"그러니까 너는 우리더러…… 아, 아니, 지금 우리 물건을 털겠단 말이냐?"

"난 산적이다. 하는 일에 충실할 뿐이지."

"산적?"

"사… 산적이라고?"

일시간 시간이 정지되었다.

산적이라니, 장칠고와 가짜 관표를 비롯하여 십여 명의 산적들은 어안이 벙벙하였다.

산적은 자신들인데…….

제일 먼저 정신을 차린 것은 가짜 관표였다. 그래도 두목답게 조금 일찍 사태를 깨우쳤다.

"그렇다면 더욱 잘됐다. 네놈도 녹림의 밥을 먹는다면 내 이름을 들어보았을 터, 같은 직종에 종사하는 신분을 보아서 죽이지는 않겠다. 그러니 등에 짊어진 것을 내려놓고 어서 이곳을 떠나거라!"

"그렇게 못하겠는데."

"이놈, 내가 좋게 말을 했건만."

"모두 멈춰라."

가짜 관표가 화를 내며 관표에게 더욱 협박의 강도를 높이려 할 때, 갑자기 고함 소리가 들리며 일단의 무리들이 나타났다.

가짜 관표를 비롯한 장칠고는 놀란 표정으로 나타난 십여 명의 인물들을 보았다.

나타난 인물들 중 제법 우람한 덩치에 손에 박도를 든 인물이 당당하게 앞으로 나섰고, 그의 뒤로는 중키에 호리호리하게 생긴 인물이 쫓아 나선다.

한데 그 호리호리하게 생긴 인물의 인상이 결코 가벼워 보이지 않았다. 그는 등에 활과 활통을 메고 있었으며, 허리엔 청강검 한 자루를 차고 있었다.

우람한 덩치에 인상이 '나 산적이오'라고 써 있는 인물은 앞서 나왔다가, 옆으로 한 걸음 비켜선다. 그러자 키는 큰 편이 아니지만 호리호리하고 얼굴이 제법 미남 축에 들어가는 이십대 후반의 사내가 앞으로 나섰다.

박도를 든 덩치의 남자가 중키의 미남 청년을 가리키며 말했다.

"이분이 바로 녹림왕 관표님이시니라! 네놈들은 어서 여길 떠나고, 특히 너!"

덩치는 관표를 가리켰다. 이미 먼저 나타난 산적들이 황당하다는 표정으로 자신을 쳐다보는 것은 생각도 안 한다.

"네놈은 등에 메고 있는 가죽들을 전부 내려놓고 사라져라! 목숨만은 살려주마."

관표는 갈수록 어처구니가 없었다.

뭔 놈의 관표가 이리도 많냐?

자신도 알고 보면 관표란 이름을 가지고 있지 않은가? 곰곰이 생각해 보니 이것이 우연인지 필연인지 알다가도 모르겠다. 물론 산속에만 처박혀 있던 관표는 육 년 동안 강호무림의 세계에 자신의 이름이 어떤 의미를 지니게 되었는지 전혀 알 수가 없었다.

문제는 그것이 아니었다.

지금 이곳은 성도인 장안에서도 많이 떨어진, 그야말로 산골 중에 산골이었고 비록 관도이긴 하지만 샛길에 불과했다.

거의 인적이 드문 곳으로 산적들이 업을 하고 살기에도 그다지 좋은 곳이 아니었다. 한데 이런 산속에 한 무리도 아니고 두 무리나 되는 산적들이 나타났으니 이것도 조금은 기이한 일이었다. 더군다나 나중에 나타난 무리들은 지금 이 자리에 십여 명의 산적들이 자신을 포위하고 있는 것을 알면서도 나타났다는 점이었다.

실력에 자신이 있든지, 아니면 모험이라도 해야만 할 정도로 궁해서 어쩔 수 없는 상황이든지 둘 중 하나였다.

관표는 일단 사태를 좀 더 지켜보기로 했다.

덩치의 가당치도 않은 말에 장칠고의 얼굴이 거칠게 변했다.

"이런 미친놈 보았나. 여기 우리 두목님이 바로 녹림왕 관표신데, 네놈이 감히 어디를 사칭하느냐?"

장칠고의 당당한 대꾸에 덩치의 얼굴이 와락 움켜잡은 종이처럼 구겨졌다.

"뭐, 뭐라고! 이런 쳐 죽일 놈, 감히 녹림왕 관표님의 이름을 사칭하다니, 모두 찢어 죽이겠다."

덩치가 화를 내며 어쩔 줄 몰라 하는 상황에서도 미남(?) 관표는 여전히 냉정했다.

"뭐야! 이 개밥의 맹물 같은 놈아, 감히 우리 두목님의 이름을 가지고 사기를 쳐?"

두 사람은 당장이라도 맞붙을 기세였다. 그러나 두 사람은 더 이상 싸우지 못했다.

"네 이놈들, 모두 멈추어라!"

고함 소리와 함께 또다시 일단의 무리들이 나타났다. 그들의 맨 앞엔 키가 육 척 오 촌에 이르는 큰 키에 약간 마른 듯한 얼굴, 그리고 검한 자루를 허리에 찬 인물이 서 있었다. 약간 홀쭉한 얼굴에 독사 눈, 그리고 이마에 두른 영웅건은 제법 호걸의 기풍을 느끼게 하였다.

나타난 인물은 차가운 시선으로 두 무리의 산적들과 관표를, 그리고 관표가 등에 멘 짐승 가죽을 힐끗 본 다음 다시 두 명의 가짜 관표에게 시선을 돌렸다.

"네놈들은 누구기에 감히 내 구역을 침범했느냐?"

나타난 인물들을 보며 혼란스런 표정이던 덩치와 장칠고가 다시 한 번 발끈하였다.

"뭐! 여기가 언제부터 네놈의 구역이었느냐?"

"네놈은 누군데 여길 네 구역이라고 하느냐?"

나타난 큰 키의 장한은 얼굴을 찌푸렸고, 그의 뒤에 있던 한 명의 장한이 그를 가리키며 말했다.

"이분으로 말할 것 같으면……."

"잠깐."

장칠고가 갑자기 고함을 질렀다.

모든 시선이 그에게 쏠렸다.

"혹시 녹림왕 관표님이라고 할 참이냐?"

"그걸 어떻게……?"

그 자리에 있던 사람들의 표정이 모두 참혹하게 변하고 말았다.

관표가 셋씩이나 나타났으니, 참으로 기가 막힌 일이었다.

진짜 관표까지 합하면 관표가 넷이나 된다. 물론 세 명의 가짜 관표가 진짜 관표를 알 턱이 없으니 말이다.

세 사람은 서로를 노려보며 먼저 말을 꺼내지 못했다.

"나도 관표란 이름을 가지고 있는데."

갑자기 관표가 자신의 이름을 말하자 총 사십여 명의 산도적들 얼굴이 좀 더 황당해졌다.

털러 왔더니 털러 온 놈들이나, 털려야 할 놈이나 전부 녹림왕 관표라고 하니 모두 기가 찬 노릇이었다.

진짜 관표를 제외하고 먼저 입을 연 것은 제일 처음 나타난 장비형의 관표였다.

"이 찢어 죽일 놈들! 감히 내 이름을 사칭하다니, 빨리 용서를 빌고 무릎을 꿇어라!"

그의 목소리 하나만큼은 가히 절대적이었다.

목소리가 얼마나 컸던지 관표는 귀가 멍할 정도였고, 다른 두 패는 그 고함 소리에 기가 질린 모습이었다.

정말이지 장비가 고함 하나로 조조의 대군을 물리쳤던 기개를 보는 것 같았다.

장칠고를 비롯한 그 패거리들은 아주 뿌듯한 표정으로 다른 패거리들을 둘러보았다.

상황이 조금 불리해지자 당황한 덩치가 미남형 관표를 가리키며 입에 거품을 물었다.

"허, 이 미친놈 봐라. 우리 두목님이 관표란 이름을 사용한 것은 무려 삼십 년 전 태어나시면서부터이니라! 그러니 네놈보다 훨씬 선배가 아니겠는가? 네놈이야말로 솔직히 관표가 아님을 이실직고해라! 그럼 자비로우신 우리 두목님께서 목숨은 살려주실지도 모른다."

"뭣이! 이 찢어 죽일 놈, 내 이름은 우리 부모님이 지어주신 것으로……."

"우리 두목님은, 두목님의 조부님이 직접 지어주신 것이니라."

둘이 아옹다옹하는 것을 지켜보던 장신의 관표가 눈에 살기를 머금고 말했다.

"이 찢어 죽일 놈들이 감히 내 이름을 사칭해! 내 잠시 동안 세상에 안 나왔더니 산적이란 놈들은 전부 내 이름을 도용하는군. 이 기회에 모든 것을 정리해서 녹림의 기틀을 다시 만들겠다."

장신의 키에 날카로운 독사 눈을 한 그가 살기를 뿜자 강한 살기가 두 사람의 관표를 눌렀다.

제법 날카로운 기상이었다. 그러나 두 명의 관표 역시 전혀 위축되지 않은 채 장신의 관표를 마주 쏘아보았다.

그들 역시 그렇게 호락호락한 성격이 아닌 것 같았다.

그들에게 있어서 홀로 서 있는 진짜 관표는 눈에 들어오지도 않았다.

세 패거리가 묘한 대치를 하면서 관표가 등에 메고 있는 가죽을 노릴 때, 관표는 묵묵히 관도의 한쪽을 바라보고 있었다.

사실 세 명의 도적은 더 이상 물러설 곳이 없었다.

섬서의 명당자리는 세력이 강한 녹림의 무리에게 밀렸고, 그 외의 곳에서는 각 문파마다 녹림의 소탕 작전이 한창이었다.

물론 이는 육 년 전 관표가 화산의 차기 문주와 당가의 최고 후기지수를 해친 후부터였다. 특히 화산의 인물들은 산적이라면 눈에서 불을 뿜어댔다.

육 년간 그들에게 몰살당한 산적의 무리가 무려 오백 명에 이른다는 말이 있을 정도였다.

그런데도 명당자리에서 자생하는 도적들 중 일부는 피해가 없었다. 참으로 신기할 정도였다. 물론 거기에는 반드시 이유가 있을 터지만, 그 내부 사정을 미천한 하위 산적들이 알 도리가 없었다.

그런 저런 비슷한 이유로 세 패거리는 이 구석진 곳까지 밀려왔고, 이제 올 때까지 온 상황이라 더 이상 물러서기조차 어려웠다.

당장 관표가 메고 있는 짐승 가죽이라도 빼앗지 않으면 수하들에게 밥조차 먹이지 못할 상황이다.

두 번째나 세 번째 패거리는 제발 알아서 앞의 무리가 그냥 도망가길 바라면서 관표의 이름을 팔았다.

근데 누가 똑같은 심보를 지니고 있을 줄이야 알았겠는가?

세 명의 관표가 막 일촉즉발의 상황을 향해 치달을 때였다.

"흐흐, 네놈들 중에 관표란 흉악한 놈이 있으렷다!"

세 명의 관표가 흠칫하며 소리가 난 쪽으로 고개를 돌렸다. 그곳에는 이십대 초반의 젊은 미공자 한 명과 나이 사십대의 대한이 나란히 서 있었다.

"네놈은 누구냐?"

"난 철마검(鐵馬劍) 나현탁이라고 한다. 섬서의 밥을 먹는다면 한 번쯤 들어보았을 것이다."

"철마방의 소장주?"

키 큰 관표의 얼굴이 심각하게 굳어졌다.

"철마방의 소장주는 보이고 나는 안 보이는가? 천박한 산적 놈아!"

차가운 목소리와 함께 경장 차림의 여자가 그 옆에 나타났다. 입이 걸죽한 것과는 달리 제법 예쁘장하게 생긴 여자였다.

그녀의 뒤로는 두 명의 장한이 서 있고, 그들은 장대를 들고 있었는데, 그 장대 끝에는 커다란 녹색 깃발이 달려 있었다.

그 깃발엔 붉은 글씨로 다음과 같이 적혀 있었다.

필살(必殺) 관표 무림수호(武林守護). 녹편여량(綠鞭呂亮).

해석해 보면 '필히 관표를 죽여 무림을 수호하겠다'란 뜻이고, 뒤에 네 글자는 바로 그것을 행하는 사람이 녹편여량이란 뜻이었다.

"녹사편(綠蛇鞭) 여량이라니, 그럼 여가장까지?"

세 명의 관표는 얼굴이 창백해졌다. 그러나 그것으로 끝난 것은 아니었다.

"네 눈에 나는 보이지도 않나?"

"나도 있다."

뒤이어 두 명의 남자가 나타났다. 먼저 나타난 인물은 키가 육 척이 넘는 거구였고, 손에는 한 자루의 파풍도를 들고 있었다. 그리고 그 뒤에 나타난 청년은 단창을 든 예쁘장한 얼굴의 청년이었다. 그러나 얼굴이 잘생긴 것과는 달리 미관이 좁고, 눈이 새우눈이라 사람이 졸렬해 보인다.

"제기랄, 섬서사준이 한꺼번에 다 나타났군."

장비형 관표가 조금 질린 표정으로 투덜거렸다.

그의 말이 아니라도 나머지 두 관표의 얼굴은 침통했다. 또한 그들의 수하들은 두려움에 몸을 떨고 있었다.

섬서사준이 얼마나 무서운 존재들인지 잘 알고 있기 때문이었다.

섬서성엔 세력이 가장 강한 화산과 종남, 그리고 철기보(鐵騎堡)를 제외하고, 그 후발 주자로 네 개의 문파가 두각을 나타내고 있었다.

무림에선 이들을 섬서사패라고 칭했는데, 철마방(鐵馬幇), 여가장(呂家莊), 패도문(覇刀門), 섬서목가가 바로 이들이었다.

또한 이들 사패엔 제법 알려진 후기지수들이 있어, 서로 의형제를 맺고 언제나 어울려 다녔는데, 섬서무림에서는 이들을 섬서무림의 삼공자 일공녀, 또는 무림십준에 비교해서 섬서사준이라고 불렀다.

사실 섬서무림이 아니라 자신들 스스로 붙인 이름이지만.

섬서사준이란 철마방의 대공자인 철마검(鐵馬劍) 나현탁, 그리고 여가장의 소공녀인 녹사편 여량, 패도문의 대공자인 낭패도 복사환, 섬서목가의 소가주인 목병인으로, 섬서성에서 이들을 잘 아는 사람들은 저 승사자보다도 이들을 더욱 무서워했다.

이들은 자신들의 세력을 믿고 그야말로 오만 방자함은 이루 말할 수 없었으며, 서로 어울리면서 그 패륜함은 극에 이르고 있었다. 그러나 누가 있어서 감히 이들을 건드릴 수 있겠는가? 보다 못한 섬서무림의 몇몇 의인들이 이들에게 도전하였다가 불귀의 객이 되고 말았으며, 이들의 부모에게 직접 투서도 하였지만 자신의 자식들은 특별하니 그 정도는 누릴 자격이 있다는 말로 일축하였다고 한다.

이렇듯 섬서에서는 유명한 섬서사준이 몽땅 그들의 눈앞에 나났으니 놀라지 않을 수 없었다. 이들 중 한 명만 나타나도 껄끄러운데 넷 모두가 나타났으니, 이제 세 명의 관표는 죽은 목숨이라고 할 수 있었다.

그들로서는 기가 찰 노릇이었다.

기껏 여기까지 도망 와서 칼 밥을 먹을 판이었다.

쪼로록!

갑자기 장비형 관표의 배에서 이상한 소리가 들렸다.

이 상황에서도 그의 배는 너무도 정직했다.

장비형 관표의 얼굴이 좀 더 참혹해졌고, 그 사정을 눈치로 안 두 명의 관표는 조금 전의 적의를 거두고 안타까운 시선으로 그를 보았다. 사실 그들도 어제부터 곡기를 입에 넣어보지 못했었다.

이것을 일컬어 동병상련이라고 한다던가?

네 사람이 나타남과 동시에 백오십여 명의 인물들이 나타나 사십 명에 이르는 세 패의 산적들과 관표를 완전히 포위해 버리고 말았다.

섬서사준의 얼굴에 희열이 스치고 지나갔다.

한 달 전은 이들이 의형제를 맺고 삼 주년이 되는 날이었다.

그들은 모임의 번창과 자신들의 이름을 드높이기 위해서 원대한 계획을 세웠는데, 그것이 바로 녹림왕 관표를 잡는 일이었다. 마침 철마방에 물건을 납품하는 상인으로부터 섬서의 서쪽 끝에 위치한 태백산 근처에서 관표를 보았다는 이야기를 들었다.

이건 하늘이 내린 기회였다.

나현탁은 섬서사준이 모인 자리에서 그 이야기를 하였고, 나머지 사준은 절대 싫을 리가 없었다. 그렇지 않아도 요즘 들어 이것저것 다 시들하고 사는 것 자체가 심심했던 그들이었다.

사람 사냥은 최고의 오락이 아니던가? 싫을 리가 없었다. 그들은 당장이라도 관표를 잡아 영웅이 된 기분이었다.

더군다나 관표를 생포하면 그 가치는 무한정이었다.

우선 그의 목에 걸린 상금은 상상하기조차 어려울 정도로 컸다. 그리고 화산의 무공을 배울 수 있으며, 영웅 대접을 받을 수 있었다.

뿐인가? 화산의 힘을 등에 업으면, 그들은 더욱 공고하게 세력 구축을 할 수 있게 되고, 섬서의 패자인 철기보의 눈치를 더 이상 보지 않아도 된다.

뿐만 아니라 그렇지 않아도 곱지 않은 눈으로 보는 부모님들의 눈을 한순간에 돌려놓을 수 있는 기회이기도 했다.

그들은 서두르기 시작했다.

들리는 소문으로는 철기보의 소보주이자 무림십준 중 일인인 철검(鐵

劍) 몽여해가 관표를 찾아 나선다는 소문이 돌았던 것이다.

몽여해가 철기보의 제자들을 동원해 관표 사냥에 나선다면 그들에게는 기회조차 없을 것이 분명했다.

철기보라면 그들 섬서사패가 전부 힘을 합해도 비교할 수 없는 세력이었고, 몽여해의 무공 또한 이미 정평이 나 있는 상황이었다.

그렇게 시작해서 한 달 동안의 추적 끝에 드디어 관표라 지칭하는 무리들을 찾아내었으니, 그들의 기분은 벌써 무림의 영웅이 되어 있었다.

어차피 이들이 진짜 관표든 아니든 별 상관 없었다. 아니면 강제로라도 관표가 되어야 한다.

실제 관표라면 물론 더욱 좋다.

오래전 무림십준의 두 명이 관표에게 당했다지만, 그것은 무공이 아니라 약물에 당했다고 했으니 암습만 조심하면 된다고 생각했다.

산도적의 무공이 강하면 얼마나 강하겠는가?

하지만 그들이 아직 모르는 진실이 하나 있었다.

얼치기 영웅심이 얼마나 무서운 병인지. 그리고 그 결과가 얼마나 참담할지.

第十一章

가볍게 들어 올려서 무겁게 내리찍는다

나현탁이 앞으로 나왔다.

"네놈들 중에 누가 관표냐?"

마치 그의 말이 끝나기를 기다렸다는 듯이 세 명의 가짜 관표가 한꺼번에 앞으로 나갔다. 덕분에 진짜는 그 자리에 서 있을 수밖에 없었다.

"내가 관표다."

"무슨 소리! 내가 관표다."

"이런 씹어 먹을 놈들 같으니! 진짜 관표는 나다."

나현탁을 비롯한 섬서사준은 모두 얼이 빠진 모습으로 산적들을 보았다.

"이놈들이 단체로 미쳤나? 이거 왜 이래!"

섬서목가의 사영창(蛇影槍) 목병인이 조금 당황한 표정으로 세 명의 관표를 보며 말했다.

"목 형, 어차피 상관없다고. 다 죽이고 저 세 놈만 잡아서 고문을 하면 누군지 곧 알게 될 테니까."

나현탁이 야릇한 미소를 지으며 말했다.

세 명의 관표는 모두 화가 난 표정이었지만 함부로 달려들진 못했다. 막상 서로 관표라고 나서기는 했지만, 상대는 그들이 이길 수 있는 자들이 아니었다.

멈칫하던 관표들 중에 미남자 관표가 어쩔 수 없다는 표정을 지으며 말했다.

"당분간 힘을 합해야겠지."

다른 두 가짜 관표 역시 군말을 하지 않았다.

그들도 그것이 최상임을 잘 알기 때문이었다. 그런다고 이들을 벗어날 수 있을지 의문이지만.

"혹여나 도망칠 생각은 말아라! 지금 이 근처 십 리 안에는 우리 섬서사패의 고수들로 천라지망이 펼쳐져 있으니까."

철마검 나현탁의 말에 세 명의 관표는 얼굴이 더욱 굳어졌다.

자신들은 이제 이들의 손아귀에서 도망치기 어렵다는 사실을 알았다. 그렇다고 그냥 당할 수는 없었다.

"그래, 씨팔. 어차피 죽을 바에는 그냥은 못 죽겠다. 내가 죽더라도 네놈들 중, 반드시 한 명은 함께 데리고 죽어주마."

장비형 관표가 이를 부드득 갈며 도끼를 들고 앞으로 나왔다. 그러나 그 말을 들은 섬서사준은 아주 옹골차게 비웃는 표정으로 장비형 관표를 바라보았다. 그들은 지금 앞으로 나선 가짜 관표의 몸에 내재된 내공의 정도를 충분히 감지하고 있었다.

장비를 닮은 가짜 관표를 비롯해서, 뒤에 서 있는 두 명의 가짜 관표 역시 그 지닌 내공이 그저 평범했다. 말 그대로 조그만 녹림채의 산적 두목 수준, 그 이상도 이하도 아니었다.

처음 이들을 발견한 섬서사준은 기대했던 관표의 무공 수준에 적잖게 실망을 하였다.

그러나 그렇다고 해서 이들 중 관표가 없다고는 생각하지 않았다. 당시 곡무기나 당무영이 당한 것은 이상한 약물 때문이지 관표 자체가 무공이 강한 것은 아니라고 들었기 때문이다.

일단 상대의 무공 수준을 알게 되자 섬서사준은 함께 온 고수들을 뒤로 돌리고 자신들이 직접 나섰다.

아무래도 직접 잡아야 조금 더 영웅답지 않겠는가?

"네 실력으로 말이냐?"

패도문(覇刀門)의 소문주인 낭패도(郎覇刀) 복사환이 의문스럽다는 표정에, 비웃음이 가득한 시선으로 장비처럼 생긴 가짜 관표를 보고 한 말이었다.

장비형 관표의 얼굴이 일그러졌다. 그러나 복사환의 말은 절대 틀린 말이 아니었다. 지금 그의 실력으로는 자신의 말을 이행하기란 불가능에 가까웠다. 그러나 그렇다고 부하들 앞에서 기가 죽을 수는 없었다.

장비형 관표가 눈에 불을 켜고 고함을 치려는 찰나였다.

"네놈은 사람을 너무 가볍게 여기는구나. 당장 나와서 나와 일 대 일로 겨루어보자."

키가 큰 가짜 관표가 복사환을 노려보며 한 말이었다.

장비형 관표는 조금 놀란 표정으로 키가 큰 가짜 관표를 보았다.

"흐흐, 그거 좋지. 세 분은 잠시 기다리시오. 아무래도 내가 먼저 공을 세워야 할 것 같소."

복사환이 나머지 세 명에게 양해를 구하고 성큼성큼 앞으로 나섰다.

복사환을 노려보며 키 큰 가짜 관표가 앞으로 나서려 할 때, 장비처럼 생긴 가짜 관표가 그 앞을 가로막고 나섰다.

"내가 먼저 나섰으니, 저놈은 내가 상대하겠다."

키 큰 가짜 관표는 잠시 멈칫하다가 뒤로 물러섰다.

"어떤 놈이든 상관없겠지."

복사환이 파풍도를 가볍게 휘두르며 앞으로 다가오자, 장비 닮은 가짜 관표는 도끼를 들고 천천히 다가왔다.

관표는 분위기가 조금 이상해지고 있다는 사실을 알았다. 우선 가짜 관표 세 명은 묘한 동질성을 느끼고 서로 적대감을 버린 것 같았다. 아무래도 지금 자신들에게 공동의 적이 있기 때문이기도 하지만, 섬서사준이란 자들에게 남다른 적개심을 가지고 있는 것 같았다. 관표는 이 이유가 궁금해졌다. 그러나 그 사정을 알고 보면 아주 간단한 이유가 있었다.

우선 섬서사패라면 섬서무림의 녹림인들은 이를 갈고 있는 무리들이자 가장 두려워하는 자들이었다.

이들은 자신들의 명성을 위해 녹림인이라고 하면 어른, 아이를 가리지 않고 베어왔다.

심지어는 죄없는 화전민들조차 녹림의 무리로 몰아 몰살시켰다는 소문도 있었다. 그렇게 해서 자신들의 세를 불리고 명성을 쌓았다는 공통점까지 같았다.

지금 이 자리에 있는 녹림인들이라면, 그들의 동료 중에 이들에게 죽었거나 병신이 된 자들도 적지 않았고, 여기 있는 녹림의 인물들이 이런 인적도 거의 없는 산골로 도망쳐 오게 된 원인도 알고 보면 바로 이들 때문이었다. 어차피 포위돼서 도망도 못 간다고 생각하자 그들은 악에 받쳐서 이왕이면 하는 생각으로 마지막 전의를 불사르게 된 것이다.

"네놈만 잡으면 우리 섬서사패는 지금보다 최소 두 배는 더 클 수 있을 것이다."

복사환의 말을 들은 장비처럼 생긴 가짜 관표가 상대를 비웃으면서 말했다.

"꿈 깨라! 이 어린 놈아! 네 어린 개새끼가 우리 셋을 전부 잡아도 네 꿈은 곧 개꿈임을 알게 될 것이다. 괜히 헛수고했으니 참으로 어리석구나."

복사환의 얼굴이 조금 붉어졌다.

듣기에 거북한 욕설이었다.

그가 언제 이런 욕설을 들어나 보았겠는가? 복사환이 당장이라도 파풍도를 휘두르며 달려들려고 할 때였다.

"호호, 복 오라버니, 잠시만요."

간드러진 목소리와 함께 녹사편 여량이 한 발 앞으로 나섰다.

복사환이 씨근덕거리며 여량을 돌아보았다.

"걱정 마세요. 오라버니의 사냥감을 빼앗진 않을게요. 단지 물어보고 싶은 것이 있어서 말이죠."

"빨리 물어봐라."

복사환은 여량의 화사한 얼굴을 보자 끓어오르던 화가 저절로 풀어지는 느낌이었다.

남자가 있는 세상에서 만고불변의 진리가 하나 있다면, 예쁜 여자는 뭘 해도 이쁘고, 죽을죄를 지어도 이쁘다는 한 가지 이유로 용서가 된다는 사실이었다. 또한 남자란 예쁜 여자의 부탁을 화내지 말고 들어주어야 호감을 산다는 사실이었다.

마지못한 듯 여량에게 기회를 주었다.

복사환에게 웃음꽃을 피우던 여량은 장비처럼 생긴 가짜 관표에게 시선을 돌리면서 얼굴에 살기를 담았다.

"조금 전 네놈이 한 말은 무슨 뜻이냐?"

"어린 계집애야, 무얼 말하는 것이냐? 난 할 말이 없다."

여량의 살기에 가슴이 뜨끔했지만, 장비처럼 생긴 가짜 관표는 지지 않고 인상을 험하게 만들며 마주 쏘아보았다.

그렇게 인상을 집중하니까, 선천성 영구불멸의 산적의 모습 그대로였다. 그러나 그 험한 인상에 겁먹을 여량이 아니었다.

그녀는 오히려 더욱 강한 살기를 내비치며 다그쳤다.

"너희 세 놈을 잡아도 우리 꿈이 깨진다는 말이 무슨 뜻이냐? 제대로 말하지 않으면 사지를 잘라 늑대에게 주겠다."

장비처럼 생긴 관표가 여량을 비웃으며 말했다.

"계집, 정말 모른다면 너흰 감히 녹림왕을 잡을 수 있는 자격이 없다."

여량이 발끈하며 고함을 쳤다.

"빨리 말해라, 이 개자식아!"

"어린 계집애가 말을 막하는군. 오냐, 잘 들어라, 이 멍청한 계집애야! 내 이름은 관표가 아니고 철우(鐵牛)라고 한다. 섬서 능현이란 곳에서 대를 이어 도적질로 살아온 능현 철가가 바로 나의 가문이다. 남들은 나에게 낭아곤(狼牙棍) 철우(鐵牛)라고들 하지. 이제 알겠는가? 생각해 보아라. 나같이 하찮은 실력으로 어떻게 녹림왕이란 말을 함부로 쓸 수 있겠는가?"

말을 들은 여량이 몹시 놀란 표정으로 철우를 보았다.

우선 철우가 능현 철가의 후예라는 사실이었다.

능현의 철가라면 녹림칠십이채 중에서도 백 년간 십위권 밖으로 떨어져 본 적이 없는 녹림의 명가였다.

무려 이백 년간이나 대를 이어 산적질을 하면서 그 맥을 이어왔다는 사실은 결코 얕볼 수 없는 저력이었다. 특히 녹림에서 능현 철가는 명가 중의 명가였다.

낭아곤 철우라면 철가 역사상 가장 뛰어난 기재라고 소문이 났었던 당대의 기재였다.

그는 차기 녹림을 이끌 선두 주자 중 한 명으로, 무림십준에 비교되었던 인물이었다. 그러나 능현 철가는 몇 년 전부터 몰아친 녹림 소탕전에 멸문하고 말았다. 특히 철가의 경우 녹림이라면 이를 갈던 화산파에 걸려서 개미새끼 한 마리 살아남지 못했다는 사실은 전 무림인 중 모르는 사람이 없는 일이었다.

당시에 낭아곤 철우 역시 화산의 제자이자 화산삼검의 일인인 곡무진에게 사로잡혔다고 하였었다.

곡무진은 관표의 음양접에 죽은 곡무기의 친동생이었다. 그렇게 죽은 줄 알았던 철우가 이 자리에 나타나자 섬서사준도 조금 놀란 듯했다.

뒤에 있던 두 명의 가짜 관표도 조금 놀란 표정으로 철우를 새삼 다시 보고 있었다. 그러나 진짜 관표는 능현 철가를 알 턱이 없는지라 그저 묵묵할 뿐이었다.

복사환이 조금 의심스런 눈으로 철우를 보면서 물었다.

"네놈은 죽었다고… 더군다나 네가 철우라면……."

뒤는 듣지 않아도 알 것 같았다. 그가 진짜 철우라면 지금 지닌 무공 수위가 너무 보잘것없었다. 또한 그가 자랑하는 낭아곤 대신 도끼를 들고 있었다.

"으드득, 누가 나더러 죽었다고 하더냐? 곡무진, 그 씹어 먹어도 시원찮은 새끼는 나를 잡아서 무공을 전폐하고 시궁창에 던졌다. 그나마 절치부심해서 이 정도나마 된 것이다. 지금 원통하다면 바로 곡무진, 그 개 같은 놈에게 복수를 못하고 죽게 되었다는 사실이다."

철우의 눈이 시퍼런 살기로 번쩍거렸다. 비록 그의 몸에 내공의 흔적은 별로 없지만, 지금 보여지는 기개는 능히 실제 장비에 비해서도 떨어지지 않을 것 같았다.

그 기세를 본 사람들은 그가 낭아곤 철우라는 사실을 모두 믿을 수 있었다.

관표는 은근히 감탄한 표정으로 철우를 보았다.

섬서사준 역시 조금 놀란 표정이었지만, 그가 무공을 전폐당했었다는 사실을 알게 되자 마음이 가벼워졌다.

"미친놈, 그 실력으로 화산에 복수를 꿈꾸다니. 역시 그런 머리기에 하는 짓이 도적질뿐이겠지만."

철마검 나현탁이 비웃으며 말하자, 철우가 당장이라도 도끼를 들고 달려들려 하였다. 그러나 이번에도 여량이 막아섰다.

"흥, 기다려라. 아직 내 말에 대답을 안 했어."

"이 멍청한 계집아, 간단하게 말해서 여긴 네가 찾는 관표란 애시당초 없다는 말이다. 그러니 우릴 모두 잡아도 네년의 꿈은 개꿈이란 것이다. 그따위 머리로 무슨 섬서사준이냐! 그냥 섬서사서(四鼠:네 마리의 쥐)라고 해라."

여량의 얼굴이 창백해졌다. 나머지 섬서삼준의 얼굴도 무척 당황한 표정으로 철우의 뒤에 있는 두 명의 가짜 관표를 보았다.

먼저 키가 큰 관표가 씨익 웃으면서 말했다.

"난 막사야라고 한다. 관표란 이름을 쓰면 꽤 알아준다는 말을 듣고 한번 써봤다."

"난 연자심이란 이름이 있지. 녹림왕의 이름을 도용하면 그나마 장사가 좀 되길래 썼을 뿐이다."

결국 전부 가짜란 말이다.

서로 관표라고 우길 땐 언제고, 이제 와선 서로 가짜라고 한다. 어차피 세상일이란 상황에 따라 달라지는 것이라지만, 섬서사준의 입장에선 놀림당한 기분이었다.

섬서사준도 바보가 아닌지라 이들이 관표가 아니란 것을 조금은 의심하고 있던 차였지만, 막상 사실을 확인하고 나자 허탈해지고 약이 올랐다.

섬서사준의 얼굴이 제법 보기 안 좋게 바뀌었다.

보는 세 명의 가짜 관표나 진짜 관표는 좀 통쾌한 표정이었다.

겁에 질려 있던 산적의 무리들도 한결 여유를 찾으며 그들을 고소하다는 표정으로 바라보았다. 나중에 맞아 죽든 말든, 지금 이 순간만큼은 이들이 승자였다. 그러나 그 기분은 결코 오래가지 않았다.

창백한 표정이던 철마검 나현탁의 얼굴이 점점 밝아지더니 곧 맑은 목소리로 말했다.

"뭐, 좋아! 어쩔 수 없지. 너희들이 관표든 아니든 오늘 여기서 죽는 것은 변함이 없다. 그것도 아주 고통스럽게. 그리고 너희들 중에 한 명은 진짜 관표가 되어 죽을 테니 영광으로 알아라."

이번엔 가짜 관표들의 얼굴이 굳어졌다.

반대로 섬서사준의 얼굴은 밝아졌다.

"호호, 역시 나 오빠는 천재예요. 아주 멋져요."

여량의 칭찬에 나현탁은 상당히 고무된 표정이었다.

미녀의 칭찬은 모든 칭찬 중에서도 가장 듣기 좋게 마련이다.

복사환과 목병인도 나현탁을 치하한 후, 세 명의 가짜 관표에게 점차 다가섰다.

"이런 찢어 죽일 놈들, 그러고도 너희가 정파라고 할 수 있나?"

"네놈들이 그걸 따질 때냐? 알아서 기어도 모자랄 판에."

장비 닮은 관표의 말에 복사환이 흉악한 목소리로 대답한 다음, 그대로 철우를 향해 달려들었다.

'붕' 하는 소리와 함께 복사환의 파풍도가 당장이라도 철우의 머리를 찍어버릴 것 같았다.

철우의 얼굴이 창백해졌다.

소리만 들어도 오금이 저릴 정도의 무지막지한 공격이었고, 사 년 전에 내공을 잃었던 그가 막아내기엔 아무래도 벅차 보인다. 원래 낭아곤을 사용하던 그가 지금 도끼를 들고 있는 것도 문제였다.

"에익!"

소리와 함께 철우는 도끼를 쳐올려 파풍도를 막아갔다.

'꽝' 하는 소리와 함께,

"컥!"

하는 신음 소리를 내면서 철우가 힘겹게 뒤로 물러서다 결국 그 자리에 주저앉고 말았다. 단 한 번의 충돌이었지만, 그 실력 차이를 확실하게 가름한 승부였다.

복사환이 다시 한 번 파풍도를 들고 공격하려 할 때, 키가 큰 가짜 관표였던 막사야가 검으로 복사환을 공격하며 협공을 하려고 하였다. 그러나 어느새 하나의 철편이 기이한 각도로 날아와 막사야의 검을 쳐내었다.

'땅' 하는 소리와 함께 막사야는 손목이 시큰거리는 것을 느끼고 뒤로 주춤거리며 물러섰다. 그 충격이 얼마나 강했던지 검을 놓칠 뻔하였다.

그의 앞 이 장 정도의 거리에 녹사편 여량이 생글거리며 서 있었다. 그녀의 손에 들린 녹사편이 뱀처럼 구불거리고 있었다.

"네놈은 내가 보이지도 않느냐?"

막사야는 자신의 지금 실력으론 도저히 여량을 이길 수 없다는 사실을 깨우쳤다. 갑자기 서글퍼진다.

자신이 어쩌다 도적까지 되었고, 겨우 약관을 벗어난 계집 하나를 상대하지 못하게 되었단 말인가? 그러나 현실은 냉혹하였다.

연자심도 막사야와 마찬가지로 철우를 돕고 싶었지만, 그의 앞을 가로막은 것은 철마검 나현탁이었다.

그 역시 나현탁과 겨루어 단 일 합만에 상처를 입고 이를 악물고 있는 형편이었다.

"파풍도법(破風刀法)의 파풍광천(破風狂川)이니라."

둘이 철우를 도우려다 막힐 때, 복사환의 파풍도는 이미 철우를 향해 재차 공격해 가고 있었다. 더군다나 거창한 도식 명까지 외치며 공격하는 복사환의 표정은 당장 영웅이라도 된 듯이 의기양양해 보였다.

철우는 젖 먹던 힘까지 다 짜내어 복사환의 도를 막아내려 하였다. 그리고 그들 사이로 누군가가 끼어들며 역시 복사환의 공격을 쳐냈다.

땅! 쨍그랑! 하는 소리가 들리며 철우와 또 한 명의 인물이 뒤로 주루룩 밀려났다. 만약 누군가가 목숨을 걸고 달려들지 않았다면 철우는 치명적인 중상을 면치 못했을 것이다. 그렇다고 사정이 크게 좋아진 것은 아니었다.

철우는 중상을 입고 하필이면 관표의 앞에 쓰러진 채 입으로 피를 흘리고 있었으며, 철우를 구하려 했던 장칠고는 부러진 검을 움켜쥐고 관표의 뒤까지 밀려가서 바들거리며 서 있었다.

내상을 입은 것 같았다.

복사환은 내공도 별로 없는 철우가 자신의 공격을 두 번이나 받아내자 조금 놀란 듯했다. 그리고 자신을 방해한 장칠고를 매섭게 노려보는 것 또한 잊지 않았다.

"흐흐, 역시 전력을 다하지 않아서인가? 어디 이번에도 막아봐라."

복사환의 도가 조금 전보다 무서운 기세로 철우를 향해 찍어갔다.

그야말로 직도양단의 단순한 초식이었지만, 그 위세와 빠르기는 능히 바위를 가르고도 남을 것 같았다.

철우는 이를 악물고 도끼를 치켜들었다. 죽을 때 죽더라도 공격은 해보고 죽자는 심정이었다.

모두들 철우의 죽음을 믿어 의심치 않을 때였다.

땅! 하는 소리와 함께 복사환의 도가 중간에 멈추었다.

복사환은 손목이 시큰거리는 것을 느끼고 자신의 앞을 가로막은 인물을 바라보았다.

육 척에 이르는 큰 키, 그리고 곰처럼 우람한 몸, 야수 같은 모습의 남자였다. 그러나 얼굴을 보니 그 인상 또한 기이하다. 어떻게 보면 제법 남자답게도 생겼지만, 어떻게 보면 굉장히 살벌하게 생긴 모습이었다.

무엇보다 놀란 것은 상대가 자신의 도를 막은 방법이었다. 어이없게도 상대는 팔목으로 자신의 도를 막아냈다. 그냥 도를 내려친 것도 아니고 내공이 잔뜩 들어간 파풍도를 말이다.

이 년 전에 비해 관표의 금자결은 거의 완전해져 있었다. 그리고 관표는 지금 나타난 적들이 이 년 전의 복면인들에 비해서 많이 뒤짐을 알고 있었다. 또한 자신의 무공에 대해서 나름대로 자신감도 있었다.

단 한 번이지만 생사를 걸고 싸웠던 경험은 여러 가지로 관표를 성장하게 만들어주었다.

"이, 이게⋯⋯."

복사환은 말을 더듬었다.

"내가 바로 관표다. 내게 볼일이 있었는가?"

"이런 개자식이 이젠 안 믿⋯⋯."

복사환은 말을 다 할 수 없었다.

관표가 주먹을 휘둘렀고, 퍽! 하는 소리와 함께 복사환의 면상에 들어가 박혔다.

별로 빠른 공격은 아니지만, 관표의 무공을 얕본 복사환은 관표가 그런 식으로 무식하게 공격할 줄은 몰랐다.

팔목엔 무엇인가 갑주를 차고 있으리라 생각했다. 또한 내공 한 점 없어 보이는 관표가 주먹질을 해봐야 얼마나 위력이 있겠는가? 그 방심이 복사환을 치명적으로 몰고 간 것이다.

지독하게 아프다. 그리고 뭔가 우수수 떨어지는 느낌이 들며 복사환의 몸은 삼 장이나 날아가 땅바닥에 처박혔다.

관표는 이 주먹에도 대력철마신공의 금자결(金字訣)을 가미했다.

금자결이 무엇인가? 간단하게 자신의 신체 일부분을 쇠보다 더 단단하게 만드는 방법으로, 복사환은 주먹이 아니라 쇳덩이에 맞은 셈이었다.

이 십여 개가 부서져 내린 것은 당연지사였다. 그나마 내공이 꽤 만만찮은 복사환이었기에 망정이지 보통 사람이었다면 머리가 부서졌으리라.

관표는 상대가 방심한 사이 빠르게 공격하느라 금자결을 제대로 운용하지 못했고, 내공도 제대로 실리지 못한 상황이었다. 특히 팔목의 금자결을 풀며 주먹으로 금자결을 모으는 데엔 약간이지만 시간이 걸렸다.

대력철마신공의 금자결은 몸의 단 한 군데만 사용할 수 있을 뿐이었다. 물론 신공의 깊이에 따라 유동적이었다.

남은 섬서삼준이나 세 명의 가짜 관표는 모두 멍청한 표정으로 관표를 보았다.

그들로서는 너무 갑작스런 일이라 잠시 혼란스러웠다. 물론 그렇다고 그들 중에 지금 관표를 진짜 관표로 보는 사람은 없었다. 지금 섬서 땅에 너무 많은 가짜가 판을 치고 있었고, 섬서삼준은 지금까지 진짜 관표나, 가짜 관표 세 명이나 똑같은 한 패로 보고 있었으니 당연했다. 더군다나 아무리 보아도 관표의 몸엔 내공이 있어 보이지 않았다.

태극신공 덕분이었다.

"이런 쳐 죽일 놈이, 또 거짓말을 하는군. 뭣들 하느냐? 어서 저놈을 공격해서 죽여라."

나현탁이 고함을 질렀다.

그는 단 한 방으로 복사환을 기절시킨 관표가 두려웠다. 그것은 여량이나 목병인 역시 마찬가지였다. 그래서 우선 자신의 수하들로 하여금 공격을 하게 만들어 관표의 무공 수위를 보고 나서 그를 공격하든지, 도망가든지 결정할 생각으로 공격 명령을 내린 것이다.

관표는 섬서사준의 수하들이 점점 다가오자 긴장되는 마음을 애써 진정하였다.

서서히 태극신공을 끌어올려 마음을 가라앉힌 관표는 다가서는 자들을 노려보았다.

섬서사준의 수하들 또한 복사환이 한 방에 쓰러지는 모습을 본 참이라 함부로 달려들지 못했다.

이를 본 나현탁은 검을 뽑아 들고 고함을 질렀다.

"빨리 공격하라! 만약 조금이라도 주저하는 자가 있다면, 이렇게 될 것이다."

나현탁은 조금도 망설이지 않고, 철마방의 제자들 중 두려움에 엉덩이를 빼고 쭈뼛거리던 한 명의 목을 쳐 버렸다.

그러자 나머지도 각자 무기를 빼 들고 주춤거리는 자신의 수하들을 가차없이 베어버린다.

이렇게 되자 섬서사준의 수하들은 죽기 살기로 관표에게 달려들었다.

관표는 태연한 표정과는 달리 많이 긴장하고 있었다. 우선 그는 아직 실전 경험이 많지 않았다. 그리고 그의 두 사부가 한 말이 있었다.

"네가 사대신공이 완벽한 것도 아니고, 제대로 사용할 수 있는 초식이 있는 것도 아니다. 사대신공이 워낙 뛰어나 일반 무사들을 상대하는 것은 어렵지 않지만, 일류고수를 만나면 전에 우리가 당무영이나 곡무기에게 당한 것처럼 될 수도 있다. 그러니 항상 조심하거라!"

따라서 걱정되는 마음도 있고, 죽자 살자 달려드는 상대들을 어떻게 해야 할지 당황했지만, 그건 아주 잠깐이었다. 그는 예전 복면인들과의 결투 이후, 자신의 부족한 점을 뼈저리게 느끼었다. 그 이후 나름대로 사대신공을 배합하여 싸우는 법을 익히고 또 익혀왔었다.

"이야압."

하는 고함과 함께 관표의 몸이 앞으로 뛰쳐나갔다.

그것도 달려드는 섬서사패의 무리들 한가운데로.

모두들 놀라서 관표를 본다.

무기도 없이 맨손으로 검과 도를 든 무리 속으로 그냥 뛰어드는 것은 자살하고 싶은 사람이나 하는 짓거리였다. 한데 지금 그런 미친 짓을 관표가 하고 있었다.

맨 앞에서 달려들던 철마방의 수하는 힘껏 자신의 검으로 관표를 내려쳤다.

순간, 뛰어들던 관표는 손목으로 상대의 검을 막고, 몸통으로 검을 내려친 상대의 가슴을 들이받아 버렸다.

픽! 하는 소리와 함께 관표와 충돌한 철마방의 수하는 마치 집어 던진 막대기처럼 뒤로 날아가 그 뒤에 있던 자신의 동료 십여 명을 와르르 무너뜨리고 나서야 그 자리에서 기절하고 말았다.

운룡천중기가 가미된 관표의 몸통 박치기에 그의 가슴은 이미 완전히 박살이 났고, 뒤로 날아간 힘이 얼마나 강했는지, 그와 충돌한 십여 명의 동료들은 심한 타박상을 입은 채 땅바닥을 구르고 말았다.

이 엄청난 결과에 모두들 입이 딱 벌어졌다. 그러나 거기서 끝난 것은 아니었다.

관표의 엄청난 힘에 주춤하는 여가장의 수하를 관표의 무지막지한 주먹이 내려쳤다.

컥! 하는 소리와 함께 그 자리에 개구리처럼 뻗어버린다. 주먹에 맞은 머리는 바위에 맞은 것처럼 함몰된 채였다.

섬서사패의 인물들이 놀라서 주춤거렸다.

관표는 일단 공간이 확보되자 바닥에서 사람 머리통의 두 배만한 바위를 너무도 가볍게 들어 올렸다.

일단 운룡부운진기로 가볍게 만들어 솜처럼 들어 올린 관표는 그것을 한 손에 들었다. 이어서 건곤태극신공(乾坤太極神功)의 흡자결을 손바닥에 운용하자 돌은 마치 손과 하나가 된 것처럼 착 달라붙었다.

그리고 관표는 빙그르르 회전을 하였다.

모두들 쟤가 뭐 하나 하고 관표를 바라볼 때, 관표는 손바닥에서 흡자결을 풀어버림과 동시에 바위에 중자결을 넣어버렸다.

바위가 날아간다.

회전 운동이 직진 운동으로 바뀌면서 가속이 붙은 데다가, 관표의 손바닥을 떠나는 순간 봉인된 중자결로 인해 그 바위의 무게가 얼마나 늘었는지는 아무도 모른다.

웅, 하는 소리와 함께 바위가 날아오자 맨 앞에 있던 서너 명의 인물들이 검과 도를 휘둘러 쳐내려 하였다.

땅! 따당! 하는 소리가 연이어 들리면서 '크아악' 하는 비명이 들리고, 이어서 벌어진 엄청난 결과에 섬서삼준은 물론이고, 세 명의 가짜 관표도 입을 딱 벌린 채 굳어버렸다.

날아온 바위는 앞에 몇 사람의 무기는 물론이고 사람까지 박살 내고 그대로 돌진해 날아가 직선상에 있던 대여섯 명의 인물들까지 한꺼번에 뭉개 버렸다.

그게 끝은 아니었다. 그러고도 힘이 남아 무려 십여 장이나 더 날아가 거대한 나무 한가운데 들어가 박혀 버렸다.

뿐인가? 그 돌멩이에 스친 자들은 팔이 날아가고 등짝이 찢어진 채 바닥에 뒹굴고 있었다.

단 한 번에 십여 명이 넘는 사상자가 생긴 것이다.

"저, 저……."

나현탁은 혀가 굳어서 말이 안 나왔다.

상상도 할 수 없는 격투 방식이었고, 그냥 던진 바위가 저 정도 위력을 가지려면 대체 어떤 방식으로 해야 가능한 것인지 짐작할 수가 없었다.

몇 갑자의 내공으로 던지면 저런 위력을 낼 수 있는가? 여량이나 목병인 역시 눈이 튀어나오려다 만 모습으로 나무 가운데 박힌 바위와 관표를 번갈아 보았다.

두꺼비 눈하고 조금 비슷하다.

그러나 관표는 더 이상 움직이지 않고 참혹하게 죽은 시체들을 보고 있었다.

비록 곡무기나 당무영이 자신으로 인해 죽었지만, 그들은 당연히 죽어도 되는 무리들이라 생각되었고, 자신이 직접 죽이진 않았다.

그리고 한 소녀를 구출하기 위해 다섯을 죽인 적이 있었지만, 그때와 지금은 또 달랐다. 물론 살기 위해서라고 하지만 사람을 죽인 셈이었다. 더군다나 한꺼번에 대여섯 명이나 죽이고 보니 관표의 심정은 어떻게 표현할 수가 없었다. 그래도 처음보다는 나았다.

'이것도 중독되나?'

씁쓸했다.

하지만 이렇게 확실한 힘의 차이를 보여줘야 다시는 덤비지 않을 것이다. 그렇지 않으면 더 많은 사람을 죽여야 할지도 모른다. 관표가 두 사부에게 배운 것 중 하나였다.

관표가 침통한 표정으로 뚜벅뚜벅 걸어갔다.

세 명의 관표도 수하들을 데리고 그 뒤를 따라나섰다. 누구도 감히 관표의 앞을 가로막지 못했다.

관도를 걸어가자 그 앞에 있던 무리들은 알아서 허겁지겁 피해서 길을 터주었다.

포위망을 벗어나자 그 앞에는 섬서목가의 사영창 목병인과 여가장(呂家莊)의 소공녀인 녹사편 여량이 나란히 서 있었다.

두 사람은 완전히 굳어 있었다.

조금 전 관표가 던진 바위는 두 사람의 바로 앞을 스치고 날아갔다. 그때 이미 두 사람은 전의를 상실한 상황이었고, 실제로 본 바위의 엄청난 위력 앞에 몸이 굳어 있던 참이었다. 한데 관표가 자신들에게 다가온다.

둘은 피하고 싶었다. 그렇지만 몸이 움직이지를 않았다.

세상에 두려울 것이 없던 그들이었다.

남을 죽여는 보았어도, 남에게 죽는다는 생각은 해본 적도 없었다. 그런데 지금 관표를 보자 정말 자신들을 죽일 것 같았다.

두 사람은 오금이 저려 겨우겨우 길을 비켜주었다.

제발 그냥 가길 바라면서.

여량의 앞을 지나던 관표가 그녀와 목병인을 번갈아 쏘아보았다.

관표로선 섬서사준에 대한 인식이 좋을 수가 없었다. 그들의 하는 짓거리가 전에 당무영과 곡무기, 그리고 하수연과 다른 점이 없어 보였다.

또한 이들로 인해 관표는 살인을 하게 되지 않았는가?

관표의 살벌한 눈길에 여량과 목병인은 그 자리에 주저앉고 말았다. 일어서려고 해도 다리가 후들거리고 몸에 힘이 없었다.

그 꼬라지를 본 산적들은 한심하다는 표정으로 목병인과 여량을 보면서 관도 저쪽으로 사라지고 있었다.

관표와 세 패의 산적들이 사라지고 나자 나현탁은 몸을 부르르 떨었다. 그제야 정신이 든 나현탁은 자신들이 얼마나 한심하고 창피한 짓을 했는지 돌이켜 생각해 보고는 도저히 참을 수가 없었다.

그는 급하게 품 안에서 손바닥만한 피리를 꺼내어 힘차게 불었다. 그 피리 소리를 들은 여량과 목병인도 각자 자신이 데리고 온 수하들에게 연락을 취하기 시작했다.

잠시 후, 수백여 명의 인물들이 관표와 산적들이 사라진 곳을 향해 움직이기 시작했다.

관표의 뒤를 따르는 세 패의 산적들은 관표에게 묻고 싶은 것이 많았지만, 물을 수가 없었다.

관표의 표정이 무척 어두워 보였기 때문이었다.

일행들 중, 세 명의 두목들은 관표가 사람을 죽인 것으로 인해 혼란한 상태임을 직감하였다. 그렇기 때문에 더욱 말을 걸지 못하고 그저 주춤거리며 그 뒤를 따르기만 하였다.

이때 그들의 앞을 가로막는 오십여 명의 인물들이 있었다. 모두 짧은 단창을 들고 있는 것으로 보아 섬서목가의 인물들임을 알 수 있었다.

그들의 맨 앞에는 우람한 덩치에 은은한 묵빛이 도는 단창을 든 장한이 서 있었다.

"흑영창(黑影槍) 목요로군."

흑영창 목요는 섬서목가에서 두각을 나타내는 젊은 고수 중 한 명이었다.

목요는 관표와 세 패의 산적들을 보면서 차갑게 웃었다. 그는 눈앞의 오합지졸 같은 산적들은 안중에도 없었다.

조금 전에 날아온 소가주의 신호에 의하면, 이들은 포위망을 겨우 뚫고 도망쳤다고 했다.

소가주는 일단 이들을 막아선 채 시간을 끌며 기다리라고 하였다.

잠시 후면, 사방을 포위하고 있던 다른 섬서사패의 무리들도 곧 나타날 것이다.

그러나 목요의 입장에서 보면 그건 안 될 말이었다. 그들이 오기 전에 이들을 모조리 잡아서 공을 세워야 직성이 풀릴 일이었다. 겨우 산적들을 상대로 섬서사패의 협공이라니, 그건 말도 안 되는 이야기였다.

"호호, 네놈들, 운 좋게 여기까지 왔구나. 하지만 여기까지다. 시간이 없으니까 네놈들을 사로잡은 후에 뭘 물어도 묻겠다. 모두 쳐라!"

목요의 명령에 오십여 명의 목가 무사들이 관표와 세 패의 산적들을 향해 벌 떼처럼 달려들었다.

세 명의 가짜 관표인, 막사야와 연자심, 그리고 철우의 안색이 굳어졌다.

정식으로 무공을 배운 오십여 명의 무사들을 상대로 싸운다면, 지금 자신들 세 명을 제하고 나머지 수하들은 살아남기 힘들다고 봐야 했다. 그들은 자신도 모르게 애절한 눈으로 관표를 보았다.

마음이 심란했던 관표의 얼굴이 스산하게 변했다.

"독하게 마음을 먹어라! 손을 쓰려면 철저하게 써야 한다."

사부님들의 목소리가 관표의 귓전에 울려 퍼졌다.

'독해야 한다.'

관표는 사냥감을 쫓는 맹수들처럼 달려드는 무사들을 바라보았다. 그들에게 녹림채의 사람들은 그저 사냥감에 불과할 뿐이었다.

'소심하게 마음을 먹으면 내가 사냥당한다.'

곡무기와 당무영의 모습이 스치고 지나갔다.

관표의 눈이 침착하게 가라앉았다.

또 한 번의 결투를 거치면서 그의 마음에 여유와 자신감을 심어준 탓인지 그의 표정엔 두려움이 없었다.

하지만 그의 마음엔 폭풍이 몰아치고 있었다. 마음속 가득한 혼란함을 털어낼 무엇인가가 필요한 순간이었다.

폭력을 쓴 이유로 혼란했던 마음을 폭력으로 푼다.

대충 그것도 괜찮은 일이었다.

관표는 주변을 보았다.

문득 길가 옆에 벼락을 맞고 쓰러져 있는 소나무 하나가 보였다. 어른 팔로 반 아름은 될 것 같은 굵기였고, 길이는 능히 오 장은 될 것 같은 소나무였다. 특히 꼿꼿하게 자랐던 나무라 제법 모양새도 좋았으며, 위쪽은 나무가 쓰러질 때 충격으로 부려져 있었다.

즉 위아래가 부려져서 마치 다듬어지지 않은 통나무 기둥 같은 모습이었다. 또한 벼락을 맞은 지 얼마 안 된 듯, 아직 생나무 그대로였다.

관표는 그 소나무를 운룡부운신공으로 들어 올렸다. 마치 가벼운 막대기처럼 들려진다.

일단 관표가 소나무를 들어 올리자, 위아래가 적당히 부려져 있었던 벼락 맞은 소나무는, 어른 팔로 반 아름 굵기에 오 장 정도 되는 통나무 기둥처럼 당당하게 그 위용을 드러냈다.

공격해 오던 무사들이 그 자리에 멈추었다.

말이 통나무 기둥이지, 오 장이나 되는 거대한 나무를 가볍게 들어 올린 관표의 괴력 앞에 모두들 할 말을 잃고 말았다. 그러나 그 놀라움은 너무 빨랐다.

관표는 벼락 맞은 소나무의 중간을 잡고 머리 위로 들어 올렸다. 그다음 관표는 앞으로 돌진하기 시작했다.

무식하게 거대한 통나무를 가볍게 들고 폭풍처럼 달려오는 관표의 모습은 일반 무사들이 볼 때 인간이 아니었다.

모두들 그저 넋을 놓고 그 모습을 보고 있을 때, 관표는 통나무를 가볍게 오른쪽으로 놓았다가 휘둘렀다.

부웅! 하는 소리가 들리며 대기가 찢어지는 듯한 소리가 들려왔다.

"허억, 피, 피해라!"

목요는 혀가 굳어서 말이 안 나올 지경이었다.

거대한 나무 기둥을 마치 작은 막대기 휘두르듯이 하는 관표의 위용은 그야말로 하늘의 신장과 다를 것이 없었다.

다급한 목요는 자신의 창을 휘두르며 관표를 향해 달려들었다. 아무리 그래 보았자 소나무에 불과하다.

목요는 자신의 무공이면 관표가 휘두르는 소나무 정도쯤은 능히 잘라 버릴 수 있으리라 생각했다.

돌아가는 나무 기둥과 창의 날이 충돌하였다.

퍽! 하는 소리가 들리는 순간 목요는 무엇인가 잘못되었다는 사실을 알았다. 그러나 그것은 그가 세상에서 마지막으로 느낀 감각이었다.

들어서 돌리는 것은 부운신공이었지만, 상대와 충돌하는 순간은 운룡천중기의 중자결이 주입된 통나무다. 부운신공이 운룡천중기의 중자결로 바뀌는 순간 통나무의 무게는 원래 무게의 열 배가 넘어가고 있었다.

거기에 관표의 내공이 더해졌다.

통나무를 자르기도 전에 창은 그 힘을 이기지 못하고 튕겨져 나갔으며, 그 무식한 통나무는 창을 퉁겨내며 정통으로 목요의 허리를 부순 채, 그의 몸통을 송두리째 십여 장이나 날려 보냈다.

그리고 통나무와 충돌한 목요의 창은 이십여 장이나 날아가서 거대한 나무 중간에 들어가 박혔다.

관표는 일단 목요가 날아가는 것을 보고, 다시 한 번 통나무를 휘두르며 목가의 무사들에게 달려들었다.

운자결로 구름처럼 가볍게 만들어 들어 올리고, 중자결을 가미해서 휘두르는 통나무의 위력은 쇠기둥보다 더 위력적이었다. 그리고 막대기보다 더욱 가벼워진 통나무는 길고 빠르다.

통나무의 길이를 감안한다면 그 살상 범위는 정말 가공하다 할 만하였다.

단 한 번에 십여 명이 창으로 통나무를 막았지만, 중자결이 포함된 통나무는 용서가 전혀 없었다.

십여 개의 창이 한꺼번에 부러져 날아갔고, 십여 명은 그 위력에 휩쓸려 날아갔다.

또 한 번 휘두르자, 다시 서너 명의 사상자을 내었는데, 한 명은 허리가 낫처럼 꺾어졌고, 한 명은 머리가 눌린 육포처럼 변했으며, 또 한 명은 가슴이 으스러져 버렸다.

살아남은 목가의 무사들 중 절반은 무기를 버리고 바닥에 전부 엎드려 버렸다. 그들은 고개를 바닥에 처박고 그저 벌벌 떤다.

이건 아예 상대가 될 수 없는 상황이었다.

관표는 통나무를 어깨에 둘러메고 그들 사이를 당당하게 지나갔다.

세 명의 가짜 관표나 겨우 살아남은 섬서목가의 무사들이나 이런 무식하고 살벌한 무공이 있다는 소린, 그 이전에 들도 보도 못했었다.

第十二章
녹림투왕의 전설은 시작되고

"비켜라."

관표가 거칠게 말하면서 앞으로 나서자 그나마 이러지도 저러지도 못하던 섬서목가의 무사들은 마치 바람에 날리는 낙엽처럼 한쪽으로 쏠린 채 그를 피하기에 급급했다. 우왕좌왕하며 관표로부터 멀어지려고 발버둥 치는 섬서목가의 무사들을 보면서 막사야는 그들이 불쌍해 보이기까지 했다. 그리고 통쾌했다.

너무도 통쾌해서 고함이라도 치고 싶은 심정이었다.

물론 그 기분은 막사야뿐만 아니라 다른 두 명의 가짜 관표와 그 외의 산적들도 마찬가지였다.

관표를 보는 섬서목가의 무사들이나 산적들에게 있어서 관표는 인간이 아니었다.

인간이라면 저 거대한 통나무를 봉 다루듯이 휘두를 순 없는 노릇이다.

이건 내공의 고하 문제가 아니었다.

내공이 강하다고 지금 관표가 보여준 위력을 보여줄 수 있을까? 거대한 통나무 하나를 그렇게 수월하게 하나의 무기로 사용할 수 있을까? 그리고 저 무지막지한 위력은 어떻게 나온단 말인가? 그들은 지식과 경험으로 통나무에 맞아 죽은 무사가 있다는 이야기는 들어본 적이 없었다. 그것도 한두 명이 아니라 십여 명 이상이 한꺼번에 맞아 죽었다.

무사들이나 산적들이 납득할 수 없는 이유는 통나무에 맞아 죽었다는 사실보다는 통나무가 가진 위력이었고, 그런 위력을 나오게 하는 방법이었다.

그리고 통나무를 저렇게 가볍게 다룰 수 있느냐 하는 점이었다. 관표가 휘두를 때 보면 통나무가 솜으로 만들어졌어야 옳았다. 그렇지 않으면 저렇게 가볍게 다룰 수 있을까? 한데 맞은 자를 보면 전혀 그렇지가 않았다. 그게 납득되지 않는다.

분명 내공의 힘이나 단순한 힘만으로는 도저히 설명할 수 없는 무언가가 있는 것 같았다.

아무리 생각해도 불가사의한 문제였다.

관표가 터벅거리며 걸을 때, 섬서목가의 수하들은 모두 기가 질려 고개를 들지 못했다.

관표와 그의 뒤를 따르는 세 패의 산적들이 시야에서 사라지고 나자, 그제야 섬서목가의 수하들은 그 자리에 주저앉았다. 아직도 조금 전 본 엄청난 모습이 시야에서 어른거리며 다리가 후들거렸다.

통나무에 맞아 죽은 동료들의 모습은 그야말로 처참했다. 마치 태풍이 휩쓸고 지나간 것 같은 모습이었다.

태풍은 태풍이었다.

통나무 태풍.

관표가 떠난 곳에는 그가 버리고 간 통나무만이 덩그러니 남아 있었다.

한 명의 무사가 믿을 수 없다는 표정으로 다가가서 그 통나무를 들어본다. 끙끙거리고 한쪽을 들어 올리고 휘두르려 하다가 허리를 삐끗하고 주저앉는다.

보던 동료들이 한숨을 몰아쉰다.

관표는 관도를 따라 걷다가 갑자기 멈추었다.

뒤를 따르던 산적의 무리들도 길을 멈춘다.

산적들은 불안한 시선으로 관표를 보았다. 알고 보면 자신들은 그의 물건을 빼앗으려 했던 도적들이 아닌가?

관표는 돌아서서 자신을 따라온 무리들을 보았다.

산적들도 모두 긴장한 표정으로 관표를 본다.

미안함, 난처함, 두려움, 기대감, 경외감 등이 포함된 그들의 시선은 여러 가지로 복잡 다양했다.

"아직도 내 등에 있는 가죽이 필요한 거요?"

관표의 나직한 물음에 세 명의 두목은 얼굴이 홍시처럼 붉어졌다. 그중 성질 급한 철우가 참지 못하고 고개를 숙이며 말했다.

"천부당만부당하신 말씀입니다. 우리 따위의 실력으로 어떻게 감히 그런 생각을 하겠습니까?"

"그럼 무슨 일로 나의 뒤를 쫓는 겁니까? 나도 직업이 산적이지만, 밥도 제대로 먹지 못하는 동종의 사람들을 털고 싶지 않습니다. 그러니 이제 그만 돌아들 가십시오."

밥도 제대로 먹지 못한, 이란 말을 들은 산적들은 수치심에 고개를 들지 못했다.

자신들 스스로 생각해도 참 한심스런 일이었다. 한데 관표의 말을 듣자마자 산적들의 배 속에서 '꼬로록' 하는 소리가 들리기 시작하더니, 금방 전염병처럼 번져 나갔다. 갑자기 여기저기서 '꼬로록' 하는 소리가 합창을 하는 것이 아닌가?

산적들의 체면은 땅에 떨어지고 말았다.

세 명의 두목 중에 그래도 얼굴이 좀 두꺼운 편인 철우는 자신의 배를 툭 치면서 말했다.

"산왕께서는 정말 녹림왕 관표이십니까?"

지금 그에게 가장 궁금한 것은 그것이었다. 처음에는 설마 했던 산적들도 몇 차례 관표의 실력을 보고 나서는 생각이 달라졌다. 그 정도의 실력이라면 굳이 녹림왕의 이름을 도용할 필요가 없다. 그런데 스스로 관표라고 했다면 정말 녹림왕 관표일지도 모른다고 생각했다.

관표는 철우를 묵묵히 바라보며 대답했다.

"내가 관표 맞소."

관표가 무표정한 표정으로 말하자, 세 명의 두목과 산적들의 표정이 굳어졌다. 그리고 서서히 퍼지는가 하더니, 그들은 일제히 그 자리에서 무릎을 꿇는다.

"막사야가 녹림왕을 뵙습니다. 동도들은 저를 단혼검(斷魂劍)이라고 부릅니다."

"귀영철궁(鬼影鐵弓) 연자심이 녹림왕을 뵙습니다."

"낭아곤 철우가 녹림왕께 인사드립니다."

갑작스런 사태에 관표는 어안이 벙벙하였다.

"나를 압니까?"

이번엔 오히려 세 명의 두목이 당황한 표정을 지었다.

"녹림왕 관표님이 아니란 말입니까?"

관표는 곰곰이 생각해 보았다.

아무래도 이들이 말하는 녹림왕 관표는 자신이 맞는 것 같았다. 특히 곡무기와 당무영을 해한 자라면 자신 말고 누가 있겠는가? 관표는 당무영과 하수연이 살아 있다는 사실은 아직 모르고 있었다.

관표가 확인한 것은 곡무기 한 명의 죽음뿐이었다.

당시 관표로 인해 무림은 한 차례 큰 소동이 벌어졌다.

십 년 이래 최고의 사건으로 꼽히는 당시의 사건은 지금도 무림에서는 전설처럼 회자되고 있었다.

관표란 이름은 이미 무림의 공적이 되어 있었으며, 녹림의 무리들에겐 전설이 되어 있었다.

관표의 스승이 우연히 쓴 녹림왕이란 호칭을 현 녹림의 세계에서는 그대로 받아들인 지 이미 오래였다.

심지어는 녹림왕이 나타나는 순간 강호무림은 새로운 역사를 맞이할 것이고, 세상은 녹림의 세계가 될 것이라는 말까지 떠돌았다. 이래 저래 이미 무림의 전설이 된 관표였지만, 그는 이런 사실을 전혀 모르고 있었다. 하물며 자신의 목에 얼마나 많은 상금이 걸려 있는지조차 모르고 있었다.

"당신들이 말하는 녹림왕 관표가 곡무기와 당무영을 죽이고 하수연을 욕보인 자라면 내가 맞을 겁니다. 당무영은 죽었는지 살았는지 알 수 없지만 말입니다."

관표의 대답에 세 명의 두목과 산적의 무리들은 다시 한 번 고개를 숙여 절을 한다.

"그러실 줄 알았습니다. 녹림왕이 아니면 누가 감히 조금 전과 같은 신위를 보일 수 있겠습니까?"

철우의 목소리가 떨려 나왔다.

그는 뼛속까지 녹림의 피를 이어받은 인물이었다. 그래서 더 더욱 녹림왕에 대한 감회가 새롭다고 할 수 있었다.

철우뿐이 아니라 녹림의 밥을 먹은 인물들이라면 녹림왕이란 이름만으로도 가슴이 설레일 것이다. 특히 이들처럼 녹림 칠십이채에 속하지 않은 변방의 녹림인들에게 있어서 녹림왕 관표의 이름은 신앙에 가까웠다.

반대로 녹림 칠십이채의 경우 녹림왕이란 존재는 거북한 존재라고 할 수 있었다. 특히 현 녹림 칠십이채의 채주인 녹림철마(綠林鐵魔) 사무심에게 있어서 녹림왕이란 이름의 관표는 자신의 밥그릇을 빼앗으려는 도적에 불과했고, 실제로 그의 권위를 흔드는 최고의 적이었다.

관표는 자신의 앞에 무릎을 꿇고 앉아 있는 인물들을 보면서 암담한 표정을 지었다. 그도 지금처럼 누군가에게 환대를 받아본 적이 없었기에 지금 상황에서 이들에게 어떻게 대해야 할지 난감했던 것이다.

단혼검 막사야는 셋 중 나이가 가장 많았다.

나이가 많은 만큼 눈치도 빨라서 지금 관표의 상황을 눈치챘다.

그는 빠르게 생각을 정리했다. 실제 한 번의 위험을 벗어났지만, 조금 있으면 근처를 포위하고 있던 섬서사패의 무리가 몰려올 것이고, 설혹 지금 도망간다고 하더라도 자신들의 실력으론 언제 또 이런 상황을 맞이할지 몰랐다. 그때가 언제일지 몰라도 이런 상황이 다시 온다면 아무리 생각해도 몰살을 면할 방법이 없었다. 그리고 이미 섬서사패와 원한을 만들었으니 앞으로 그들과의 알력도 피할 수 없었다. 그리고 그 결과는 안 봐도 뻔한 일이었다.

자신이나 나머지 두 패의 산적들이나 섬서사패와 겨룰 수 있는 실력도 능력도 없다. 그렇다면 그들이 조금이라도 살아날 확률을 높이려면 뭉치는 방법뿐이다. 그러나 그렇게 된다고 되는 일이 아니었다. 힘을 지닌 누군가가 필요했다. 최소한 자신들을 지켜줄 수 있는 그들이 필요했다. 그리고 이제 수하들에게 밥도 제대로 먹이지 못하는 두목 역할은 정말 지긋지긋했다.

그렇다면 지금으로서 대안은 오로지 녹림왕뿐이다.

막사야는 결론을 내리자 주저하지 않았다.

"녹림왕께 감히 청이 있습니다."

관표가 의아한 표정으로 막사야를 보았다.

"우리를 거두어주십시오."

막사야는 망설이지 않고 말했다.

막사야의 말에 관표가 당황한 표정을 지었고, 다른 두 명의 두목도 놀란 눈으로 막사야를 보았다. 그러나 그들은 바보가 아닌 이상 막사야의 뜻을 모를 리가 없었다. 그들 또한 관표의 뒤를 쫓아온 것은 살고자 함이었고, 그가 떠나는 순간 자신들이 죽은 목숨이라는 것을 모를 리 없었다.

"철우가 비록 배운 것이 없어 무식하지만, 한 번 모신 주인을 배신하지는 않습니다. 거두어주신다면 죽는 날까지 모시겠습니다."

철우가 고개를 숙인다.

관표는 상황이 이상하게 변해 버리자 이러지도 저러지도 못한 채 그들을 보고 고민하기 시작했다.

지금 이들의 다급한 사정을 모르는 것은 아니었다. 또한 스스로 산적이 되고자 세상에 나왔을 땐 작은 녹림채의 채주가 되는 꿈을 품고 있었으니, 이들을 수하로 거둔다면 자신의 꿈이 어느 정도 이루어지는 것이나 마찬가지였다. 하지만 관표는 스스로를 어느 정도 잘 알고 있었다.

지금 자신의 실력은 상대를 놀라게는 할 수 있어도, 진짜 고수를 만난다면 어떻게 될지 장담할 수 없었다. 만약 어느 정도 경지에 이른 고수가 자신의 장단점을 잘 알고 덤빈다면, 의외로 쉽게 질지도 모른다는 생각을 하고 있었다.

물론 그것은 싸워봐야 아는 일이지만, 관표로서는 세상을 돌아다니면서 자신의 무공을 조금 더 완성시키고 싶었다.

관표가 갈등하는 모습을 보이자, 연자심이 말했다.

"관표님께서는 어차피 녹림의 물을 먹는다고 선포하셨습니다. 그리고 화산이나 당문에서는 관표님께 어마어마한 현상금을 걸어놓고 있습니다. 이제 그들과 한판 승부는 어쩔 수 없다고 생각합니다. 그렇다면 저희들이 조금이라도 도움을 줄 수 있다고 생각합니다. 비록 지금은 저희들이 오합지졸이지만 녹림왕께서 잘만 이끌어주신다면 제법 쓸 만한 구석이 있을 겁니다. 무엇보다도, 저희는 배신 따위나 잔머리를 쓰는 일은 없을 것입니다."

관표는 연자심을 보았다.

연자심이 한 말 중 마지막 말은 정말 마음에 들었다. 비록 그 말이 선비들처럼 정제된 것은 아니었지만 배신하지 않고 잔머리를 쓰지 않겠다는 말은 관표의 마음을 흔들기에 부족함이 없었다.

그러나 과연 그럴 수 있을까? 이들은 모두 산적들 아닌가? 말이 좋아 녹림호걸이지 남의 물건을 빼앗는 도적의 무리들이었다.

관표는 산적들의 얼굴을 둘러보았다. 그리고 그들의 모습이 의외로 순박하다는 사실을 알았다. 처음부터 태생이 산적들은 아니었던 모양이다. 하긴 검조차 제대로 쥐어본 적이 없어 보이는 사람들도 있으니, 이들을 처음부터 산적이라고 보기엔 무리가 있었다.

"일단 일어나십시오. 아무래도 사패의 무리가 우리를 쫓아오는 모양입니다."

사패가 온다는 말을 들은 산적들은 부랴부랴 일어섰다.

세 명의 두목은 관표를 본다.

"여기, 가파른 산이 있습니까? 산은 아주 높지 않고 위에는 바위가 많았으면 좋겠는데."

"있습니다. 다행히 멀지 않은 곳입니다."

관표의 물음에 철우의 수하이자 소위 철우파 소두목인 장칠고가 자신있게 대답했다.

"그럼 그리로 갑시다."

관표와 산적들은 서두르기 시작했다.

장칠고가 말한 곳은 백여 장 정도의 거리에 있는, 높이 백오십 장 정도의 돌산이었다.

섬서사패의 무리들은 관표와 산적 일행들이 바위산에 막 오르려 할 때쯤, 십여 장 거리까지 추적해 와 있었는데, 그들의 수는 모두 삼백여 명으로 늘어나 있었다.

관표는 나타난 무리들 앞에 당당하게 홀로 서 있었으며, 그사이에 산적들은 산 위로 올라가고 있었다.

　나현탁과 여량, 목병인의 뒤에는 얼굴이 뭉개져서 천으로 입 근처를 둘둘 말고 있는 복사환이 파풍도를 든 채 원한 서린 눈으로 관표를 노려보고 있었다. 어차피 그들에게 관표 이외의 산적은 눈에 들어오지도 않았다.

　나현탁은 홀로 자신들과 싸우려 하는 관표를 보다가, 여량과 목병인에게 나직한 목소리로 말했다.

　"처음 우리가 데리고 있던 수하들을 앞장세웁시다."

　여량은 고개를 끄덕였다.

　그녀는 나현탁이 하고자 하는 말을 충분히 알아듣고 있었다. 그러나 목병인은 의아한 표정으로 나현탁을 본다.

　나현탁 대신 여량이 차가운 목소리로 말했다.

　"목 오라버니, 조금 전 있었던 일이 소문나면 좋겠어요? 어차피 그들은 살인멸구해야 할 인물들인데, 이 기회에 소모품으로 쓰면 일거양득이겠죠."

　목병인은 알아들었다는 듯 고개를 끄덕였다. 다시 한 번 조금 전 자신과 여량이 겁에 질려 있던 모습이 떠오르자 얼굴이 화끈거렸다. 그때의 모습을 지울 수 있다면 영원히 지워 버리고 싶은 심정이었다. 그리고 자신들은 관표를 강제로 공격하기 위해 뒤로 물러서는 수하들을 죽였다.

　그 소문이 돈다면 아무리 정당한 일이라고 해도 비난을 면치 못할 것이다. 더군다나 자신들은 뒤에 숨어서 수하들만 죽음 속으로 몰아넣었다는 소문이 나면 그들의 명성은 치명적인 흠을 지니게 될 뿐만 아니라, 앞으로 수하들을 다스리는 데 많은 어려움이 따를 것이다.

그들에게 죄가 있다면 주인의 치부를 알았다는 것, 하긴 그야말로 죽을죄이긴 하다.

삼십여 명의 인물들은 겁에 질린 표정으로 관표를 보았다. 그들은 이미 관표를 공격하라는 명령을 받은 터였다. 하지만 그의 엄청난 신위를 목격했던 자들이라 쉽게 달려들지 못했다. 더군다나 지금 관표가 서 있는 곳은 그가 던질 만한 바위들이 널려 있었다. 그렇다고 언제까지 서 있을 수도 없었다.

나현탁이 고함을 질렀다.

"넓게 흩어져라! 흩어져서 공격해 들어가면 된다. 저 산적 놈이 던지는 돌의 위력은 대단하지만, 단순하니까 잘만 피하면 된다."

그의 말은 맞았다.

무사들이 넓게 퍼져서 공격해 오자 관표가 던지는 돌은 생각보다 큰 위력을 발휘하진 못했다. 그리고 이미 몇 개의 돌을 던져 십여 명을 죽였을 때, 공격하는 무리들은 바로 코앞까지 다가와 있었다. 이젠 돌을 집어 들 여유가 없었다.

제일 앞에 선 자가 검으로 관표의 배를 찔러왔다. 순간 관표는 손에 금자결을 운용하여 그 검을 잡았다. 이어서 운룡천중기로 잡아챔과 동시에, 그 힘에 딸려온 철마방의 수하를 무릎으로 올려 쳤다.

퍽! 하는 소리와 함께, 중자결이 모아진 무릎 공격에 샅타구니를 공격당한 철마방의 수하는 허리 아래가 완전 파괴된 채, 삼 장 밖으로 날아가 고꾸라졌다. 이어서 검을 거꾸로 쥔 관표가 그 검을 수평으로 휘둘렀다.

따다닥! 하는 소리와 함께 관표의 가까이 있던 여가장의 수하 두 명이 검의 손잡이에 맞아 머리가 터져 버렸다.

한 명은 검으로 관표의 검을 막았지만, 운룡천중기의 중자결로 인해 검이 아니라 엄청난 무게의 타격기로 변한 그것은 여가장 수하의 검을 완전히 박살 내놓고, 남은 힘으로 두 명의 머리까지 덤으로 으깨놓은 것이다.

비록 잠깐 사이에 세 명이 죽었지만, 흩어져 공격해 오던 사패의 수하들은 어차피 이래 죽으나 저래 죽으나 마찬가지란 각오로 이를 악물고 달려들었다.

두 명의 머리가 터지는 순간 접근해 있던 섬서목가의 제자가 창으로 관표의 허리를 찔렀다. 미처 금자결을 운용하지 못한 관표가 허리를 틀자 창은 아슬아슬하게 관표의 허리 윗부분을 스쳤고, 창날에 의해 관표의 피가 튀었다.

피가 났다.

괴물 같았던 관표가 인간이란 증거였고, 이는 섬서사패의 무리들에게 큰 힘을 주는 계기였다. 결국 관표도 창에 찔리면 죽는다는 이야기 아닌가? 섬서사패의 수하들이 사기충천하여 함성을 질렀다.

관표를 찌른 섬서목가의 제자가 한번 공격을 성공시키며 우쭐한 표정으로 관표를 보고, 다시 한 번 관표의 가슴을 향해 창을 찔러갔다. 그러나 그는 상처 입은 맹수가 얼마나 위험한지 미처 생각하지 못했다.

관표가 허리를 숙이며 번개처럼 달려들었다.

창이 그의 등을 스치고 빗나가는 순간 관표는 땅바닥을 스치듯 엎드려 다가서며, 상대의 두 무릎을 잡고 벌떡 일어섰다.

이어서 대력철마신공의 대력신기를 운용하고 두 팔을 확 벌리는 순간 섬서목가의 수하는 마치 종이처럼 두 조각으로 쭈욱 찢어져 나갔다.

어린아이가 개구리를 잡아서 놀다가 양다리를 잡고 찢는다면 그 모습이리라.

아무리 죽자 살자라지만, 그 모습을 본 사패의 인물들은 몸이 굳어 버리고 말았다.

상대의 몸이 너무 쉽게 조각나 버리자 관표도 당황하였다.

상대를 이렇게까지 처참하게 죽이고 싶지는 않았다. 한데 격해진 감정과 급한 마음에 자신도 모르게 힘을 과하게 사용하고 말았다.

관표가 시체를 내려놓고 잠시 허탈한 표정으로 시체를 내려다보았다.

누군가의 아들이고, 어떤 아이의 아버지일지도 모르는 사람이었다. 그렇지만 그를 죽이지 않으면 자신이 죽는다. 그냥 당할 수는 없었다. 이제 앞으로도 이런 일은 얼마든지 일어날 수 있다.

스스로 자위하며 관표는 시선을 들었다.

그와 눈이 마주친 섬서사패의 수하들은 몸을 부르르 떨며 얼어붙고 말았다.

관표가 돌아서서 돌산을 오르기 시작했다.

그것을 보던 나현탁이 정신을 차리고 고함을 질렀다.

"뭐 하느냐? 네놈들은 지금 당장 죽고 싶은 것이냐?"

협박에 가까운 고함 소리에 정신을 차린 사패의 제자들이 다시 관표를 향해 몰려들었다.

산을 오르던 관표의 몸이 돌아섰다. 어차피 그가 올라오고자 했던 곳까지 다 올라왔던 상황이었고, 세 패의 산적들은 산중턱까지 올라가 안전을 확보한 다음이었다. 이제 누군가가 그들을 공격하려면 굴러 떨어지는 돌 공격을 이겨내야 한다.

자신들을 지키기엔 나름대로 충분한 곳이었다.

관표가 돌아설 때, 그냥 돌아선 것이 아니었다. 그의 발등엔 어른 머리만한 돌 하나가 흡자결로 붙어 있었으며, 그의 발이 유려하게 회전하면서 탄자결로 튕겨 나갔다. 이는 마치 돼지 오줌통에 바람을 넣고 그것을 차면서 놀던 것과 비슷한 광경이었다.

단지 찬 것이 아니라, 발등에 붙였다가 회전력을 이용해서 쏘아낸 것이 조금 달랐다.

'위잉' 하는 소리와 함께 관표의 발을 떠난 바위는 포물선을 그리며 나현탁의 머리를 향해 날아갔다.

나현탁은 그래도 머뭇거리는 사패의 수하들에게 다시 한 번 고함을 지르려다 관표가 돌아서는 것을 보았다. 그리고 무엇인가 날아오는 소리를 들었다.

"피해요, 나 오라버니!"

여량이 눈을 크게 뜨고 고함을 치며 허겁지겁 옆으로 몸을 피하자 나현탁은 본능적으로 땅바닥을 굴렀다.

날아온 바윗돌은 목표가 사라지자 바로 뒤에 서 있던 나현탁의 심복들 중 한 명의 가슴에 떨어졌는데, 돌을 안고 바닥에 벌렁 자빠진 그 수하의 가슴을 뚫고 들어간 바위는 땅바닥에 한 자나 들어가 박혀 버렸다.

나현탁은 혀가 굳어져서 말이 안 나왔다. 한데 그것으로 끝난 것이 아니었다.

그때부터 보여준 관표의 모습은 정말이지 경이로움 그 자체였다. 일단 발로 돌을 날려 나현탁에게 경고를 준 관표는 바람처럼 돌과 돌 사이를 뛰어다니면서 발로 사람 머리만한 돌들을 들어 올려 여지없이 날려 보냈다. 가까이 있는 적에겐 직선으로, 멀리 있는 적에게는 곡선을 그리며 날아가는 돌의 위력이 얼마나 강한지 그 돌에 맞은 자는 마치 밟아놓은 벌레처럼 박살나 버렸다.

돌격대로 뽑힌 사패의 인물들은 감히 관표에게 다가설 생각도 못하고 도망치기에 바빴다. 이미 선두에서 공격해 오던 십여 명은 돌 두세 방에 세상을 하직하고 말았다. 그들은 관표와 가까이 있었고, 협공으로 공격하려고 서로 몰려 있었기에 관표의 능력을 알면서도 피해가 컸다.

몸을 이리저리 회전하며 적당한 크기의 돌을 발에 흡자결로 붙여서 그 원심력을 이용해 탄자결로 쏘아낸 돌들은 그 위력도 위력이지만 정확성은 공성전에 사용하는 그 어떤 무기도 흉내 내기 어려웠다.

마치 유성처럼 날아가는 커다란 바윗돌들은 스치기만 해도 팔다리를 찢어냈고, 무기로 치면 그 무기를 모조리 박살 내고 말았다.

여량과 목병인은 한 번 벌린 입을 다물지 못했다.

발로 돌을 차는 것도 아니고, 돌을 발등에 붙여 발의 힘으로 차듯이 던져 내는 돌의 힘이 무슨 강철덩어리와도 비교하기 어려울 정도로 위력이 있었으며, 그 정확성은 화살과 비교해도 뒤지지 않았다. 특히 한 발을 축으로 몸을 회전하며 차낼 때는 그 거리가 무려 삼십여 장 이상까지 날아갔는데, 그 돌에 깔리면 최하가 사망이었다.

괜히 고수라고 자부하는 사패의 수하들 중에 몇몇이 내공을 끌어 모아 장풍을 날렸다가 비명조차 제대로 지르지 못하고 머리와 몸이 으깨져 버렸다.

"저게 어떻게 저럴 수 있죠? 바위가 숨 뭉치도 아니고."

여량이 믿을 수 없다는 표정으로 말하자 목병인은 마른침을 삼키며 대답했다.

"여매, 솜 뭉치라도 저렇게 자유롭고 가볍게 발로 쳐내진 못할 것이오. 한데 날아온 돌의 위력은 또 어떻게 설명한단 말이오. 어떻게 해야 저런 무시무시한 위력을 지니게 할 수 있단 말이오."

둘의 대화에 나현탁이 떨리는 목소리로 말했다.

"저자의 발등에 있을 땐 솜 뭉치고 날아올 땐 철 뭉치로 변하는 모양입니다."

여량은 나현탁의 말을 들으며, 자신의 근처에 떨어진 바위 하나를 보았다. 땅속에 무려 석 자나 들어가 박혀 있었다.

보기만 해도 몸서리가 처진다.

"철덩어리가 하늘에서 떨어져도 저 정도까지 땅에 들어가 박힐 수 있을까요?"

여량의 물음에 목병인이나 나현탁은 대답을 못했다.

"피해요!"

갑자기 여량이 고함을 지르며 허둥거리자 목병인과 나현탁은 기겁을 해서 바닥을 굴렀다. 쿵! 하는 소리와 함께 바위 하나가 바로 목병인이 서 있던 자리에 들어가 박혔다. 얼마나 깊이 박혔는지 땅바닥에 커다란 구멍 하나만 남아 있었다.

그제야 정신을 차린 나현탁과 목병인 등은 사방을 둘러보았다. 그야말로 목불인견(目不忍見)이란 이를 두고 하는 말이리라. 이미 백여 명이나 사상자를 낸 섬서사패의 수하들은 감히 달려들 생각도 못하고 이리저리 허둥거리기 바빴다. 그들은 이미 겁에 질린 오합지졸이라 공격 명령을 내려보았자 통할 것 같지도 않았다. 그보다는 섬서사준조차도 이미 겁에 질려 있었다. 다시는 관표와 싸우고 싶은 마음이 들지 않았다. 아니, 보고 싶지도 않았다.

"후, 후퇴다!"

나현탁의 고함을 듣자 섬서사패의 수하들은 기다렸다는 듯이 도망치기 시작했다.

그들이 도망가자 산중턱에 있던 산적들은 넋을 잃고 관표의 활약을 지켜보다가 환호를 지르기 시작했다.

"와아, 녹림왕이 이기셨다!"

"과연 관표님이시다!"

온갖 미사여구가 전부 동원되어 관표를 칭찬하며 환호할 때 관표는 그 자리에 털썩 주저앉았다.

양 발이 떨어져 나갈 정도로 아팠으며, 사실상 내공도 거의 고갈 상태였다. 만약 섬서사패가 조금만 더 버티었으면 관표와 산적들은 그대로 최후를 맞이하고 말았으리라.

막사야와 연자심, 그리고 철우는 세 패의 두목들답게 사태를 금방 깨달았다.

"모두 조용히 하고 빨리 녹림왕을 호위하라!"

그의 말이 떨어지기가 무섭게 산적들이 뛰어내려 와 관표를 둘러쌌다. 관표는 자신을 호위하기 위해 다가선 산적들을 지켜보다가 그들의 얼굴에 어린 진심을 읽고 잠시 운기조식을 하였다.

한동안 운기를 한 관표는 자신이 무리를 해도 너무 했다는 사실을 알았다. 진기가 고갈된 후 억지로 진기를 짜내느라 내상까지 입은 상황이었다. 만약 건곤태극신공이 아니었다면 주화입마를 당해도 충분할 정도의 무리한 내공 운용이었다.

"아무래도 하루 정도는 저 산 위에서 쉬어야겠습니다."

관표의 말을 들은 세 명의 산적 두목은 관표의 상태가 생각보다 심 각하다는 사실을 알았다.

"위로 올라가자."

막사야의 말대로 일행은 산 위로 올라갔다. 산 위에 도착한 관표는 한쪽 구석에 앉아 건곤태극신공을 운용하기 시작했다. 그의 모습을 보는 세 명의 산적 두목 얼굴엔 놀라움과 경이로움이 가득했다.

"대체 어떤 무공을 쓰신 걸까? 내 짧은 지식으로는 도저히 알 수가 없으니. 정말 경이적인 암기술이었어."

철우의 말에 막사야나 연자심의 얼굴이 조금 심각하게 굳어졌다.

"암기술, 그걸 암기술이라 할 수 있는 것인가?"

막사야의 의문에 철우가 무슨 소리냐는 표정으로 말했다.

"발을 이용한 암기술이 확실해. 단순하게 쏘아 보낸 것이 아니라, 날아가는 중에 위력을 배가시켰고, 떨어질 때의 위력 보았지? 마치 집채만한 바위가 떨어질 때의 위력이었어. 그게 암기술이 아니라면 어떤 것이 암기술인가?"

철우의 말도 일리는 있었다. 그러나 듣고 있는 막사야나 연자심은 심각하게 고민을 해야 했다.

암기술 같기도 하지만 발로 펼치는 암기술이 있단 말은 들어보지도 못했다. 그렇다고 단순하게 발로 던진 것이라고 하기엔 무리가 있었다. 단순하게 던진 바위가 떨어질 때의 위력으로 땅바닥을 뚫고 들어가진 못한다. 하물며 내가의 고수들이 창칼로 떨어뜨리기는커녕 그것을 전부 부수고 오히려 사람까지 깔아뭉갤 수는 없었다.

또 발을 회전할 때 바위가 그 발등에서 떨어지지 않고 붙어 있었던 것도 신기한 일이었다. 그렇게 하려면 대체 몇 갑자의 내공을 지녀야 가능할까? 아무리 생각해도 단순히 내공만으로 그렇게 하긴 힘들 것 같았다.

"그럼 전에 통나무를 던져서 한꺼번에 수십 명을 죽인 것도 암기술의 일종일까? 그러고 보니 지금 바위를 던져 공격한 것도 그때랑 비슷한 기술의 응용인 것 같기도 한데."

연자심의 말에 철우와 막사야도 고개를 끄덕였다.

"그럼 발로 바위를 던진 암기술을 각암술(脚巖術)이라고 해야 하나, 아니면 각암술(脚暗術)이라고 해야 하나?"

"그… 그게……."

철우의 물음에 연자심과 막사야는 고개를 갸웃거렸다. 그들도 난생처음 본 무공 방식에 대해서 난감해하는 표정이었다.

관표에게서 도망친 섬서사준은 치를 떨었다. 대체 어쩌자고 그런 괴물 같은 놈이 세상에 나타났단 말인가. 다시는 생각하기도 싫었다.

무려 한 시진이나 도망친 다음에야 그들은 심호흡할 수 있었고, 일단 관표가 쫓아오지 않는다는 것을 확인하고서야 안심하면서 잠시 쉴 수 있었다.

"대체 그게 무슨 무공이란 말인가? 내 많지 않은 나이지만 무공에 대한 지식이라면 누구에게도 뒤지지 않는다고 자부했는데, 보기는커녕 듣지도 못한 무공이라니."

나현탁이 어이없는 얼굴로 말하자, 여량이 가볍게 한숨을 쉬면서 말했다.

"혹시 그자가 정말 녹림왕이 아닐까요?"

목병인이나 나현탁의 얼굴이 굳어졌다. 그 정도의 실력이라면 굳이 관표의 이름을 사칭할 필요가 없어 보였다. 그렇다면 정말 녹림왕 관표일지도 모른다.

섬서사패의 얼굴이 굳어졌다.

이와 입술까지 왕창 뭉개진 복사환은 몸까지 부들거리며 떨었다. 어차피 상대가 관표든 아니든 다시 그에게 돌아가고 싶은 생각은 전혀 없었다. 그들은 공명심도 강했지만, 겁은 그보다 더 많은 족속들이었다.

특히 욕심 많은 나현탁과 여량의 얼굴에 아쉽다는 표정이 진하게 스치고 지나갔지만, 그들도 감히 다시 돌아갈 생각은 하지 못했다. 대신 그들의 얼굴엔 더욱 강한 욕심의 기색이 떠올랐다.

"일단 돌아가서 힘을 정비해서 돌아옵시다."

나현탁의 말에 섬서삼준의 얼굴에 다시 생기가 돌았다.

"이번엔 각자의 부모님들께 고해서 최고의 고수들을 대동하고 와야 할 거예요."

여량이 다짐을 하듯 말하자 모두들 고개를 끄덕였다.

"하지만 그전에 할 일이 있지."

나현탁의 말에 남은 섬서삼준의 얼굴에 잔인한 미소가 어렸다. 잠시 후 처음 섬서사준과 함께 나타났던 섬서사패의 수하들 중에 살아남은 인물들이 호명됐고, 그들은 섬서사준을 따라나섰다가 한 명도 돌아오지 못했다.

상관의 수치스런 모습을 알고 있다는 죄였다.

섬서사준은 일단 자신들의 뜻대로 수하들을 처리하고 남은 수하들을 인솔해서 돌아갈 채비를 서두르기 시작했다.

거의 모든 채비를 다 마쳤을 때였다.

"네놈들은 누구냐?"

고함 소리와 함께 관도 위로 두 명의 인물이 말을 타고 나타났다. 섬서사준이 놀라서 보니 나타난 자들이 타고 있는 말은 보통의 말보다 월등히 컸고, 마치 먹빛처럼 검은색이었다. 그리고 말의 중요한 부분은 강철로 만든 보갑으로 싸여 있었으며, 말 위의 인물들 또한 철편으로 만든 가슴 보호대와 함께, 자루까지 강철로 만들어진 단창을 들고 있었다.

굉장히 간단한 복장이었지만, 들고 있는 창이나 말의 모습이나 만만치 않은 기세였다.

섬서사준의 안색이 변했다.

이들의 복장은 섬서뿐 아니라 무림인치고 모르는 사람이 없을 정도로 유명했다. 더군다나 지금 나타난 두 인물 중에 한 명은 키가 크고 위맹한 모습의 청년이었는데, 그의 모습을 보면 단 한 번에 떠오르는 인물이 있었다.

나현탁과 목병인이 기죽은 목소리로 말했다.

"철기보의 제이철기대."

말 위에 있던 청년이 코웃음을 치면서 말했다.

"철기대를 알아보는군. 다시 묻겠다. 네놈들은 누구냐? 혹시 너희들 중에 한 놈이 관표가 아니냐?"

"아니오, 난 섬서목가의 목병인이오."

목병인이 기겁을 해서 빠르게 대답을 하였다.

"섬서목가의 소가주라면 너희들이 섬서사준이라고 떠벌리는 그 작자들인가?"

청년의 거친 말에 나현탁이나 목병인, 그리고 여량의 얼굴이 붉게

물이 들었지만, 감히 대꾸조차 하지 못했다.

철기보라면 종남과 화산을 포함하여 섬서에서 가장 강대한 세 개의 문파 중 한곳이었다. 섬서사패가 나름대로 한 영역을 차지하고 있다곤 하지만 그것은 철기보에 비하면 조족지혈이었다.

섬서사패가 전부 합한다고 해도 철기보의 기왓장 하나 건드리지 못할 것이다.

철기보의 가주인 철기비영(鐵騎飛影) 몽각은 전설의 고수들로 회자되는 정사십이대고수 다음으로 강하다는 오흉, 칠사, 삼협, 구의로 통칭되는 이십사 명 중 한 명이었고, 그의 아들 철검(鐵劍) 몽여해는 바로 무림십준 중 한 명이었다. 특히 철기보는 강호무림 역사상 가장 강한 세력이라는 오대천(五大天) 중 하나인 백호궁(白虎宮)의 섬서 분타를 겸하고 있었다.

섬서사패 같은 작은 세력이 어찌기엔 너무 강한 곳이었으며, 제이철기대는 그런 철기보의 주축 중 하나였다.

상대가 누구인지를 안 후 섬서시준은 비굴할 정도로 눈치를 보았다. 그나마 그중에서도 제법 눈치 빠른 나현탁이 앞으로 나서며 제법 멋지게 두 손을 포권의 자세로 모은 후 말했다.

"혹시 제이철기대의 대주이신 귀령단창(鬼靈短槍) 과문 대협이 아니십니까?"

과문은 자신을 대협이라고 치켜주는 나현탁을 바라보았다.

그의 표정은 여전히 변함이 없었다.

"철마방의 나현탁인가? 듣던 대로 달콤한 혀를 지니고 있군."

나현탁은 과문의 서늘한 눈길에 몸을 부르르 떨었다. 이런 인물은 상대하기가 까다롭다. 아부성 발언으로 환심을 얻기엔 불가능한 인물이었다. 특히 이런 자 앞에서 혀를 잘못 놀리면 머리가 땅에 떨어지기 쉽다.

나현탁의 머리가 빠르게 돌아갔다. 그리고 자신은 과문의 관심을 끌 만한 무기가 있음을 알아내었다. 그리고 그것은 자신을 비롯한 섬서사준의 원한을 갚는 일이기도 했다.

"제가 철마방의 나현탁이 맞습니다. 한데 과 대협은 녹림왕 관표를 찾으러 오신 것 같습니다. 그렇다면 저희가 도움이 될지도 모르겠습니다."

녹림왕 관표를 찾을 수 있다는 나현탁의 말을 듣고 과문의 눈이 빛났다. 그러나 나현탁의 말에 대답을 한 것은 과문이 아니었다.

"그 말이 진실인가?"

조금 몽롱한 듯한 목소리와 함께 큰 키에 등 뒤로 철검을 멘 이십대 후반의 청년이 나타났다.

나타난 청년은 마치 처음부터 그 자리에 있었던 것처럼 표연했다. 나현탁을 비롯한 섬서사준은 가슴이 철렁하는 것을 느끼며 청년을 바라보았고, 과문은 빠르게 말에서 내려 나타난 청년 앞에 허리를 숙이며 말했다.

"소보주님, 어서 오십시오. 이자들이 녹림왕 관표를 찾는 데 도움을 줄 수 있다고 합니다."

"수고했네, 과문."

몽여해는 자신의 수하를 다독거리고 섬서사준을 보았다.

"네가 관표를 찾는 데 도움이 될 수 있다고 했나? 만약 거짓이면 그 입을 뭉개놓겠다."

나현탁과 나머지 섬서삼준의 얼굴이 굳어졌다. 나타난 자가 철기보의 소보주인 철검(鐵劍) 몽여해라면 그 말은 절대 농담일 수 없었다. 그가 얼마나 잔인하고 무서운 인물인지는 소문으로 잘 알고 있었다.

"물론입니다. 제가 감히 누구 앞이라고 거짓말을 하겠습니까."

나현탁이 조금 떨리는 목소리로 말하며 고개를 들었을 때, 주변은 어느 틈에 수십 기의 철기대 인물들로 둘러싸여 있었다. 비좁은 산길로 늘어선 말들과 그 위에 타고 있는 철기대의 위풍은 당장이라도 거대 문파 하나 정도는 쓸어버릴 것 같았다.

철마방에도 철기대와 비슷한 흑기대가 있었지만, 이들과 비교하기엔 너무 초라했다.

철기대를 곁눈질로 훑어보다 철검 몽여해를 보던 나현탁의 안색이 다시 한 번 변했다.

몽여해의 뒤엔 언제 나타났는지 키가 무려 팔 척 가까이나 되는 거인이 서 있었다.

그의 모습은 거대한 곰 한 마리가 우뚝 서 있는 것 같았는데, 그의 팔뚝이 여량의 허리만해 보였다. 그의 엄청난 덩치와 그가 어깨에 메고 있는 거대한 철 방망이를 보고 그가 누구인지 모른다면 그건 바보다.

"금강마인(金剛魔人) 대과령."

나현탁이 부지불식 중에 한 말이었고, 섬서삼준도 놀란 시선으로 대과령을 보았다.

대과령은 섬서사준에겐 신경조차 쓰지 않고 묵묵히 몽여해의 뒤에 서 있을 뿐이었다. 그의 거대한 몸집과 패기는 홀로 철기보의 위세를 누르는 듯했다.

철기보에서 두 번째로 강한 고수이자 소보주인 몽여해의 호위무사.

하지만 대과령의 이름은 소보주인 철검 몽여해보다도 더 유명했다. 특히 철기보의 세력권인 섬서성에선 거의 전설이나 다름없었다.

　몽여해는 차가운 시선으로 섬서사준을 살피다가 여량의 얼굴에서 멈추었다.

　여량은 마치 얼음으로 만든 송곳이 자신의 얼굴을 찌르는 듯한 느낌을 받았다. 온몸이 냉굴에 빠진 것 같아 몸을 부르르 떨면서 고개를 숙이고 말았다.

　몽여해의 시선이 나현탁에게 돌아섰다.

　"네가 철마방의 나가인가?"

　나현탁은 가볍게 한숨을 쉬었다.

　듣던 대로 몽여해는 정도가 지나친 인물이었다. 그의 오만 방자함은 이미 강호무림에 정평이 나 있던 참이었고, 특히 섬서성에서는 더 더욱 그에 대한 평가가 자자한 터였다.

　나현탁은 몽여해의 오만한 말에 오기도 치밀었지만, 감히 반발할 엄두는 나지 않았다. 괜히 허세를 부렸다가 자칫하면 철마방 자체가 날아갈지도 모르는 일이었다. 그리고 어차피 몽여해의 나이가 자신보다 대여섯 살은 더 많고 보니 그런대로 수긍할 수 있었다.

　"제가 나모입니다, 소보주님."

　"그럼 저 소저가 여가장의 여량 소저겠군."

　여량이 움찔거렸다.

　나현탁의 시선이 다시 여량을 향했다.

　"여량입니다, 소보주님."

　"예쁘군."

몽여해의 말에 여량의 얼굴이 발갛게 물이 들었다. 자신도 모르게 몸이 고혹적으로 꼬여들고 있었다.

자연스런 몸짓이었지만, 그것을 본 나현탁을 비롯한 섬서삼준의 얼굴이 조금씩 굳어졌다. 그들은 은은히 드러나는 질투를 감추지 못하고 있었다. 그러나 몽여해나 철기보의 인물들은 그들에 대해서 신경도 쓰지 않고 있었다.

〈제1권 끝〉